Le mystère du bracelet bleu

Du même auteur
aux Éditions J'ai lu

La séductrice inattendue, *J'ai lu* 3491
La dame voilée, *J'ai lu* 3612
Étrange passion, *J'ai lu* 3921
Fiançailles pour rire, *J'ai lu* 4398
Le chant de la sirène, *J'ai lu* 4587
Rendez-vous manqué, *J'ai lu* 4781
Au-delà de tout soupçon, *J'ai lu* 4936
Parfum de scandale, *J'ai lu* 5043
La dame de lumière, *J'ai lu* 5214
Les clés d'Aphrodite, *J'ai lu* 5303
Un duo inattendu, *J'ai lu* 5410
Le mystère de la veuve noire, *J'ai lu* 5871
L'intrigante de Londres, *J'ai lu* 6293

Amanda Quick

Le mystère du bracelet bleu

Traduit de l'américain
par Daniel Garcia

J'AI LU

Titre original :

DON'T LOOK BACK
First published in 2002 by Bantam Books,
a division of Random House, Inc., New York

Pour Catherine Johns : l'amitié est un tel bonheur...

Pour Riley et Ferd – que je n'oublierai jamais – et aussi pour tous ceux et celles qui ont le don d'enrichir nos existences par leur seule présence à nos côtés.

Prologue

L'homme posa sa chandelle et ouvrit le vieil ouvrage relié de cuir. Il en feuilleta précautionneusement les pages, à la recherche du passage qui l'intéressait.

... *On raconte qu'ils se retrouvent secrètement, au cœur de la nuit, pour leurs étranges cérémonies. D'après certaines sources, les initiés vouent un culte à Méduse, la Gorgone à la chevelure de serpents. Mais pour d'autres, ils se rassemblent d'abord par soumission à leur maître – qui possède, comme Méduse, le pouvoir de changer les hommes en pierres.*

Quoi qu'il en soit, tout le monde s'accorde pour prêter à leur maître d'immenses pouvoirs magiques. Il est, paraît-il, capable de transmettre sa volonté à ses proies, après les avoir plongées dans une transe hypnotique dont les malheureuses victimes perdent ensuite jusqu'au souvenir.

Son pouvoir, le maître semble le tirer d'une pierre, à l'effigie de Méduse, dont il ne se sépare jamais. La matière de cette pierre ressemble à de l'onyx, à cette différence près que les veinures, au lieu d'être noir et blanc, sont d'un bleu profond. Le bracelet d'or, dans lequel cette pierre est sertie à la manière d'un camée, est gravé d'un entrelacs de serpents.

Personne ne connaît l'identité du maître, dont le visage reste caché sous une capuche tout au long de la cérémonie. On sait seulement que sa pierre magique lui sert également d'armoiries. Et qu'elle est appelée la Méduse bleue.

1

En voyant Lavinia gravir le perron du 7, Claremont Lane, Tobias comprit tout de suite qu'il se passait quelque chose d'anormal. Le visage de la jeune femme – qui était toujours pour lui une source d'admiration – trahissait une agitation manifeste. Cela lui ressemblait d'autant moins que Lavinia était plutôt le genre de femme à agir d'abord, et réfléchir ensuite.

Tobias épiait son associée – et maîtresse – depuis la fenêtre du petit salon. Il aurait été prêt à parier qu'elle venait de recevoir un grand choc.

— Mme Lake est de retour, dit-il à l'adresse de la gouvernante.

— Il était temps, soupira Mme Chilton, reposant le plateau du thé pour se précipiter vers la porte. Je vais l'aider à ôter son manteau et ses gants. Je suis sûre qu'elle voudra servir elle-même le thé à ses invités.

D'après ce qu'il pouvait voir des traits de la jeune femme, Tobias avait le sentiment qu'elle aurait préféré se verser une bonne rasade du cognac qu'elle gardait dans son bureau. Mais le remède devrait attendre. Les invités qui patientaient au salon passeraient en premier.

Lavinia se trouvait maintenant devant la porte, cherchant sa clé dans son réticule. Son regard trahissait les plus vives émotions.

Que diable s'était-il donc passé ?

Au terme de leur enquête criminelle sur l'affaire des « statues de cire », qui remontait maintenant à quelques semaines, Tobias pensait connaître assez bien Lavinia.

Elle ne se laissait pas facilement impressionner. En vérité, dans sa carrière de détective, Tobias n'avait pas rencontré beaucoup d'hommes capables de garder, en toute circonstance, le même sang-froid que Lavinia Lake.

Il fallait donc qu'il soit arrivé quelque chose de vraiment dramatique, pour que la jeune femme paraisse à ce point bouleversée. Tobias se rongeait déjà d'impatience ; malheureusement il devrait attendre, pour en savoir plus, de se retrouver seul avec elle. Ce qui ne promettait pas d'être pour tout de suite. Les invités de Lavinia semblaient avoir tout leur temps.

C'était la première fois que Tobias les voyait. L'homme, un gentleman grand et mince, vêtu avec élégance, s'était présenté comme le Dr Howard Hudson, « un vieil ami de la famille ».

Sa femme, Céleste, était de ces créatures séduisantes qui ne savent que trop bien l'effet qu'elles peuvent produire sur la gent masculine. Et qui n'hésitent jamais à se servir de leurs charmes pour manipuler les hommes. Ses cheveux blonds, coiffés en chignon haut, avaient des reflets d'or, et ses yeux, le bleu pur d'un ciel d'été. Elle portait une robe de mousseline très fine, parsemée de roses et festonnée de rubans verts et roses. Tobias jugea sa toilette un peu légère pour la saison – le printemps commençait à peine et l'air était encore frisquet –, mais il aurait mis sa main au feu que Céleste avait délibérément choisi cette robe afin d'impressionner son hôtesse.

Depuis vingt minutes qu'il se trouvait en compagnie du couple, Tobias était arrivé à deux autres conclusions. La première, que le Dr Howard Hudson était un charlatan. Et la seconde, que son épouse était une aventurière. Mais, bien sûr, il jugea plus prudent de garder son avis pour lui. Lavinia n'aurait sans doute pas apprécié qu'il insulte ses invités.

— Je suis impatient de revoir Lavinia, dit Hudson, qui s'était coulé avec nonchalance dans un fauteuil.

Notre dernière rencontre remonte à six ou sept ans. J'ai hâte de lui présenter ma chère Céleste.

Il avait cette voix un peu envoûtante des grands acteurs habitués à la scène. Et Tobias, malgré ses préventions contre le «docteur», devait reconnaître qu'il était un peu sous le charme de ce timbre mélodieux. Du reste, Hudson ne manquait pas d'allure. Il était vêtu à la dernière mode, et son costume sortait manifestement de l'atelier d'un grand tailleur. Tobias était convaincu que son jeune beau-frère, Anthony, aurait admiré le visiteur. Du haut de ses vingt et un ans, Anthony était à l'âge où la mode se voyait parée d'une importance primordiale.

Hudson, lui, devait avoir dans les quarante-cinq ans. Même s'il n'était plus de toute première jeunesse, il portait encore assez beau pour tourner facilement la tête des femmes.

D'ailleurs, à l'instant où Lavinia entra dans le salon, son visage rayonna soudain.

— Howard! s'exclama-t-elle, tendant les bras dans un geste enthousiaste. Pardonnez mon retard. Je faisais les magasins dans Pall Mall et j'ai oublié l'heure.

Tobias était médusé par cette métamorphose. S'il n'avait été témoin de l'expression angoissée de Lavinia, quelques secondes plus tôt, il n'aurait certainement pas pu deviner, à présent, qu'elle avait éprouvé un choc. Pour tout avouer, il était assez fâché que la simple vision de Howard Hudson provoque un tel effet sur elle.

Celui-ci s'était levé pour étreindre les mains de la jeune femme.

— Ma chère Lavinia! Les mots me manquent pour exprimer ma joie de vous revoir. Après tout ce temps...!

Tobias fut frappé de l'éclat des prunelles de Hudson. Son regard était aussi envoûtant que sa voix. Mais après tout, c'était logique. Sa profession l'obligeait à user de l'un et de l'autre, puisqu'il se disait praticien de cette pseudo-science qu'on appelait le mesmérisme.

En d'autres termes, Hudson pratiquait l'hypnose. Mais, selon Tobias, tout cela n'était que billevesées pour esprits crédules.

— J'ai été si contente de recevoir votre lettre, reprit Lavinia. J'ignorais que vous étiez à Londres.

Hudson lui sourit.

— C'est moi qui ai eu le bonheur d'apprendre que vous étiez de retour en Angleterre. Imaginez ma surprise, ma chère. La dernière fois que j'avais entendu parler de vous, vous partiez avec votre nièce pour l'Italie.

— Nos plans ont changé, répliqua Lavinia. Emeline et moi avons décidé de rentrer plus tôt que prévu.

Tobias s'amusa de ce léger travestissement de la réalité, mais il s'abstint de tout commentaire.

— Eh bien, c'est une très bonne nouvelle pour moi, déclara Hudson en étreignant de nouveau les mains de la jeune femme. Permettez-moi de vous présenter mon épouse, Céleste.

— Je suis ravie de vous connaître, murmura celle-ci d'une voix veloutée. Howard m'a souvent parlé de vous…

Tobias ne fut pas dupe de l'attitude de Céleste. Bien qu'elle eût incliné gracieusement la tête en guise de salut, ses prunelles avaient gardé la dureté de l'acier. Il comprit qu'elle avait jaugé Lavinia en une seconde et s'était persuadée que c'était une femme sans intérêt, incapable de lui faire concurrence. Tobias en aurait presque ri. Ranger Lavinia dans la catégorie du menu fretin était toujours une grossière erreur !

— Tout le plaisir est pour moi, répondit-elle.

Elle s'était assise sur le sofa et s'empara de la théière.

— J'ignorais que Howard s'était marié, reprit-elle, mais il a eu bien raison. Il est resté célibataire trop longtemps.

— Je n'ai pas eu le choix, répliqua l'intéressé. Il a suffi d'un regard sur Céleste, voici tout juste un an, pour sceller mon destin. Non seulement c'est une ravissante femme, doublée d'une compagne exquise, mais elle a également pris en charge ma comptabilité et mon carnet de rendez-vous. C'est bien simple : je ne saurais plus vivre sans elle.

— Flatteur ! s'amusa Céleste en souriant à Lavinia. Howard a essayé de m'enseigner quelques principes du mesmérisme, mais je crains d'avoir très peu de talent pour cette science.

Après avoir pris la tasse que lui tendait son hôtesse, elle ajouta :

— J'ai cru comprendre que mon mari était un ami de vos parents ?

— Oui ! acquiesça Lavinia. Howard venait souvent chez nous, surtout dans les derniers temps. Mes parents l'aimaient beaucoup et comptaient parmi ses admirateurs. Mon père m'a plusieurs fois dit qu'il considérait Howard comme l'un des plus grands praticiens du mesmérisme.

— De sa part, c'était un compliment presque démesuré, déclara Howard avec modestie. Car vos parents étaient eux-mêmes très versés dans cette science. J'étais fasciné de les regarder travailler.

— Mon mari m'a expliqué que vos parents sont morts il y a dix ans dans un naufrage, poursuivit Céleste. Et que vous avez perdu votre mari l'année suivante. Cela a dû être une époque terrible pour vous…

— Oui, convint Lavinia, qui continuait de servir le thé. Mais ma nièce, Emeline, est venue vivre avec moi, voici maintenant six ans. Et nous nous entendons à merveille, toutes les deux. Je regrette qu'elle ne soit pas là cet après-midi. Vous auriez pu faire sa connaissance. Malheureusement, Emeline est partie assister à une conférence sur les monuments et les fontaines de Rome.

Céleste esquissa un sourire qui se voulait de compassion.

— Vous et votre nièce êtes donc seules au monde ?

— Je n'appelle pas cela « seules », répliqua Lavinia, un peu crispée. Nous sommes deux, comme je viens de vous l'expliquer.

— Sans doute, admit Céleste. Mais vous n'êtes que deux femmes.

Et, avec un étrange regard pour Tobias, elle précisa :

— Ma propre expérience m'a appris qu'une femme qui n'a pas d'homme pour l'épauler et la soutenir, ne peut espérer une vie facile.

Tobias faillit renverser la tasse et la soucoupe que Lavinia venait de lui donner. Ce n'était pas seulement le sous-entendu désagréable pour Lavinia et Emeline qui l'avait fait bondir – comme si elles n'étaient pas parfaitement capables de se débrouiller toutes seules ! Mais, en plus, il aurait juré que cette femme lui avait fait de l'œil.

— Emeline et moi-même nous en sortons très bien, merci, rétorqua Lavinia d'une voix presque sèche. Fais donc attention, Tobias. Tu vas finir par éclabousser du thé sur le tapis...

Il croisa un court instant le regard de la jeune femme, et cela suffit à lui faire comprendre qu'elle en avait après lui. Qu'avait-il encore fait, cette fois ? Leur relation était décidément tumultueuse. Lavinia pouvait passer de la passion la plus brûlante au froid le plus glacial. Certes, on ne s'ennuyait pas, avec elle. Mais parfois, Tobias se surprenait à rêver de quelques moments d'ennui en sa compagnie. Juste pour le plaisir de souffler un peu !

— Pardonnez-moi, Lavinia, intervint Howard du ton de quelqu'un qui s'apprête à aborder un délicat sujet, mais il m'a semblé remarquer que vous ne pratiquiez plus. Avez-vous renoncé au mesmérisme parce que les débouchés sont trop difficiles à Londres ? C'est vrai qu'il faut de solides relations pour se constituer une belle clientèle.

Tobias vit que la question avait pris de court Lavinia. La tasse qu'elle tenait à la main trembla un peu dans sa soucoupe, mais elle se reprit très vite.

— Diverses raisons m'ont fait changer de carrière, répliqua-t-elle, sur la défensive. Le mesmérisme a toujours autant de succès, mais comme vous l'avez dit vous-même, il n'est pas facile de se constituer une clientèle quand on débarque à Londres.

Howard hocha la tête d'un air entendu.

— Je comprends. J'ai rencontré les mêmes problèmes...

— Où pratiquiez-vous, auparavant ? lui demanda Tobias.

— J'ai passé plusieurs années en Amérique, à sillonner ce vaste pays pour y enseigner les subtilités du mesmérisme. Mais il y a bientôt deux ans, j'ai fini par céder au mal du pays et je suis rentré en Angleterre.

Céleste le regarda, des lumières dans les yeux.

— J'ai rencontré Howard à Bath au printemps dernier. Il y avait créé un cabinet déjà florissant, mais il considérait qu'il se devait désormais d'attaquer la capitale.

— J'espère trouver ici une diversité de cas stimulante, expliqua son mari le plus sérieusement du monde. À Bath, comme en Amérique, mes patients venaient me consulter pour des affections très ordinaires. Rhumatismes, hystérie féminine, troubles du sommeil et autres problèmes de ce genre. Des troubles certes très fâcheux pour ceux qui en souffrent, mais qui à la fin me lassaient.

— Howard veut étendre ses expériences en matière de mesmérisme, confia Céleste avec un regard de pure admiration pour son époux. Il est décidé à découvrir toutes les ressources de cette science. Et il compte même écrire un livre sur le sujet.

— Mais pour mener cette entreprise à bien, il me faut une clientèle dont les désordres seront plus variés qu'en province, conclut-il.

Lavinia semblait enthousiaste.

— C'est un très noble objectif, dit-elle. Il est grand temps qu'on rende enfin justice au mesmérisme. (Elle coula un regard éloquent vers Tobias.) Trop de gens mal informés s'imaginent toujours que ce n'est qu'une lubie de charlatans...

Tobias décida d'ignorer le sarcasme. Il continua de boire tranquillement son thé.

— Hélas, reprit Hudson avec un soupir, il faut bien reconnaître que notre corporation ne compte pas que des praticiens honnêtes.

— Justement, insista Lavinia. Ce sont les progrès de notre science qui décourageront ces pratiques frauduleuses.

Céleste se tourna vers elle, intriguée.

— Je serais curieuse de connaître votre nouvelle profession, madame Lake. Il y a si peu de métiers ouverts aux femmes...

— Je suis devenue détective privé pour le compte de clients particuliers, expliqua Lavinia sans prendre de détour.

Posant sa tasse de thé, elle tendit le bras pour attraper une petite boîte sur la table basse, qu'elle ouvrit.

— Voici ma carte de visite, dit-elle en tendant un bristol à Howard et un autre à Céleste.

Tobias savait déjà par cœur le court texte gravé sur les petits cartons.

Lavinia Lake
– Enquêtes personnalisées –
– Discrétion assurée –

— Voilà qui n'est pas commun, murmura Céleste, surprise.

— C'est fascinant, renchérit Howard qui avait déjà glissé la carte dans sa poche. Mais je vous avoue, Lavinia, ma déception de voir que vous avez renoncé à pratiquer. Vous étiez très douée, ma chère. Votre décision est une grande perte pour le mesmérisme.

— Est-ce seulement votre crainte de ne pas trouver de clientèle suffisante qui vous a déterminée à renoncer ? demanda Céleste.

Tobias sentait Lavinia mal à l'aise, malgré son impassibilité de façade.

— Il y a eu... un incident regrettable, répondit-elle d'une voix neutre. Et puis, je ne gagnais pas assez. Il me fallait songer à l'avenir de ma nièce. Emeline était sortie du collège, et vous savez bien que rien ne vaut un bon voyage pour finir de forger une éducation. Aussi, quand Mme Underwood nous a proposé de la suivre en Italie, j'ai immédiatement accepté.

— Je vois, dit Howard, le regard braqué sur la jeune femme. Pour tout vous avouer, j'avais entendu parler de cet... incident, dans votre village. Mais j'espère que cela ne vous a pas affectée outre mesure ?

— Non, bien sûr que non, répliqua Lavinia un peu trop vite. C'est simplement qu'à notre retour d'Italie, l'occasion s'est présentée de me lancer dans ce nouveau métier, et j'y ai tout de suite pris beaucoup de plaisir.

— C'est vraiment une profession inattendue pour une lady, intervint Céleste, qui se tourna vers Tobias. Mais j'imagine, monsieur, que vous ne désapprouvez pas le choix de Mme Lake ?

— Oh, j'ai des moments de grand doute. Au point que cela m'empêche de trouver le sommeil...

— Tobias vous taquine, assura Lavinia en gratifiant son compagnon d'un froncement de sourcils. Il n'est pas en position d'approuver ou de désapprouver mon choix. D'autant qu'en certaines occasions, il lui arrive d'être mon assistant.

— Votre assistant ? répéta Céleste, médusée. Voulez-vous dire que vous *l'employez* ?

— Pas tout à fait, répondit Tobias. En réalité, nous sommes associés.

Howard n'était pas moins stupéfait que son épouse.

— Assistant ? répéta-t-il à son tour, comme s'il n'avait pas entendu la rectification de Tobias.

— Associés, insista ce dernier.

Mais Lavinia enfonça le clou :

— J'ai recours à ses services quand j'estime que son expérience peut m'aider dans certaines de mes enquêtes. Et il est ravi de pouvoir compter sur cette petite source de revenus supplémentaire.

Tobias commençait à trouver la conversation pesante.

— Ce n'est pas seulement pour une question d'argent, répliqua-t-il, bien décidé à rendre à Lavinia la monnaie de sa pièce. J'ai trouvé, dans notre association, d'autres motifs de satisfaction...

La jeune femme ne put s'empêcher de rougir. Mais, comme il aurait dû s'y attendre, elle n'allait pas rendre si vite les armes.

— Notre partenariat offre à Tobias l'occasion d'exercer son sens de la déduction, expliqua-t-elle avec un sourire. Il trouve très stimulant d'être mon assistant. N'est-ce pas, Tobias ?

— Tout à fait. Je dirais même que notre partenariat me stimule jour et nuit. Peut-être plus la nuit que le jour, d'ailleurs.

Lavinia le fusilla du regard. Il sourit, satisfait, et s'empara d'une tartelette aux framboises confectionnée par Mme Chilton, pour la dévorer.

— Tout cela est fascinant, reprit Céleste, qui observait Tobias par-dessus le rebord de sa tasse. Mais en quoi consiste exactement votre « expérience », monsieur March ?

— Tobias est très doué pour recueillir des informations à des sources qui me sont inaccessibles, expliqua Lavinia avant que son compagnon ait pu répondre. Un homme a plus de facilités pour s'immiscer dans certains lieux où la présence d'une lady n'est pas souhaitable, si vous comprenez ce que je veux dire...

Howard hocha la tête. Il avait compris.

— C'est un arrangement ingénieux. Je suppose que votre nouveau métier vous rapporte beaucoup plus que le précédent ?

— Tout dépend des affaires, dit Lavinia. Dans cette profession, les revenus sont assez imprévisibles.

— Je vois, murmura Howard.

— Mais assez parlé de mon métier, décréta la jeune femme. Dites-moi plutôt quand vous comptez ouvrir votre cabinet, Howard ?

— Il faudra encore un mois pour terminer l'aménagement et la décoration. Ensuite, il restera à me faire connaître. Les gens devront savoir que je suis prêt à soigner les affections nerveuses les plus inattendues.

Lavinia le regardait avec intérêt.

— Allez-vous passer des publicités dans les journaux ? Figurez-vous que j'y pense pour moi-même.

Tobias faillit s'étrangler avec la dernière bouchée de sa tartelette.

— Quoi ? Mais tu ne m'as jamais parlé de ça !

— Peu importe, rétorqua-t-elle avec un geste vague de la main. Je t'expliquerai les détails une autre fois. C'est une idée qui m'est venue récemment.

— Eh bien, abandonne-la tout de suite !

Elle le fusilla à nouveau du regard.

Howard s'éclaircit la gorge.

— En fait, il est peu probable que je passe des annonces dans les journaux. Je crains que cela ne m'attire une clientèle trop commune.

— Oui, c'est un risque, convint Lavinia, l'air pensif.

La conversation dévia ensuite sur le mesmérisme. Tobias écoutait, sans y prendre part. Le mesmérisme le laissait plus que sceptique. D'ailleurs, avant de rencontrer Lavinia, il s'était rangé à l'opinion de Lavoisier qui avait mené des recherches en France : les supposés pouvoirs attribués à cette pseudo-science n'existaient pas. Et ceux qui s'en réclamaient n'étaient que des imposteurs. Tout au plus convenait-il que quelqu'un d'un peu doué pouvait réellement influencer un esprit faible. Mais cela ajoutait encore à ses préventions contre le mesmérisme.

Malheureusement, le public s'était enthousiasmé pour cette nouvelle pratique, malgré les mises en garde des scientifiques les plus réputés. Et Tobias trouvait affligeant qu'une femme aussi sensée que Lavinia soit tombée dans le panneau.

Les Hudson partirent quelque temps plus tard. La jeune femme les raccompagna jusqu'au perron, tandis que Tobias restait dans le salon, à regarder par la fenêtre Howard aider sa femme à monter dans un fiacre.

Lavinia attendit que l'attelage se fût éloigné, avant de refermer la porte et de revenir dans le salon. Elle semblait plus à son aise que lorsqu'elle était arrivée à la maison. La visite de cet ancien ami de ses parents l'avait manifestement détendue.

— Veux-tu une autre tasse de thé, Tobias ? demanda-t-elle en reprenant sa place dans le sofa. En tout cas, moi, j'en reprends.

— Non merci.

Il chercha son regard et attaqua :

— Que t'est-il arrivé, cet après-midi ?

La jeune femme tressaillit. La théière, qu'elle tenait à la main, fit un écart et un peu de thé se renversa sur la table.

— Regarde ce que tu me fais faire ! dit-elle d'un ton de reproche, en s'emparant d'une serviette pour réparer les dégâts. Pourquoi me serait-il arrivé quelque chose, d'abord ?

— Tu étais très en retard. Pourtant, tu savais qu'on t'attendait ici, puisque tu avais toi-même invité les Hudson.

Elle se concentrait sur les éclaboussures de thé, qu'elle continuait de nettoyer avec sa serviette.

— Je l'ai expliqué. Je faisais les magasins et je n'ai pas vu le temps passer.

— Lavinia, je ne suis quand même pas complètement idiot.

Elle repoussa la serviette.

— Bon, ça suffit ! Je ne suis pas d'humeur à subir tes interrogatoires. Et d'ailleurs, tu n'as aucun droit à me questionner sur mes faits et gestes. Depuis quelque temps, je trouve que tu te comportes un peu trop comme si tu étais mon mari.

Il y eut un silence. Le mot « mari » flotta dans l'air un long moment.

Finalement, Tobias répliqua :

— Je me contente d'être ton associé. Et, parfois, ton amant.

La jeune femme rougit.

— Excuse-moi, je me suis emportée. Mais j'étais furieuse contre toi.

— Puis-je savoir pour quelle raison ?

— Parce qu'elle flirtait avec toi !

— Pardon ?

— Céleste. Elle flirtait avec toi. Ne nie pas, je ne suis pas aveugle. Et elle n'était pas particulièrement discrète.

Tobias s'attendait si peu à cette sortie qu'il lui fallut quelques secondes pour comprendre à quoi elle faisait allusion.

— Céleste ? répéta-t-il. Ah oui, en effet, j'ai remarqué ses tentatives dans ma direction, mais...

Lavinia s'était raidie, comme si une barre de fer traversait sa colonne vertébrale.

— J'ai trouvé ça positivement répugnant.

Serait-elle jalouse ? se demanda Tobias, que cette perspective rendait presque euphorique.

Il risqua un sourire.

— Ce n'était pas forcément flatteur, mais je ne dirais pas que c'était répugnant.

— Moi, si. Elle est mariée. Elle n'aurait jamais dû te faire de l'œil de façon éhontée.

— L'expérience m'a appris que les femmes enclines à flirter cèdent à leur pulsion, qu'elles soient ou non mariées. C'est chez elles une sorte de réflexe.

— Pauvre Howard. Si elle se conduit ainsi avec tous les hommes qu'elle croise, il doit endurer des humiliations quotidiennes.

— J'en doute fort.

— Que veux-tu dire ?

Tobias tendit la main pour s'emparer d'une autre tartelette.

— Je suis persuadé que ton «pauvre» Howard considère les dons de séductrice de Céleste très utiles. Je ne serais même pas surpris d'apprendre qu'il ne l'a épousée qu'en raison de ce talent particulier.

— Franchement, Tobias, ce n'est pas drôle...

— Je suis très sérieux. Je suis certain qu'à Bath, elle lui servait de rabatteuse pour attirer des gentlemen à son cabinet.

Lavinia était médusée.

— Je n'aurais jamais imaginé une chose pareille... Crois-tu qu'elle tentait de te convaincre d'essayer le mesmérisme ?

— Disons que les œillades de Mme Hudson constituent une publicité pour le métier de son mari.

— Hmm.

— Maintenant que nous avons réglé cette question, reprit-il, revenons à nos moutons. Que t'est-il arrivé cet après-midi ?

La jeune femme hésita, avant de soupirer.

— Rien de précis. J'ai cru reconnaître quelqu'un dans la rue.

Elle but une gorgée de thé.

— Quelqu'un que je ne m'attendais pas à rencontrer à Londres, précisa-t-elle.

— Qui cela ?

Elle secoua la tête, amusée.

— On peut dire que tu as de la suite dans les idées...

— C'est une de mes innombrables qualités. Sinon, tu ne ferais sans doute pas appel à moi pour te seconder dans tes enquêtes.

Elle ne répondit rien. Elle paraissait songeuse, comme si elle ignorait par où débuter son histoire.

Il se releva.

— Viens, Lavinia, lui proposa-t-il. Prenons nos manteaux et nos gants, et allons marcher un peu dans Hyde Park.

2

— Eh bien, Howard ? demanda Céleste, assise face à lui, dans le minuscule habitacle du fiacre. Tu voulais voir comment s'en était sortie la fille de tes anciens amis. Es-tu satisfait ?

Il contempla un moment le spectacle des rues par la vitre de la portière, avant de répondre.

— Oui, plus ou moins. Mais j'avoue être surpris que Lavinia ait abandonné sa prometteuse carrière dans le mesmérisme, pour embrasser un métier aussi étrange.

— M. March n'est sans doute pas étranger à ce revirement. De toute évidence, ils sont amants.

— Peut-être, concéda Howard. Pourtant, je vois mal quiconque – fût-ce un amant – convaincre Lavinia de renoncer à quoi que ce soit, et surtout à la passion de sa vie. Elle avait un vrai don pour le mesmérisme. Je suis persuadé qu'elle aurait pu dépasser ses parents.

— Rien n'est plus puissant qu'une passion amoureuse, répliqua Céleste avec un sourire entendu. Songe aux bouleversements de nos deux vies respectives...

Howard étreignit les mains de son épouse. Ses yeux brillaient.

— C'est surtout toi qui as changé ma vie, chérie. Je ne te serai jamais assez reconnaissant d'avoir bien voulu joindre ton destin au mien.

Céleste se fit la réflexion qu'ils avaient décidément du talent, l'un et l'autre, pour mentir.

Howard était retourné à sa contemplation des rues.

— Que penses-tu de l'associé de Lavinia, ce M. March ?

Céleste s'autorisa un moment de réflexion. Elle se considérait comme une spécialiste en matière d'hommes – et d'ailleurs, elle devait sa bonne fortune à cette faculté de pouvoir les manipuler.

Tout avait commencé avec son premier mari. Elle avait seize ans, lui soixante-dix. C'était un commerçant veuf, qui avait eu la bonne idée d'expirer en tentant, sans succès, de remplir son devoir conjugal. Céleste avait hérité de la boutique. Mais, n'ayant nullement l'intention de passer le restant de ses jours derrière un comptoir, elle s'était empressée de la revendre au plus offrant.

Avec cet argent, elle s'était offert les toilettes qui lui avaient permis de viser plus haut dans l'échelle sociale. Sa conquête suivante avait été un fils de famille, qui l'avait grassement entretenue pendant six mois, avant que les parents du garçon ne découvrent l'affaire et n'y mettent le holà. Plusieurs autres liaisons avaient suivi, notamment avec un prêtre, qui adorait lui faire l'amour sur l'autel de son église.

Leur relation s'était arrêtée brusquement, lorsqu'une vieille paroissienne les avait surpris dans leurs ébats sacrilèges. La pauvre femme s'était évanouie et, tandis que son amant essayait de la ranimer, Céleste s'était enfuie, emportant avec elle deux solides chandeliers appartenant au trésor de l'église.

La vente des chandeliers lui avait permis de tenir financièrement jusqu'à sa rencontre avec Howard. C'était sa plus belle prise. Céleste avait su, à l'instant où elle l'avait vu, qu'il avait d'immenses possibilités. De son côté, Howard avait tout de suite percé sa nature d'aventurière et, loin de s'en formaliser, avait au contraire deviné le parti qu'il pourrait en tirer. Ils s'étaient tout dit, ce qui avait beaucoup simplifié les choses.

Concernant Tobias March, en revanche, Céleste était perplexe. Malgré sa belle stature, il semblait ne porter aucun intérêt à la mode. Ses vêtements étaient plus fonctionnels que stylés, et il aurait pu passer pour quelqu'un de transparent. Mais elle connaissait trop bien les hommes pour ne pas s'arrêter à une impression superficielle.

En vérité, elle avait le sentiment que Tobias ne ressemblait à aucun des gentlemen qu'elle avait pu croiser dans sa vie. Cet homme-là possédait une volonté de fer. Elle l'avait senti à son regard.

— Malgré les assertions de Mme Lake, je doute qu'il soit son assistant, répondit-elle finalement. J'imagine difficilement M. March recevoir des ordres de qui que ce soit, homme ou femme.

— C'est aussi mon avis, renchérit Howard.

— S'il ne s'est pas offensé des propos de Mme Lake le décrivant comme son employé, c'est parce qu'à mon avis ce sujet est matière à plaisanterie entre eux.

Cette constatation avait du reste conduit Céleste à penser que la relation entre Tobias March et Lavinia Lake prenait des formes très intimes. Elle avait essayé de flirter avec March pour en avoir le cœur net, mais n'avait pas été plus avancée. Il s'était contenté de lui opposer un regard vide, indéchiffrable.

Tout cela faisait de Tobias March un homme sans doute dangereux, mais ô combien intéressant. Céleste voyait déjà comment l'utiliser pour ce qu'elle projetait. Il faudrait d'abord le détourner de Lavinia Lake, bien sûr, mais elle se faisait fort, avec son talent de séductrice, d'y parvenir en quelques semaines. Pour autant qu'elle ait pu en juger, Lavinia ne serait pas de taille à affronter la concurrence.

Cette perspective réjouissait déjà Céleste. Elle n'avait encore jamais rencontré d'homme capable de lui résister.

— Qu'est-ce qui t'intrigue tant au sujet de Mme Lake, Howard ? questionna-t-elle soudain, voyant qu'il restait plongé dans ses pensées. Je vais finir par me demander si je ne dois pas être jalouse...

Il se tourna vers elle.

— Ce serait inutile, ma chère. Tu sais bien que tu as tout mon amour.

Parfois, quand Howard la fixait ainsi de son regard brillant, Céleste en avait des frissons. Pas d'excitation. Plutôt d'angoisse.

— Je suis contente de l'entendre, répondit-elle d'une voix légère, malgré les battements de son cœur.

Howard continua de sonder son regard un moment, avant d'esquisser un sourire et de détourner la tête.

— Assez parlé de Lavinia et de M. March. Ils forment un couple étonnant, mais leur métier bizarre ne nous concerne en rien.

Malgré cette dénégation, Céleste n'était toujours pas satisfaite. Elle soupçonnait Howard d'avoir eu une bonne raison de vouloir informer son ancienne amie de sa présence en ville. Mais laquelle ?

Elle l'observa à la dérobée. Depuis quelque temps, Howard l'inquiétait. Ses étranges silences devenaient de plus en plus fréquents. Ils avaient commencé quand il avait décidé d'intensifier ses recherches sur le mesmérisme.

Et soudain, elle crut avoir compris.

— Tu voulais revoir Mme Lake pour savoir si elle était plus avancée que toi dans la pratique du mesmérisme, dit-elle. C'est bien cela ? Tu voulais t'assurer qu'elle ne risquait pas de te faire concurrence.

Howard tressaillit imperceptiblement, mais cela suffit à conforter Céleste dans son opinion.

Il se retourna vers elle, avec un sourire énigmatique qui la fit de nouveau frissonner. Se pouvait-il qu'il eût deviné son plan ? Non, c'était impossible. Elle avait redoublé de prudence.

— Félicitations, ma chère. Tu es décidément très clairvoyante. Je voulais en effet découvrir ce que Lavinia avait fait de ses dons. Elle m'avait beaucoup impressionné, dans sa jeunesse. J'étais persuadé qu'avec un peu de temps et de pratique, elle pourrait devenir l'une des plus grandes spécialistes de notre science.

— Penses-tu qu'elle aurait pu te surpasser, Howard ?

— Probablement.

— Je n'y crois pas, répliqua Céleste avec une sincère conviction. Même le grand Mesmer en personne t'aurait admiré.

Howard pouffa.

— Merci du compliment. Malheureusement, je crains que nous ne sachions jamais ce que Mesmer aurait pensé de moi.

— C'est très dommage qu'il soit mort avant d'avoir pu connaître ta réussite. Mais je t'assure qu'il aurait été impressionné, voire envieux. Quant à Mme Lake, ne t'inquiète pas pour elle. Elle a manifestement renoncé à ses dons pour se consacrer à sa nouvelle profession.

Une fois encore, Howard lui étreignit les mains.

— Tu as raison. Et tu n'as pas ton pareil pour me réconforter. Je ne sais vraiment pas ce que je deviendrais, sans toi.

La jeune femme sourit et se détendit un peu. Mais elle ne baissa pas sa garde pour autant. La mission qui l'attendait était trop périlleuse pour tolérer le moindre relâchement. Elle avait déjà pris des risques, par le passé, mais rien de comparable à ce qui se préparait.

Bien sûr, cela en vaudrait le coup. Si tout marchait comme prévu, le profit qu'elle en retirerait lui permettrait de grimper un échelon décisif dans la société. Cette fois, elle serait en position de fréquenter les meilleurs cercles, et d'obtenir ce dont elle rêvait depuis toujours.

Howard serait le seul obstacle sur son chemin. Et Céleste savait qu'elle ne devait surtout pas le sous-estimer.

3

— Il faut croire que c'était ma journée pour retrouver d'anciens visages, dit Lavinia à Tobias. D'abord, ma rencontre sur Pall Mall, et ensuite la visite de Howard Hudson... C'est troublant, non ? Même si ces deux hommes occupent une position très différente dans mon estime.

Ils étaient assis sur un petit banc de pierre, près de la ruine gothique construite dans un recoin isolé de Hyde Park. Tobias affectionnait particulièrement cet endroit désert. Après tout, les élégants venaient à Hyde Park pour se montrer. Ils ne recherchaient ni la solitude, ni même la verdure.

Il avait découvert la ruine un jour par hasard, à l'issue d'une longue déambulation dans le parc, et il en avait fait sa retraite favorite. Lavinia était la seule personne admise à la partager avec lui.

Une fois, il lui avait même fait l'amour ici... Ce souvenir troublait encore la jeune femme. Pour l'instant, elle n'avait aucune idée de la manière dont évoluerait leur étrange relation, qui mélangeait l'intimité et le travail. Mais elle était sûre d'une chose : plus rien ne serait comme avant. Sa rencontre avec Tobias avait bouleversé sa vie.

— Qui as-tu vu, sur Pall Mall ?

La jeune femme lissa sa jupe, s'accordant quelque temps pour rassembler ses pensées.

— C'est une longue histoire...

— Je ne suis pas pressé.

Lavinia le connaissait assez pour savoir qu'il ne renoncerait pas. Il était au moins aussi têtu qu'elle. Le mieux serait donc de commencer tout de suite son récit, sinon ils ne seraient pas rentrés à la maison avant la nuit.

— Tu te rappelles que j'ai déjà évoqué – et encore pas plus tard que tout à l'heure, devant Howard – « l'incident » qui m'est arrivé dans le Nord ?

— Oui.

— L'homme que j'ai aperçu sur Pall Mall s'y trouvait directement lié. Il s'appelle Oscar Pelling. J'étais tellement bouleversée de l'avoir revu que je me suis arrêtée dans un salon de thé pour reprendre mes esprits. Ce qui m'a mise en retard.

— Parle-moi de cet Oscar Pelling.

— Pour faire court, disons qu'il m'a accusée d'être responsable de la mort de sa femme. Et il n'avait pas tout à fait tort.

Tobias encaissa la nouvelle en silence. Il se pencha en avant, les coudes posés sur les genoux, le regard rivé sur les fausses ruines qui leur faisaient face.

— Il te reprochait d'avoir recouru au mesmérisme ?

— Oui.

— Ah.

Lavinia se raidit.

— Pourrais-je savoir ce que veut dire ce « Ah » ?

— Maintenant, je comprends pourquoi tu as renoncé à ton premier métier.

Il y eut un autre silence, plus long que le précédent. Finalement, Tobias se redressa.

— Raconte-moi toute l'histoire.

Elle soupira.

— Jessica, la femme d'Oscar Pelling, était l'une de mes clientes. Elle était venue me consulter pour des troubles nerveux. C'était une jeune femme assez belle, plus grande que la moyenne, élégante et fortunée. Au début, j'ai cru qu'elle souffrait surtout d'ennui, comme la plupart des ladies à la campagne.

Tobias hocha la tête, sans rien dire. Il attendait la suite.

— Mais je me suis vite rendu compte que Jessica avait de vrais soucis, continua-t-elle. Cependant, elle était très réticente à l'idée de se faire hypnotiser.

— Alors pourquoi venait-elle te consulter ?

— Je pense qu'elle n'avait tout simplement personne d'autre vers qui se tourner. Elle m'a rendu visite trois fois. Et elle arrivait toujours extrêmement agitée. Les deux premières fois, elle m'a longuement questionnée sur les caractéristiques précises d'une séance de mesmérisme.

— Elle craignait de tomber sous l'influence du thérapeute ?

— Pas vraiment. Je crois plutôt qu'elle avait peur, pendant l'hypnose, de révéler certaines informations touchant à sa vie privée et de ne plus s'en souvenir à son réveil. J'ai eu beau lui promettre de lui répéter mot pour mot tout ce qu'elle dirait, elle semblait douter de ma discrétion.

— Elle te connaissait bien mal.

Lavinia sourit furtivement.

— Merci du compliment, Tobias.

Il haussa les épaules.

— Ce n'est qu'une constatation. Si les circonstances l'exigeaient, je n'hésiterais pas à te confier mes plus intimes secrets. D'ailleurs, je l'ai déjà fait.

— Et moi de même, répliqua la jeune femme. Voilà au moins un point qui ne supporte plus de discussion entre nous.

Tobias acquiesça.

— Continue.

— Comme je le disais, j'avais le sentiment que Jessica redoutait de participer à une séance, mais qu'en même temps, elle n'avait plus trop le choix.

— Elle était désespérée ?

Lavinia réfléchit.

— Pas désespérée. Plutôt très découragée. Et sans illusions.

— Ce n'était donc pas une dépressive ?

Elle secoua la tête. Tobias, pendant ce temps, se massait la cuisse gauche d'un air songeur.

— Jessica Pelling cherchait un moyen d'apaiser ses nerfs, mais elle n'était pas certaine que le mesmérisme pût la guérir, résuma-t-il. Je peux comprendre son dilemme.

— Parce que tu n'y crois pas, fit valoir Lavinia. Tu prends tous ses praticiens pour des charlatans, vrai ou faux ?

— Ce n'est pas complètement vrai, objecta Tobias. Je pense que des esprits faibles peuvent être perméables à l'hypnose. Mais je vois mal quiconque réussir à endormir quelqu'un comme moi.

La jeune femme le regardait se masser, et elle repensait à la balle qui lui avait traversé la cuisse, en Italie. Tobias avait toujours refusé une séance de mesmérisme pour atténuer ses douleurs persistantes.

— La vérité, c'est que tu préfères encore souffrir le martyre, plutôt que de te retrouver hypnotisé par moi. Admets-le.

— Quand je suis auprès de toi, j'ai toujours le sentiment d'être hypnotisé, ma chérie.

— Bah ! N'essaie pas ce genre de flatterie avec moi. Ça ne marchera pas.

— De la flatterie ? C'était plutôt de la galanterie. Et je te ferai remarquer que ma blessure s'est très bien cicatrisée, sans l'aide du mesmérisme.

— Mais tes douleurs reviennent fréquemment, surtout quand le temps est humide. En ce moment, par exemple, ça te fait mal.

— Un peu de brandy effacera tout. J'en boirai un verre dès mon retour à la maison... Mais assez parlé de ma blessure. Poursuis ton histoire.

Elle porta son attention sur un arbre qui ombrageait la ruine, se replongeant dans ses souvenirs.

— À sa troisième visite, Jessica Pelling semblait bouleversée. Elle ne m'a posé aucune question et m'a simplement demandé de faire une séance avec elle. Je n'ai eu aucun mal à l'hypnotiser. C'était un sujet très réceptif. Une fois qu'elle a été sous mon pouvoir, j'ai commencé à l'interroger, pour essayer de connaître les raisons de son anxiété. J'ai vite compris qu'elle était terrorisée par son mari.

— Oscar Pelling ?

— Oui. Ils n'étaient mariés que depuis un an, mais Jessica m'a décrit une existence cauchemardesque.

Lavinia se remémorait chaque détail de ce qui s'était dit, lors de cette séance...

— Oscar était très fâché contre moi aujourd'hui, avait récité Jessica, d'une voix rendue monocorde par l'hypnose. Il prétend que j'ai sorti les mauvaises assiettes pour le déjeuner. Et il pense que je l'ai fait exprès, pour bafouer son autorité. Il dit qu'il va encore être obligé de me punir.

Lavinia avait senti son estomac se nouer.

— Et il vous fait mal, quand il vous punit ?

— Oui, toujours. Il dit que c'est de ma faute s'il est obligé de frapper fort.

— Que se passe-t-il, exactement, lorsqu'il vous punit ?

— Il renvoie les domestiques dans leurs quartiers, puis il m'entraîne dans la chambre. C'est là qu'il me punit. Il me frappe plus d'un quart d'heure à chaque fois.

Lavinia avait contemplé le visage de la jeune femme, sans y déceler la moindre trace de coup.

— Où vous frappe-t-il, Jessica ?

— Sur la poitrine, le ventre, les jambes... Partout, sauf le visage. Il fait toujours attention à ne pas toucher au visage. Il dit qu'il ne veut pas que les gens aient de la compassion pour moi. Que tout est ma faute, et que je mérite d'être punie.

Lavinia était horrifiée.

— Votre mari vous punit-il souvent ?

— De plus en plus souvent. J'ai fini par comprendre qu'il ne m'avait épousée que pour mon argent. J'ai peur qu'il n'en vienne à me tuer...

Lavinia s'extirpa un instant de ses souvenirs. Deux ans plus tard, elle en avait encore des frissons.

— Je ne pouvais pas supporter d'en entendre davantage, expliqua-t-elle à Tobias. J'ai arrêté la séance, et j'ai répété à Jessica tout ce qu'elle m'avait dit.

— Comment a-t-elle réagi ?

— Elle s'est sentie humiliée. D'abord, elle a nié en bloc, mais comme j'insistais, elle a fini par fondre en larmes et tout reconnaître.

Et Lavinia replongea dans ses souvenirs...

— Que puis-je faire ? implorait Jessica entre deux sanglots.

— Faire ? avait répété Lavinia, stupéfiée par une question aussi désarmante. Mais le quitter tout de suite, évidemment !

— J'y ai pensé, bien sûr, avait répondu Jessica en s'essuyant les yeux avec un mouchoir. Mais mon mari contrôle ma fortune. Je n'ai même pas de quoi me payer le voyage jusqu'à Londres. Et je n'ai plus de parents proches, à qui je pourrais demander de l'aide. Si je m'enfuyais, je n'aurais aucun moyen de subsister. Oscar se lancerait à ma poursuite. Il ne peut pas supporter qu'une femme le défie. Il me punirait encore plus cruellement. Et cette fois, j'en suis sûre, il me tuerait.

— Alors, cachez-vous. Changez de nom. Recommencez une nouvelle vie. Faites croire que vous êtes veuve...

— Sans argent, c'est impossible, avait opposé Jessica. Je suis prise au piège !

Lavinia avait alors remarqué la bague que portait la jeune femme.

— Il y a peut-être une solution...

— Je me doutais que tu te mêlerais de l'affaire, intervint Tobias. Qu'as-tu fait ?

— Jessica portait une très jolie bague en or et diamants. Elle m'a expliqué que c'était un bijou de famille, qu'elle en avait hérité à l'adolescence. De toute évidence, il valait beaucoup d'argent.

Il hocha la tête d'un air entendu.

— Tu as proposé à Jessica de vendre la bague pour financer sa nouvelle existence.

Lavinia acquiesça.

— L'autre solution, c'était d'empoisonner Oscar Pelling. Mais j'avais l'intuition que Jessica n'aurait pas le cran de tuer son mari.

Tobias en resta médusé.

— Parce que toi, tu l'aurais ?

— Uniquement en dernier ressort, le rassura-t-elle. En l'occurrence, la bague me paraissait amplement faire l'affaire. Si Jessica partait la vendre à Londres, elle en tirerait de quoi subvenir à ses besoins dans la capitale, le temps de se trouver une source de revenus régulière.

Il secoua la tête, amusé.

— Je crois que tu négliges trop souvent le fait que les gens n'ont pas forcément autant de ressources que toi.

La jeune femme soupira.

— Tu as sans doute raison. Mon plan paraissait simple et facile, mais Jessica n'a pas réagi comme je l'espérais. Elle semblait dépassée par l'idée de changer d'identité et de se trouver un métier pour gagner de quoi survivre. Pourtant, il n'y avait pas d'autre issue. Comme je te l'ai déjà expliqué, je l'imaginais mal essayer de supprimer son mari.

— Parfois, Lavinia, tu me fais froid dans le dos...

— Ne dis pas de bêtises. À ma place, je suis sûre que tu lui aurais donné le même conseil.

Tobias haussa les épaules, s'abstenant de tout commentaire.

— Non, je retire ce que j'ai dit, reprit-elle. Tu n'aurais pas conseillé à Jessica de supprimer son mari. Tu te serais arrangé pour qu'Oscar soit la victime d'un déplorable accident.

— Puisque je n'étais pas à ta place, il ne sert à rien d'échafauder des hypothèses.

— Parfois, tu me fais froid dans le dos, Tobias.

Il sourit, persuadé qu'elle lui retournait sa plaisanterie. Mais Lavinia ne plaisantait pas vraiment. Il lui semblait que Tobias recelait encore des parts d'ombre, qu'elle mettrait longtemps à cerner.

— Qu'est-il arrivé à Jessica Pelling ? demanda-t-il.

— Je ne l'ai jamais revue, murmura Lavinia. Elle s'est suicidée le lendemain.

— Comment ? Avec une trop forte dose de laudanum ?

— Non. Elle a choisi un moyen beaucoup plus dramatique. Jessica est sortie à cheval en pleine nuit, au milieu de l'orage, et a couru se jeter dans la rivière. Son cheval est revenu sans elle. Et une domestique a trouvé dans sa chambre un mot, où elle annonçait son intention de se noyer.

— Hmm.

Il y eut un autre silence.

— On n'a jamais retrouvé son corps.

— Hmm.

— La rivière était très profonde, par endroits, expliqua Lavinia. Il était déjà arrivé, dans le passé, que des noyés ne réapparaissent jamais.

— Et Oscar Pelling t'a rendue responsable de la disparition de sa femme ?

— Oui. Il m'est tombé dessus un jour en pleine rue, alors que les policiers avaient abandonné tout espoir de retrouver Jessica. Il était si enragé que j'ai eu peur.

Tobias s'était raidi.

— T'a-t-il touchée ? A-t-il levé la main sur toi ?

Tout à coup, il semblait si implacable que Lavinia s'empressa de poursuivre son récit :

— Non. Il n'aurait pas osé s'attaquer à moi devant tant de témoins. Mais il m'a accusée d'avoir poussé sa femme au suicide.

— Je vois.

— Et il s'est ingénié à faire circuler la rumeur de mon incompétence à travers tout le comté. En l'espace de quelques semaines, Oscar Pelling avait ruiné ma réputation. J'ai perdu tous mes clients.

Après une hésitation, elle ajouta :

— Cela dit, je n'étais pas certaine de vouloir persévérer dans ce métier…

— Parce que tu avais peur que Pelling n'eût raison. Tu craignais d'avoir joué un rôle, même indirect, dans la mort de Jessica.

— Oui.

Voilà, c'était sorti, songea Lavinia. Tobias connaissait désormais son plus noir secret. Elle réalisait à présent que c'était pour cela qu'elle avait si violemment réagi, en croyant revoir Oscar Pelling. Elle avait pressenti que, tôt ou tard, Tobias finirait par apprendre qu'elle avait été impliquée dans la mort d'une innocente. Sachant combien il méprisait le mesmérisme et ceux qui le pratiquaient, elle ne pouvait que redouter sa réaction. Or, par quelque étrange prodige, ce que Tobias pouvait penser d'elle l'affectait plus que toute autre chose.

Son compagnon la surprit en lui étreignant la main.

— Tu n'as rien à te reprocher, Lavinia, dit-il. Tu as essayé de porter secours à une malheureuse. Ton idée de l'aider à s'enfuir, en lui faisant vendre sa bague, était excellente. Sa situation était assez désespérée pour justifier de tels expédients. Et c'était également bien vu de l'encourager à recommencer une nouvelle vie, sous un autre nom. Ce n'est pas ta faute si elle n'a pas eu le courage d'affronter ce défi.

D'abord, Lavinia crut qu'elle avait mal entendu. Tobias l'absolvait ! Tout à coup, l'air devint plus léger, le ciel plus lumineux. La jeune femme pouvait de nouveau respirer.

— Mais peut-être qu'en l'encourageant à fuir son mari, je l'ai acculée au désespoir, répondit-elle cependant, ne pouvant se débarrasser d'un reste de culpabilité. Ma réaction lui aura fait sentir que sa situation était si tragique qu'il ne lui restait plus qu'à se suicider pour s'en sortir.

Tobias secoua la tête.

— Tu lui as montré une issue. C'était à elle de savoir la prendre.

Et, posant un bras sur son épaule pour l'attirer contre lui, il ajouta :

— Tu as fait tout ton possible.

Que c'était agréable de pouvoir se reposer sur lui ! songeait Lavinia. Tobias était l'homme le plus impossible qu'elle connaissait, mais sa force tranquille avait le don de l'apaiser.

— Je n'aurais pas dû me laisser autant impressionner, tout à l'heure, simplement parce que je croyais avoir revu Pelling, dit-elle. Après tout, il n'y a rien d'étonnant à ce qu'un gentleman de sa condition vienne de temps à autre à Londres pour ses affaires.

— En effet.

— Et il n'y a rien d'étonnant à ce que je l'aie croisé sur Pall Mall. Londres n'est pas si grand que cela.

— Mais en le revoyant, ce sont les mauvais souvenirs de cette époque qui te sont brutalement revenus en mémoire.

— Oui, admit Lavinia. Et j'ai surtout compris que je devais te les confesser. C'est à cause de cela que je me suis arrêtée dans un salon de thé. J'étais terrifiée à l'idée de te raconter cette histoire.

Maintenant, c'était fait. Tobias savait, et il ne lui faisait aucun reproche. Au contraire, c'était tout juste s'il ne la considérait pas comme la véritable héroïne de cette tragédie.

— Désormais, tu as un nouveau métier, Lavinia, reprit-il. Ce qui s'est passé autrefois n'a plus d'importance.

La jeune femme se détendit encore davantage, savourant la chaleur de son corps contre le sien.

Au bout d'un moment, il se pencha vers elle pour s'emparer de ses lèvres.

— Tu ne trouves pas qu'il fait un peu froid, ici ? dit-elle.

— Je vais te réchauffer.

4

Un petit groupe de jeunes galants entourait Emeline sur les marches de l'université, ce qui mettait Anthony mal à l'aise. Certes, tous professaient un grand intérêt pour la conférence à laquelle ils venaient d'assister, cependant Anthony leur prêtait des pensées plus secrètes. Emeline, toutefois, semblait ne se rendre compte de rien. Elle était trop acharnée à défendre son point de vue dans la discussion.

— Je crains que M. Lexington n'ait pas passé assez de temps en Italie, à supposer qu'il s'y soit jamais rendu, déclara-t-elle. Sa description des monuments romains est trop pauvre à mon goût. Il se trouve que ma tante et moi avons précisément séjourné à Rome récemment et...

— Voilà sans doute qui explique votre élégance, la coupa l'un des jeunes hommes avec ferveur. La robe que vous portez aujourd'hui a la beauté des couchers de soleil dans le Sud.

Un murmure d'approbation accompagna ce compliment, mais Emeline ne se laissa pas impressionner.

— Merci. Comme je le disais, ma tante et moi avons eu la chance de passer quelques mois à Rome, et je puis vous assurer que M. Lexington traite mal son sujet. Pendant mon séjour là-bas, j'ai eu l'occasion de faire des croquis de quelques monuments remarquables et...

— J'adorerais voir vos dessins, dit une voix dans le groupe.

— Moi aussi, mademoiselle Emeline.

— Aucun monument ne peut se comparer à la grâce de votre silhouette, renchérit un troisième.

Anthony jugea que la coupe était pleine. Il sortit avec ostentation sa montre de sa poche.

— Je crains de devoir vous interrompre, mademoiselle Emeline. Il se fait tard, et j'ai promis à votre tante que vous seriez rentrée pour l'heure du thé.

Emeline gratifia ses admirateurs de son plus charmant sourire.

— M. Sinclair a raison. Il nous faut rentrer. Mais sachez que j'ai beaucoup apprécié notre petite conversation. C'est une découverte, pour moi. Je n'aurais jamais soupçonné que vous vous passionniez à ce point pour les merveilles romaines.

Un jeune homme, engoncé dans un manteau si ajusté qu'Anthony se demandait comment il arrivait à respirer, s'inclina respectueusement.

— Personnellement, mademoiselle Emeline, le sujet me fascine. Et vos remarques à son propos m'enchantent littéralement.

Aussitôt, les autres se lancèrent dans une compétition pour convaincre Emeline de leur attachement viscéral aux antiquités romaines. Anthony, perdant patience, prit le bras de la jeune fille et l'entraîna. Un concert d'adieux les accompagna.

— Je n'avais pas réalisé que nous étions si pressés par le temps, s'excusa Emeline.

— Ne vous inquiétez pas, la rassura Anthony. Nous serons rentrés avant que votre tante ne s'inquiète.

— Mais vous-même, Anthony, qu'avez-vous pensé de la conférence de M. Lexington ?

Il hésita, avant d'avouer avec un haussement d'épaules :

— Pour être honnête, je l'ai trouvée soporifique.

Emeline éclata de rire.

— Nous sommes d'accord sur ce point. Cela dit, j'ai apprécié mon après-midi.

— Moi aussi.

Cependant, Anthony en aurait davantage profité sans ces fâcheux dandys qui s'étaient incrustés à la conférence. Il était convaincu que tous se moquaient éperdument de Rome, de ses monuments ou de ses fontaines. Emeline était leur unique point de mire. Depuis ses apparitions dans plusieurs bals de la bonne société, elle était devenue l'une des débutantes les plus recherchées de la ville.

L'absence de fortune d'Emeline, qui ne pouvait prétendre à aucun héritage, finirait toutefois par lui porter tort, en dépit des manigances et des espoirs de Lavinia. Anthony était persuadé que les mères veillaient au grain, et qu'elles empêcheraient leurs fils de s'intéresser de trop près à elle au point de la demander en mariage. Malheureusement, en attendant, Emeline suscitait l'engouement d'un grand nombre de jeunes gens bien nés.

Anthony s'était intronisé de lui-même le protecteur de la jeune fille. Il considérait de son devoir de la tenir à l'écart des importuns. Mais, hélas, Emeline semblait apprécier la présence de ces galants.

Tout aurait été plus simple s'il avait été en position de lui demander sa main. Or son état de fortune le lui interdisait totalement. Il n'aurait pas été en mesure de lui assurer le confort auquel elle était habituée. Anthony n'avait donc d'autre choix que de se trouver une situation lucrative. Et vite, avant qu'un de ces maudits admirateurs, défiant ses parents, ne convainque Emeline de s'enfuir avec lui !

Les deux jeunes gens rentrèrent à pied à Claremont Lane, malgré le froid insidieux qui pénétrait leurs manteaux. Alors qu'ils étaient presque arrivés, Emeline se tourna vers son compagnon :

— Quelque chose ne va pas, Anthony ? Seriez-vous souffrant ?

Brusquement tiré de sa rêverie, il réprima une grimace. Il était vexé qu'Emeline le croie malade.

— Non, pas du tout. Je réfléchissais.

— Ah bon... J'ai cru, à voir votre tête, que la glace que nous avons mangée tout à l'heure n'était pas passée.

— Je vous assure que je me sens en pleine forme.

— Tant mieux.

— Emeline, votre tante a laissé entendre qu'elle souhaitait vous voir profiter encore un peu de la vie mondaine, avant de songer à vous marier...

Elle haussa les sourcils.

— Je ne vois pas ce que le mariage vient faire dans notre conversation.

Anthony s'arma de courage.

— Il semble que les gentlemen qui vous ont... qui vous ont accostée, à la sortie de la conférence, seraient tous prêts à vous demander en mariage.

— Oh, j'en doute fort. Leurs parents ne seraient pas d'accord. Et je suis sûre qu'eux-mêmes, le moment venu, préféreront choisir une union en rapport avec leurs espérances.

— Cependant, on a parfois vu des rejetons de bonne famille... s'enfuir avec une personne de condition légèrement inférieure, objecta-t-il, la mine sombre.

Elle pouffa.

— Je crois que ces histoires très romantiques ne se trouvent que dans les livres. Et je me vois mal inspirer une telle flamme à un homme.

Anthony s'était immobilisé.

— Si, précisément. Vous êtes le genre de jeune fille à qui ces histoires arrivent. Tenez-vous sur vos gardes, Emeline. Une nuit, un gredin pourrait s'introduire dans votre chambre et vous enjoindre de le suivre sur-le-champ pour une destination inconnue.

Un tel scénario semblait d'autant plus plausible à Anthony que, dans ses moments d'exaltation, il s'était vu lui-même le vivre !

Emeline, en revanche, paraissait médusée.

— J'imagine mal n'importe lequel des jeunes gens que nous avons vus cet après-midi se risquer à un tel exploit.

Il sentit son estomac se nouer.

— Voulez-vous dire que vous trouveriez l'aventure excitante ?

— Évidemment !

Anthony eut l'impression que son sang se gelait dans ses veines.

Elle lui sourit et précisa :

— Excitant, mais impossible. Ça n'arrivera jamais.

Il voulut se rattraper à cette perche.

— Impossible, répéta-t-il. Oui, bien sûr…

En réalité, il savait que c'était au contraire parfaitement possible. C'était au moins arrivé une fois l'an dernier, et il n'y avait pas de raison pour que ça ne se reproduise pas cette année. Deux amoureux à qui l'on refusait le mariage finissaient toujours par s'enfuir au milieu de la nuit. Si leurs parents ne parvenaient pas à les rattraper dans les heures suivantes, les jeunes gens revenaient mari et femme, et les familles se trouvaient alors devant le fait accompli. Au prix, bien sûr, d'un énorme scandale.

— Pourquoi dites-vous que c'est impossible ? ne put s'empêcher de demander Anthony, bien qu'il sût que la décence lui commandait d'interrompre cette conversation.

— Parce que je ne suis amoureuse d'aucun des jeunes gens que nous avons vus cet après-midi, répliqua Emeline. Allons, Anthony, dépêchons-nous. Il risque de se mettre à pleuvoir, et ma tante aura une attaque si j'abîme ma nouvelle robe.

Elle n'aimait aucun de ces garçons ! se répéta-t-il avec ravissement. Certes, cela ne voulait pas dire pour autant qu'elle l'aimait, *lui*, mais au moins elle ne nourrissait de sentiments pour personne d'autre. Tout à coup, il se sentait l'esprit beaucoup plus léger.

Il sourit.

— Ne vous inquiétez pas, Emeline. Une lady qui s'associe à un homme comme Tobias ne peut pas s'évanouir pour une question de chiffons.

Emeline éclata de rire.

— Vous ne soupçonnez pas la valeur que tante Lavinia accorde aux créations de Mme Francesca. Elle considère ses robes comme des investissements.

Hélas, Anthony savait très bien pourquoi Lavinia s'attachait à ces robes. La tante d'Emeline ne désespérait toujours pas de marier sa nièce avec un gentleman de la bonne société.

Les deux jeunes gens débouchaient au coin de Claremont Lane, quand ils virent Tobias et Lavinia gravir le perron du numéro 7.

— Manifestement, nous ne sommes pas les seuls à être en retard, commenta Emeline. Ma tante et M. March ont dû sortir prendre de l'exercice.

Malgré la distance, Anthony remarqua chez Tobias un air de satisfaction évident.

— Un exercice plutôt... réjouissant, si je ne m'abuse, murmura-t-il.

Emeline le regarda, intriguée.

— Pardon ?

Par chance, il n'eut pas à s'expliquer. Tobias venait de tourner la tête dans leur direction.

— Bonjour, Emeline, dit-il alors que les jeunes gens arrivaient au pied du perron. Comment était votre conférence ?

— Beaucoup moins intéressante que je ne l'espérais. Mais Anthony et moi avons tout de même passé un agréable moment.

Mme Chilton leur ouvrit la porte, juste à l'instant où Lavinia sortait sa clé de son réticule.

— Voulez-vous entrer prendre le thé ? proposa-t-elle à Anthony.

— Non, merci, répondit le jeune homme.

Et, se tournant vers son beau-frère, il ajouta :

— Je souhaiterais te parler en privé.

Tobias haussa les sourcils.

— Ça ne peut pas attendre ?

— J'ai peur que non.

— Très bien. Dans ce cas, nous en discuterons sur le chemin de mon club.

Là-dessus, Tobias dit au revoir à Lavinia – un au revoir qui parut bien tendre à Anthony –, puis les deux hommes attendirent que la porte se soit refermée sur Lavinia et sa nièce pour héler un fiacre. Deux minutes plus tard, ils étaient confortablement installés sur la banquette du véhicule.

— Que se passe-t-il ? interrogea Tobias. À voir ta tête, on jurerait que tu as avalé quelque chose qui ne passe pas.

Anthony enrageait. C'était la deuxième fois, en moins d'une heure, qu'on lui demandait s'il n'était pas malade. Comme s'il s'agissait de cela !

— J'ai besoin de faire fortune, annonça-t-il sans préambule.

Tobias étira nonchalamment ses jambes devant lui.

— Nous en sommes tous au même point, Anthony. Si tu fais fortune, préviens-moi. Je serais ravi de partager avec toi.

— Je parle sérieusement. Il me faut gagner de quoi fonder un foyer confortable.

Tobias croisa son regard.

— Tu es amoureux d'Emeline, n'est-ce pas ?

— Oui.

— Bon sang, je m'en doutais ! Et je le redoutais. Lui as-tu déclaré ta flamme ?

— Bien sûr que non. N'ayant pas les moyens de l'épouser, je ne suis pas en position de lui avouer mon amour.

Tobias hocha la tête. Il comprenait.

— Tu n'as pas d'argent. Mais tu cherches un moyen d'en obtenir rapidement, c'est cela ?

— Je suis plutôt doué aux cartes. Avec un peu plus de pratique, je pourrais…

— Non.

— Je sais que tu n'aimes pas les jeux, mais si…

— Non.

— Laisse-moi au moins finir d'exposer mon idée ! protesta Anthony. Je voudrais aborder les cartes comme une distraction mathématique. Je suis sûr qu'un peu de raisonnement réussirait, là où trop de joueurs ne mettent que de la passion.

— Si ta sœur revenait sur terre, elle me vouerait aux enfers. Tu sais très bien que sa plus grande peur était que tu ressembles à ton père.

— Ce n'est pas parce que je me mettrais à jouer que je serais obligé de finir comme lui.

— Bon sang, Anthony ! Ce n'est pas un métier. Et il n'y a rien de bon à espérer de ce côté-là. Le monde du jeu est sans pitié.

Le jeune homme se raidit. Il appréhendait de se disputer avec Tobias, cependant il tenait à aller jusqu'au bout de son plan.

— Je ne souhaite pas discuter plus longtemps de ce sujet, reprit-il. Je ne suis plus un gamin, et tu ne peux rien m'interdire. C'est à moi de décider de mon existence.

Le regard de son beau-frère s'assombrit violemment. Anthony prit soudain peur.

— Que les choses soient bien claires, répliqua Tobias d'une voix dangereusement calme. En effet, je ne peux rien t'interdire. Mais si tu comptes mettre ton projet insensé à exécution, tu peux être assuré que je ferai tout pour te jeter des bâtons dans les roues. Je me sens responsable de ton éducation, en mémoire d'Ann. Ne t'imagine pas que je puisse oublier la promesse que je lui ai faite sur son lit de mort.

Anthony prit une profonde inspiration et carra les épaules.

— Je n'ai aucune envie de me quereller avec toi, Tobias. Tu sais combien je te respecte. Mais ma situation devient tragique, et je ne vois pas d'autre solution.

Au lieu de se lancer dans un nouveau sermon, Tobias détourna la tête pour contempler les rues à travers la vitre de la portière, s'enfermant dans un silence pensif.

Au bout de quelques minutes, Anthony tenta une diversion afin de détendre l'atmosphère.

— Tobias ? Tu boudes ? demanda-t-il d'une voix amusée. Ça ne te ressemble pas. J'imaginais une réaction plus violente. Comme de me menacer de m'étrangler, par exemple.

— Je t'ai dit, tout à l'heure, que tu n'étais pas le seul à vouloir faire fortune.

Anthony ne s'attendait pas à cela.

— J'ai cru que tu plaisantais...

— Eh bien, non.

Tout à coup, le jeune homme comprit.

— C'est à cause de Lavinia ! Tu voudrais l'épouser ?

Tobias se tourna vers lui.

— Je ne suis malheureusement pas davantage en position de demander sa main que toi celle d'Emeline.

Anthony ne pouvait rêver meilleure transition. C'était le moment idéal pour dévoiler la seconde partie de son plan.

— Au contraire, dit-il. Tu es moins à plaindre que moi. Et même, je t'envie. Tu n'es pas sans ressources. Ton métier te rapporte de substantielles commissions.

— Mais ce n'est pas une profession stable. Il y a trop de hauts et de bas.

— Avec l'argent gagné dans l'affaire des statues de cire, tu as pourtant investi sur l'un des bateaux de lord Crackenburne, fit valoir Anthony.

— Mes moyens me permettaient de ne financer qu'une petite part de l'armement du navire. Et je ne saurai si cet investissement m'aura rapporté que lorsque le bateau sera revenu des Indes. C'est-à-dire, pas avant plusieurs mois. Tu vois bien que ma situation ne vaut guère mieux que la tienne.

Anthony haussa les épaules.

— De toute façon, je vois mal Lavinia épouser quelqu'un pour son argent.

Tobias ne répondit rien. Il retourna à sa contemplation des rues.

— Emeline a parlé mariage avec sa tante, reprit le jeune homme.

Tobias ne put cacher sa curiosité.

— Que t'a-t-elle raconté ?

— Elle est convaincue que, derrière son discours sur l'importance des aspects financiers d'un mariage, Lavinia cache une nature romantique.

— Lavinia ? Romantique ? s'esclaffa Tobias. Où diable Emeline est-elle allée pêcher cette idée ?

— Je suppose que c'est la passion de sa tante pour les poètes romantiques qui lui a mis la puce à l'oreille.

Tobias y réfléchit quelques instants, avant de secouer la tête.

— Lavinia aime la poésie, c'est certain. Mais elle est beaucoup trop pragmatique pour laisser les poètes influencer ses choix de vie.

Anthony réprima un soupir. Son beau-frère possédait un grand nombre de qualités, mais hélas il n'avait aucun penchant pour le romantisme.

— Emeline est convaincue que Lavinia n'épousera jamais quelqu'un qu'elle n'aime pas, même si elle devait y trouver un intérêt financier.

— Hmm.

Anthony s'éclaircit la gorge.

— Je pense que tu devrais te montrer plus romantique dans ta relation avec Lavinia. Il me semble que parfois tu es trop brusque avec elle.

— Parce qu'elle est toujours en train de me contredire ! Je n'ai jamais rencontré de femme aussi entêtée.

— Mais elle finira par se lasser de tes manières.

Tobias crispa les mâchoires.

— Bon Dieu ! Je ne vais quand même pas me changer en lord Byron ! J'en serais bien incapable, du reste.

— Je ne te demande pas de devenir poète, mais simplement d'adopter un peu leur façon de s'exprimer.

Tobias fronça les sourcils.

— Par exemple ?

— Eh bien, le matin en la saluant, tu pourrais la comparer à une déesse.

— *Une déesse?* Serais-tu devenu fou à lier?

Anthony masqua son sourire.

— C'était juste une suggestion...

Tobias se mit à se masser la cuisse en silence.

— Quel genre de déesse? grommela-t-il au bout d'un moment.

— Vénus, bien sûr.

— Vénus! C'est ridicule. Lavinia me rirait au nez.

Je n'en suis pas si sûr. Je ne crois pas qu'aucune lady rirait de se voir comparée à Vénus.

— Hmm.

Anthony estimait ne pouvoir en faire davantage, pour l'instant. Il décida de revenir à son principal sujet de préoccupation.

— Si je pouvais amasser un petit pécule, dit-il, Crackenburne m'autoriserait peut-être, moi aussi, à investir dans ses navires.

— Ne compte pas là-dessus. Ces tripots sont des lieux de perdition. Tu n'as aucune chance.

L'atmosphère s'assombrit derechef.

— Je t'ai souvent dit que tu pourrais faire une belle carrière de fondé de pouvoir, reprit Tobias. Tu es ordonné et méticuleux. Crackenburne serait ravi de te recommander à l'un de ses amis.

— Ce genre de profession ne m'attire pas. Je ne me sens pas disposé à passer des journées entières assis derrière un bureau.

Un nouveau silence tomba dans l'habitacle.

— J'ai une autre suggestion, annonça Anthony, qui jugeait le moment opportun pour abattre sa dernière carte.

Tobias haussa les sourcils.

— Laquelle?

— Tu pourrais me prendre comme assistant.

— Tu en fais déjà office, à l'occasion.

— Mais trop rarement à mon goût. Je voudrais devenir *officiellement* ton assistant.

— Qu'espères-tu gagner dans l'affaire ?

— Une source de revenus.

Tobias croisa son regard.

— Tu es sérieux ?

— Je n'ai jamais été plus sérieux de ma vie. Je suis convaincu d'avoir du flair pour ce métier.

— Je ne suis pas certain que le flair ait grand-chose à voir là-dedans, rétorqua Tobias. À ma connaissance, on devient détective privé quand toutes les autres portes se sont fermées devant vous. Ça ne vaut guère mieux que d'arpenter le trottoir.

5

Le lendemain matin, Lavinia et Emeline prenaient, comme tous les jours, leur petit déjeuner ensemble.

— Tu es sûre que le fait d'avoir revu Oscar Pelling ne t'a pas traumatisée ? s'inquiéta Emeline.

Lavinia venait d'ouvrir son journal.

— J'avoue que, sur le coup, j'ai été un peu choquée. Mais je m'en suis vite remise.

Grâce à la réaction de Tobias, en fait, songea la jeune femme. Elle se sentait immensément soulagée de lui avoir confié son secret.

— Comme toujours.

Lavinia haussa les sourcils.

— Comme toujours, quoi ?

Emeline sourit.

— Tu te remets toujours de tout. Ma chère tante possède un vrai talent pour retomber sur ses pieds en toute circonstance.

Lavinia but une gorgée de café avant de répondre.

— Je n'ai pas eu souvent le choix, de toute façon. Et puis, je savais que tôt ou tard mon chemin finirait par croiser celui de Pelling. Heureusement, je ne pense pas qu'il m'ait aperçue.

Emeline fit la grimace.

— Espérons. Et vivement qu'il reparte à la campagne.

— Pour autant que je me souvienne, ce n'est pas quelqu'un qui aime la foule, dit Lavinia en tournant une page de son journal. Il ne sera venu en ville que pour ses affaires.

Et puis, elle ne se souciait déjà plus d'Oscar Pelling. Maintenant que Tobias savait la vérité et qu'il ne lui en tenait pas grief, elle trouvait la vie très belle.

Emeline étala un peu de marmelade d'oranges sur une tartine.

— J'aurais voulu te parler, si ça ne t'embête pas...

— Nous parlons déjà, il me semble.

— Je voulais dire, d'un sujet important. En fait, ces temps-ci, je pense beaucoup à ma... carrière.

— Ta carrière ? répéta Lavinia, sans lever les yeux de son journal. Mais tu n'en as pas !

La jeune femme avait posé à portée de main de quoi écrire. Tout bien réfléchi, elle avait jugé préférable, avant de passer une publicité dans la presse, d'étudier le sujet de plus près. À cette fin, elle avait décidé de dresser une liste des mots ou expressions les plus percutants qu'elle pourrait relever dans toutes sortes de placards publicitaires.

La livraison de ce matin n'était pas très riche, excepté une annonce d'un certain G.A. Darfield, docteur qui offrait ses services aux « veuves et femmes mariées souffrant de dérèglements nerveux ». Il leur promettait des « remèdes appropriés à tous leurs problèmes ».

— C'est bien le drame, répondit Emeline. Je n'en ai pas.

— C'est ce que je disais, répliqua Lavinia d'un air absent. Que penses-tu de cette phrase : « Remèdes appropriés à tous vos problèmes » ?

— Ça fait médical... Lavinia, tu ne m'écoutes pas ! Je te parlais de mon avenir.

— Quel est le problème avec ton avenir ? demanda Lavinia, en même temps qu'elle inscrivait sur son carnet « remèdes » et « appropriés ». Je trouve, moi, qu'il s'annonce sous les meilleurs auspices. Grâce à Joan Dove, nous sommes invitées dans les plus brillants bals de la saison. Celui des Stillwater, par exemple. Ou celui que Joan elle-même prévoit de donner. Ce qui me fait penser que nous avons rendez-vous chez Mme Francesca, pour l'essayage de tes nouvelles robes...

— Je sais. Mais je n'ai pas envie de parler de bals, ni de toilettes, rétorqua Emeline. Je voudrais avoir un métier, tante Lavinia.

— Ne dis pas de sottises. Aucun gentleman digne de ce nom ne voudrait d'une femme qui travaille.

— Tante Lavinia, je n'ai pas forcément envie d'épouser un gentleman de la bonne société. Cette idée serait même plutôt pour me déplaire.

— Ne me dis pas que tu souhaiterais épouser un fermier ! Je ne te connais aucune passion pour la vie rurale.

— Je n'ai pas envie d'épouser un fermier. Je voudrais simplement devenir ton associée.

— Mais... nous le sommes déjà ! Je te demande régulièrement ton avis. Tiens, que dis-tu de ça : « La banque Morgan offre à ses clients privilégiés une gamme de placements adaptés à leurs besoins. Discrétion et confidentialité de rigueur » ? Tu ne trouves pas que « discrétion et confidentialité de rigueur » sonnerait bien sur mes cartes de visite ?

Emeline soupira.

— Si, bien sûr.

À cet instant, quelqu'un frappa à la porte d'entrée.

— Nous avons de la visite, commenta Lavinia. Peut-être un nouveau client ?

— C'est plus probablement M. March, à cette heure-là. Et ça lui ressemble bien de ne pas annoncer ses visites.

— Les civilités ne sont pas son fort, en effet, marmonna Lavinia. N'oublie pas que le soir de notre rencontre, à Rome, il a proprement saccagé notre boutique d'antiquités. Ses manières ne se sont pas beaucoup améliorées depuis.

Emeline, amusée, mordit dans sa tartine, tandis que la voix de Tobias résonnait dans le couloir :

— Ne vous donnez pas cette peine, madame Chilton, disait-il à la gouvernante. Une assiette d'œufs au bacon me suffira amplement.

Lavinia tendit l'oreille pour écouter son pas. Ce matin, il ne semblait pas traîner la jambe. Dès que le temps revenait au sec, son état s'améliorait.

La seconde d'après, il poussait la porte de la salle à manger.

— Bonjour, mesdames.

— Quel plaisir de vous voir, monsieur March, l'accueillit Emeline avec un grand sourire. M. Sinclair vous accompagne ?

— Non. Il aurait aimé, mais je l'ai envoyé faire une course, répondit Tobias, avant de se tourner vers Lavinia. Tu es resplendissante, ce matin. On dirait l'incarnation de Vénus sortant des eaux.

La jeune femme faillit en renverser sa tasse de café.

— L'incarnation de Vénus ? répéta-t-elle, stupéfaite. Tu ne serais pas malade, Tobias ?

— Je me sens en pleine forme, au contraire. Il reste du café ?

— Bien sûr, répondit Emeline, qui s'était déjà emparée de la cafetière. Je vais me faire une joie de vous servir. M. Sinclair nous rejoindra peut-être plus tard ?

— J'en doute fort, dit Tobias en prenant une chaise. Il sera occupé toute la journée.

Emeline remplit sa tasse de café.

— J'ignorais que M. Sinclair ne serait pas libre. Il ne m'en a rien dit, hier.

— Mais entre-temps, il est devenu mon assistant.

La jeune fille reposa la cafetière en heurtant la table.

— Votre assistant ?

Il prit une tartine, avec un haussement d'épaules.

— C'est lui qui me l'a demandé. Il désire que je lui apprenne le métier.

Emeline semblait abasourdie.

— C'est extraordinaire...

— Personnellement, je trouve cela plutôt consternant, objecta Tobias. J'aurais nettement préféré qu'il embrasse une autre carrière. Mais Anthony n'a rien voulu entendre. C'était ça, ou devenir joueur dans un tripot.

— Quelle coïncidence… murmura Emeline.

Il la regarda avec incrédulité.

— Comment, mademoiselle Emeline ? J'espère que vous n'avez pas la même idée en tête !

— Rassurez-vous, je n'ai pas envie de devenir joueuse.

Et, après un regard vers sa tante, elle ajouta :

— Mais j'étais justement en train d'expliquer à tante Lavinia que je souhaitais moi aussi avoir un métier, et que je voulais m'y entraîner dès maintenant.

— Et j'étais en train de répondre à Emeline que c'était hors de question, intervint Lavinia en repliant son journal. Ses journées sont assez remplies comme cela. Elle n'a pas le temps d'étudier un métier.

— C'est faux, objecta la jeune fille. Et je suis déterminée à suivre ton exemple, Lavinia.

Il y eut un bref silence, très tendu.

— Tu es ridicule, lâcha finalement Lavinia.

— Je veux devenir ton assistante. Exactement comme Anthony avec M. March.

Lavinia n'en croyait pas ses oreilles.

— Cette conversation est ridicule. Tes parents seraient horrifiés d'apprendre tes projets.

— Mes parents sont morts, tante Lavinia. Leur opinion n'a rien à voir dans l'histoire.

— Mais tu sais très bien comment ils le prendraient. Par respect pour leur souvenir, j'estime avoir des responsabilités à ton égard. Mon devoir est de veiller à ton établissement dans la société. Or, ce n'est pas un métier pour une lady.

Emeline sourit.

— Tu le fais, pourtant. Et je te considère comme une lady.

Puis, se tournant vers Tobias, elle enfonça le clou :

— Ne trouvez-vous pas que tante Lavinia est une lady, monsieur March ?

— Bien sûr que si, répondit-il sans hésiter. Et je défie quiconque de prétendre le contraire.

Lavinia le fusilla du regard.

— Tout ça, c'est ton œuvre, Tobias. Tu as mis cette idée absurde dans la tête d'Emeline et d'Anthony.

— M. March n'y est pour rien, assura la jeune fille.

Tobias posa sa tartine.

— Je te jure ne leur avoir donné aucun encouragement.

Emeline sourit de nouveau.

— Si tu dois absolument t'en prendre à quelqu'un, tante Lavinia, commence par toi-même. Depuis que je vis avec toi, tu as toujours été ma source d'inspiration.

— *Moi* ? s'étrangla Lavinia.

— Oui, toi. Ta capacité à surmonter les revers de fortune me fascine. Beaucoup d'autres personnes à ta place – même des hommes – ne se seraient pas relevées des épreuves que tu as dû traverser. J'ai une vraie admiration pour ta clairvoyance et ton sens pratique.

Tobias hocha la tête, comme s'il approuvait en bloc.

— Sans parler de ton habileté à obtenir des invitations pour les soirées les plus huppées de la ville, renchérit-il.

Lavinia posa brusquement sa tasse.

— Mon Dieu, je n'y crois pas ! C'est une véritable conspiration !

— Emeline a raison de te prendre pour modèle, insista Tobias. Je ne vois pas qui d'autre pourrait mieux l'influencer.

Elle fronça les sourcils.

— Arrête de te moquer de moi, s'il te plaît. Je ne suis pas d'humeur à plaisanter.

Avant qu'il ait pu répondre, Mme Chilton entra, un plateau dans les mains.

— Voici vos œufs au bacon, monsieur March.

— Merci, madame Chilton. Vous avez fait merveille, comme d'habitude. Si jamais l'idée vous prenait de quitter votre employeuse, sachez que ma maison vous est ouverte.

La gouvernante pouffa.

— Ce n'est pas dans mes intentions, monsieur. Merci quand même de votre proposition. Désirez-vous autre chose ?

— Peut-être un peu plus de café ?

— Je vais vous en chercher.

Dès que Mme Chilton fut repartie vers l'office, Lavinia gratifia Tobias d'un regard incendiaire, qu'il feignit d'ignorer.

— Je te serais reconnaissante de ne pas débaucher ma domesticité.

Emeline, pendant ce temps, avait sorti sa montre avec ostentation.

— Oh, mon Dieu ! Vous allez devoir m'excuser ! s'exclama-t-elle en repliant sa serviette pour se lever de table. Il faut que j'aille m'habiller. Priscilla et sa mère ne vont pas tarder. Je leur ai promis de les accompagner ce matin dans les boutiques.

— Attends une seconde, Emeline. À propos de cette idée de... carrière...

— Nous en reparlerons plus tard, la coupa la jeune fille, qui avait gagné la porte. Tu ne voudrais quand même pas que je fasse attendre lady Wortham ?

Elle disparut avant que Lavinia ait pu répondre quoi que ce soit.

La salle à manger se retrouva plongée dans un profond silence. N'ayant plus que Tobias pour cible, Lavinia repoussa son assiette, croisa les bras sur la table et le considéra.

— Manifestement, la perspective qu'Anthony puisse t'aider dans ton travail a tourné la tête à ma nièce...

Il reposa couteau et fourchette. La jeune femme comprit qu'il n'avait plus envie de rire.

— Crois-le ou non, Lavinia, je compatis sincèrement à tes soucis. Je n'ai pas plus envie de voir Anthony marcher sur mes brisées que toi de voir Emeline embrasser cette carrière.

— Mais que pouvons-nous faire pour leur ôter cette idée de la tête ?

Tobias but une gorgée de café.

— Ça, je l'ignore. J'ai l'impression que, de toute façon, leur sort n'est plus entre nos mains. Nous pouvons tout au plus les guider, mais n'espérons pas les contrôler. Ils sont grands, et ils ne nous écoutent plus.

— C'est effrayant. Emeline pourrait commettre des imprudences et ruiner sa réputation.

— Calme-toi, Lavinia. Tu prends cette affaire trop à cœur. Ce n'est quand même pas une tragédie.

— Peut-être pas pour toi, mais pour moi, oui ! J'espérais tellement voir Emeline faire un beau mariage. Aucun gentleman digne de ce nom n'acceptera d'épouser une femme qui gagne sa vie en étant détective privé.

Tobias croisa son regard.

— Rêvais-tu d'un pareil mariage pour toi-même ?

Lavinia s'attendait si peu à cette question qu'elle ne sut quoi répondre.

— Bien sûr que non, lâcha-t-elle finalement, avec brusquerie. D'ailleurs, je ne songe pas à me remarier.

— Parce que tu as trop aimé ton premier mari ?

La jeune femme se sentit paniquer. La conversation dérivait dangereusement. Il fallait au plus vite changer de cap, sinon elle se retrouverait, une fois de plus, à s'angoisser sur la profondeur des sentiments que Tobias pouvait lui porter. Elle savait que, de son côté, il n'avait jamais oublié son épouse, morte en couches. Et elle n'imaginait pas pouvoir se comparer au fantôme de la belle Ann. Anthony avait si souvent décrit sa sœur comme un ange incarné sur terre ! Lavinia se reconnaissait certaines qualités, mais elle n'avait rien d'un ange.

— Franchement, Tobias, je ne vois pas pourquoi nous parlerions mariage. Nous avions commencé à évoquer l'avenir d'Emeline.

— Et celui d'Anthony, par la même occasion.

Elle soupira.

— Je sais. Ils ont développé, l'un pour l'autre, une vraie tendresse.

— Il serait bête de le nier.

— Emeline est si jeune…

— Anthony aussi.

— À cet âge-là, on ne connaît pas encore bien son cœur.

— Tu n'étais pas beaucoup plus vieille, quand tu t'es mariée. Connaissais-tu ton cœur, à ce moment-là ?

Lavinia se redressa sur sa chaise.

— Évidemment ! Je n'aurais pas épousé John, si je n'avais été certaine de mes sentiments pour lui.

C'était vrai, à l'époque. Mais avec le recul, elle réalisait que John lui avait surtout inspiré un émoi romantique, digne de la jeune fille qu'elle était alors. S'il avait vécu, leur amour aurait sans doute mûri et serait devenu plus fort et plus solide. Le sort en avait décidé autrement et son mari ne lui inspirait plus, désormais, qu'un tendre souvenir qu'elle avait rangé dans l'un des tiroirs de son cœur.

Tobias esquissa un sourire.

— Tu es décidément toujours sûre de toi, quel que soit le sujet abordé.

— Je pourrais en dire autant sur ton compte.

Il sourit de plus belle.

— Voilà au moins un point commun qui nous rapproche.

6

Un peu plus tard, ce même jour, Tobias alla déjeuner à son club. Il en sortit à deux heures, et comme rien ne le pressait, ignorant les fiacres qui le dépassaient, il décida de marcher un peu pour profiter du soleil.

Son but était la librairie où il avait donné rendez-vous à Lavinia. Il comptait ensuite l'emmener manger une glace puis, si la chance lui souriait, la convaincre d'un petit intermède amoureux près de la fausse ruine, dans Hyde Park.

Malheureusement, quelques nuages s'amoncelaient à l'horizon. Il restait à espérer que le soleil saurait s'imposer au moins jusqu'au soir. Quelques jours plus tôt, les deux amants avaient été interrompus dans leurs ébats par une soudaine averse, qui avait brutalement refroidi leurs ardeurs.

Tobias, du reste, commençait à se lasser de devoir chercher des endroits discrets pour goûter un peu d'intimité avec la jeune femme. Il estimait avoir dépassé l'âge de ces simagrées dignes d'un collégien. Mais Lavinia se refusait pour l'instant, à cause d'Emeline, à l'accueillir dans son lit.

Il n'était plus qu'à quelques mètres de la librairie, méditant le projet de l'emmener un ou deux jours dans une auberge de campagne, quand une créature tout habillée de rose sortit brusquement de la boutique d'une modiste.

— Monsieur March ! s'exclama Céleste Hudson avec un grand sourire. Quel plaisir de vous revoir !

— Tout le plaisir est pour moi, madame Hudson. Votre mari n'est pas là ?

— Grands dieux, non. Howard déteste accompagner les dames dans leur shopping. Il n'a pas de patience pour cela.

Céleste avait ponctué sa phrase d'un rire léger, mais qui sonna faux aux oreilles de Tobias. Heureusement que Lavinia ne riait jamais ainsi !

— Je ne dirais pas non plus que le shopping est mon sport favori, répondit-il.

Céleste déploya son éventail et joua avec, devant son visage, pour lancer à Tobias un regard délibérément aguicheur. Il le remarqua, évidemment, mais il était surtout frappé par l'éventail. C'était un modèle richement orné, avec d'étranges dessins entremêlés de volutes et de petites perles brodées qui accrochaient les rayons du soleil. Le genre d'éventail qu'on aurait vu davantage à un dîner ou à un bal, plutôt que dans la rue au milieu de l'après-midi. Mais, après tout, il n'y connaissait pas grand-chose en mode féminine.

— Où est Mme Lake ? demanda-t-elle. Vous aurait-elle laissé seul ?

— Je suis justement en chemin pour la retrouver, répliqua Tobias, que le petit jeu de Céleste avec son éventail commençait de lasser au plus haut point. Elle achète quelques nouveaux recueils de poèmes dans une librairie du quartier.

Il détourna le regard.

— De la poésie ? Comme c'est passionnant ! Moi-même, j'adore la poésie, assura Céleste qui continuait de manier son éventail. Cela vous ennuierait-il, monsieur March, si je vous accompagnais jusqu'à cette librairie ?

— Bien sûr que non.

Là-dessus, elle glissa la main sous son bras avec une habileté déconcertante.

— La journée est radieuse, vous ne trouvez pas ? reprit-elle, tout en poursuivant ses mouvements d'éventail tandis qu'ils marchaient vers la librairie.

— Le beau temps ne durera pas.

— Ne soyez donc pas si pessimiste, monsieur March !

— Je ne suis pas pessimiste, rétorqua Tobias, qui avait bien envie de lui arracher son éventail pour le jeter dans le caniveau. J'observe le ciel, c'est tout.

Elle se tourna vers lui.

— Je parierais, monsieur March, que vous êtes le genre d'homme qui préfère se confronter aux difficultés de la vie plutôt que de se laisser gagner par ses rêves.

— Les rêves sont faits pour ceux qui n'ont pas de volonté.

Elle secoua gracieusement la tête, en lui décochant un regard de pure sensualité.

— Je ne suis pas d'accord. Certains rêves peuvent devenir réalité. Mais il faut savoir en payer le prix.

— Et quand vous avez payé le prix, il ne vous reste plus de quoi savourer la satisfaction de votre rêve.

Céleste secoua de nouveau la tête.

— Votre problème, c'est sans doute de ne pas encore avoir eu de rêve qui en vaille la peine. Si vous voulez un conseil, ne jugez pas les choses avant d'y avoir goûté.

Le sous-entendu était trop évident. Il croisa son regard.

— Auriez-vous l'obligeance d'écarter cet éventail, madame Hudson ? Il m'irrite.

La jeune femme cligna des yeux, médusée. L'éventail se referma d'un coup sec.

— Pardonnez-moi, monsieur March, répliqua-t-elle d'une voix qui n'avait plus rien d'enjôleur. J'ignorais que cela vous gênait.

Tobias n'eut pas à se justifier. Lavinia s'avançait à leur rencontre.

— Madame Hudson ! s'écria-t-elle. Quelle surprise de vous retrouver en pleine rue... et avec M. March !

La seule voix de la jeune femme suffit à ramener un sourire sur les lèvres de Tobias. Son timbre sonnait tellement plus agréablement à ses oreilles que celui de Céleste...

Lavinia tenait d'une main le sac qui devait contenir ses emplettes et de l'autre, une ombrelle vert et blanc. Elle portait une robe d'un vert émeraude prononcé et une pelisse rayée, d'un vert plus clair. Probablement une nouvelle création de Mme Francesca, songea Tobias, qui admira aussi le petit chapeau, vert également, qui coiffait sa chevelure flamboyante.

Elle s'arrêta juste devant lui.

— Tu es en retard, dit-elle.

Il comprit, à son regard, qu'elle était de mauvaise humeur.

— C'est ma faute, intervint Céleste, toujours agrippée au bras de Tobias. Nous nous sommes rencontrés par hasard devant une boutique, et nous en avons profité pour papoter. J'espère que vous ne m'en voudrez pas d'avoir distrait M. March quelques minutes ?

— M. March n'est pas du genre à se laisser distraire, à moins qu'il en ait envie, rétorqua Lavinia.

Et, gratifiant ce dernier d'un sourire glacial, elle ajouta :

— Je suppose que vous parliez d'un sujet passionnant ?

— Nous parlions des plaisirs du shopping, répondit-il en réussissant à libérer son bras.

Lavinia haussa les sourcils.

— Vraiment ? J'ignorais que tu t'intéressais au shopping. (Elle reporta son attention sur Céleste.) Puisque nous parlons shopping, madame Hudson, j'ai aperçu de loin votre éventail, juste avant que vous ne le refermiez. Pourrais-je savoir où vous l'avez acheté ? J'aimerais m'en procurer un semblable.

Céleste rangea l'éventail dans son réticule.

— J'ai peur que ce ne soit pas possible. Je l'ai fabriqué moi-même.

— C'est vrai ? s'exclama Lavinia, admirative. Vous m'impressionnez. Pour ma part, je ne possède malheureusement aucun talent créatif.

— Je suis convaincue que vous avez d'autres talents, madame Lake.

C'était dit avec une froideur qui n'échappa pas à Tobias.

— Oh, j'ai peut-être deux ou trois qualités, répondit Lavinia. Par exemple, toujours en matière de shopping, je me flatte de savoir repérer les bonnes affaires au premier coup d'œil.

— Vraiment ? rétorqua Céleste, affichant un sourire condescendant. Pour ma part, j'ai le don de repérer les charlatans. Votre profession ne doit pas en manquer, n'est-ce pas ?

— Que voulez-vous dire ?

Céleste haussa négligemment les épaules.

— *N'importe qui* peut se prétendre détective privé, sans qu'on puisse vérifier sa compétence.

— Précisez votre pensée, madame Hudson.

— Comment voulez-vous qu'un client sache s'il traite avec quelqu'un de qualifié pour mener une enquête ?

— C'est très simple, expliqua Lavinia. Les clients avisés recourent au même principe que lorsqu'ils cherchent un praticien du mesmérisme. Ils exigent des références.

— Parce que vous avez des références, madame Lake ? Je suis étonnée de l'apprendre.

Tobias jugea qu'il était temps d'intervenir.

— Puisque nous évoquons le sujet, dit-il, je suppose que le Dr Hudson a gagné de solides références quand il était à Bath ?

— Bien sûr. Howard dispensait ses soins à une clientèle triée sur le volet.

— Ça m'étonnerait beaucoup que votre clientèle soit plus prestigieuse que la nôtre, rétorqua Lavinia.

Céleste la gratifia d'un regard apitoyé.

— Tiens donc ? J'ai pourtant du mal à croire que vous puissiez compter des personnages aussi distingués que lord Gunning ou lord Northampton parmi vos clients.

Lavinia ouvrait déjà la bouche pour répliquer, mais Tobias lui prit le bras, assez fermement pour attirer son attention. Elle le fusilla du regard, mais referma la bouche.

— C'est impressionnant, en effet, dit-il. Pour l'instant, Mme Lake et moi-même ne comptons pas d'aussi brillants sujets dans notre clientèle, mais ce n'est sans doute qu'une question de temps. Maintenant, excusez-nous. Nous avons un rendez-vous.

— Nous n'avons aucun rendez-vous, le contra Lavinia.

— Si. Tu l'auras oublié.

Et, avec un sourire pour Céleste, il ajouta :

— Au revoir, chère madame.

Céleste reporta son attention sur lui. Son regard brillait de nouveau.

— Au revoir, monsieur March. Ce fut un plaisir de vous revoir. J'espère que nous aurons l'occasion de poursuivre notre conversation.

Il s'inclina poliment.

— Mais certainement, répondit-il, avant d'entraîner Lavinia à l'écart.

Ils marchèrent quelques minutes en silence, pendant lesquelles Tobias put sentir que la jeune femme, accrochée à son bras, ruminait sa rage.

— Tu as compris, dit-elle finalement, qu'elle voulait t'hypnotiser avec son éventail ?

— Ça m'a traversé l'esprit, en effet. C'est bizarre. D'autant qu'elle nous a assuré, l'autre jour, n'avoir aucun don pour le mesmérisme.

Elle renifla avec dédain.

— Un don, certainement pas. Mais à force de voir travailler Howard, il est possible qu'elle ait appris quelques règles de base.

— Et voulu les essayer sur moi ? Je me demande bien pourquoi.

— Ne sois pas ridicule. La réponse coule de source. Elle cherche à te séduire, et elle a tenté d'user de ses maigres connaissances en mesmérisme pour atteindre son objectif.

Il sourit.

— Tu crois vraiment qu'elle veut me séduire ?

— J'en suis sûre et certaine. Tu la fascines, et elle doit considérer que tu représentes un défi pour ses charmes.

— J'en serais flatté, si je n'avais pas la certitude que Céleste range les hommes en deux catégories. Ceux qui lui sont utiles, et ceux qui ne lui servent à rien. Je suppose qu'elle m'a rangé parmi les premiers. Ce qui ne me réjouit pas particulièrement.

La jeune femme, se tournant vers lui, inclina son ombrelle pour mieux le regarder.

— Tu penses qu'elle veut se servir de toi ?

— Quoique ma fierté doive en souffrir, je suis obligé de répondre par l'affirmative. Sinon, je ne vois pas pourquoi elle s'intéresserait à ma personne.

— Et comment imagines-tu qu'elle puisse se servir de toi ?

— Ça, je n'en sais fichtre rien, avoua Tobias.

Lavinia secoua la tête.

— Moi, je pense que tu te trompes. Tu l'attires, un point c'est tout. Cela l'amuserait d'avoir une liaison avec toi.

Il rit.

— Comme je ne suis pas homme à me laisser hypnotiser facilement, j'ai peur que nous ne connaissions jamais ses véritables intentions.

Elle ne répondit pas. Voyant qu'elle faisait la moue, Tobias ajouta :

— Serais-tu jalouse par hasard, Lavinia ?

— De ses misérables talents en mesmérisme ? Certainement pas.

— Je ne parlais pas de cela, mais de l'intérêt que Céleste semble me porter.

Elle croisa son regard.

— Aurais-je une raison de me sentir jalouse ?

— Non, aucune.

Elle sourit, et son visage s'éclaira.

— Dans ce cas, le sujet n'a même pas besoin d'être abordé.

— Disons plutôt que tu cherches soigneusement à l'éviter.

— Tobias, tu es un homme de parole, non ? Donc, je te fais confiance. N'en parlons plus.

— Tu *es* jalouse, trancha-t-il.

Et cette constatation, bizarrement, le rendait joyeux.

7

La silhouette vaguement inquiétante de l'entrepôt plongé dans l'obscurité, au bout du quai, la fit frissonner. Pour la première fois, elle eut peur. Mais sa réaction la surprit. Que lui arrivait-il, soudain ? C'était presque fini. Elle avait été trop loin pour perdre courage maintenant.

Elle prit une profonde inspiration, et sa nervosité se dissipa. Tout se passerait bien, elle le savait. L'avenir lui souriait. Le travail serait terminé cette nuit et ensuite, à elle le luxe, les grands bals et les réceptions de la bonne société.

Serrant sa lanterne dans sa main, elle s'approcha de la porte de l'entrepôt et l'ouvrit précautionneusement. Le battant grinça tout de même sur ses gonds. Une fois à l'intérieur, elle resta un moment sur le seuil, afin d'examiner le bâtiment. Sa lanterne lançait des rais de lumière sur les empilements de caisses qui évoquaient, dans leur immobilité, des monuments funéraires. Elle frissonna de nouveau.

Il est trop tard pour reculer, se morigéna-t-elle. Pense à la belle vie qui t'attend, reprends courage !

Et elle s'avança.

Un bruit résonna entre deux piles de caisses. Elle tressaillit, avant de se reprendre. Ce ne pouvait être que des rats. Des rats effrayés par sa lanterne, qui se sauvaient.

Puis elle entendit distinctement marcher derrière elle. Un frisson glacé lui vrilla l'échine. Mais, là encore, elle se reprit. C'était lui, bien sûr. Il avait reçu son message et était venu au rendez-vous. Comme prévu. Dès qu'ils auraient terminé leur affaire, elle serait riche. Très riche.

— Ma chère Céleste, murmura l'assassin avec douceur. Je vous attendais.

Elle comprit, au son de sa voix, que quelque chose n'allait pas. Et cette fois, elle eut peur pour de bon. Elle se retourna lentement, en même temps qu'elle cherchait désespérément son éventail dans son réticule. Elle espérait encore marchander sa vie. D'ailleurs, elle avait pris ses précautions. Le plan était trop risqué. Aussi n'avait-elle pas amené le bracelet avec elle. La Méduse bleue était en lieu sûr. Il ne l'aurait que lorsqu'elle en aurait touché le prix.

Hélas, il était trop tard pour marchander. Il avait déjà noué la cravate à son cou et serrait à l'étrangler...

Avant de sombrer dans le néant, elle songea qu'elle avait commis une tragique erreur.

Elle savait qu'il était sans pitié. Elle ne s'était pas doutée que, en plus, il était fou.

Quand tout fut terminé, il contempla le cadavre d'un air satisfait. Cette vile créature ne nuirait plus jamais à aucun homme.

Il s'agenouilla pour ramasser son réticule, l'ouvrit et en répandit le contenu par terre. Le petit sac renfermait les objets qu'on s'attendait à trouver dans pareil accessoire féminin : un mouchoir, un éventail, quelques pièces de monnaie... Mais ce qu'il cherchait n'était pas là.

Un mauvais pressentiment l'assaillit. Il se jeta sur le cadavre pour fouiller les poches du manteau.

Rien non plus.

La panique le gagnait. D'une main fébrile, il s'attaqua aux poches de la robe, et plongea même la main dans le décolleté de la femme.

Toujours rien.

À bout de ressources, il souleva ses jupes, pour voir si elle ne l'avait pas dissimulé entre ses cuisses.

Mais non!

Affolé, il se releva et brandit la lanterne à bout de bras, afin d'inspecter le plancher. Peut-être l'avait-elle fait tomber en se débattant.

Mais au bout de quelques minutes, il fut bien obligé d'admettre la vérité.

La Méduse bleue restait introuvable.

Et il venait de tuer la seule personne qui aurait pu lui révéler où elle était cachée.

8

Tobias tourna une page du journal qu'il était en train de lire.

— Auriez-vous encore de ces œufs brouillés, madame Chilton ? Ils sont succulents.

— Je vous en apporte tout de suite, monsieur, répondit la gouvernante, aux anges, en se précipitant vers la porte.

— Ah, et aussi quelques toasts, chère madame Chilton. Ils font merveille avec vos œufs brouillés.

— Ne vous inquiétez pas, monsieur. Il y en a d'autres. J'avais le pressentiment que vous viendriez, ce matin.

Dès que la porte se fut refermée derrière la gouvernante, Lavinia leva les yeux de son propre journal.

— J'aurais pu avoir le même pressentiment, dit-elle. Ce n'est jamais que la troisième fois, depuis le début de la semaine, que tu t'invites au petit déjeuner. Tes faits et gestes commencent à devenir prévisibles, Tobias.

— J'arrive à un âge où un homme doit penser à sa santé. Or tous les médecins disent que des habitudes régulières et un bon petit déjeuner sont essentiels à une vie équilibrée.

— Si je comprends bien, tu as décidé de combiner les deux principes en t'invitant ici tous les matins ?

— Ce qui m'oblige à une petite promenade au saut du lit. Ça aussi, c'est excellent pour la santé.

— Tu n'es pas venu à pied, aujourd'hui. Je t'ai vu descendre d'un fiacre.

— Alors comme ça, tu m'attendais à la fenêtre ? releva Tobias en repliant son journal, l'air ravi. J'ai pris un fiacre parce qu'il a plu toute la nuit, au cas où tu ne l'aurais pas remarqué. L'air est encore humide.

Lavinia en oublia son irritation.

— Oh, juste ciel ! Ta jambe te fait souffrir ?

— Je ne connais rien de tel qu'un bon repas pour oublier ses douleurs, répliqua-t-il afin de couper court à la discussion.

Il but une gorgée de café, faisant mine de la savourer comme un nectar, avant d'ajouter :

— Au fait, t'ai-je déjà dit que les rayons du soleil dans tes cheveux te font ressembler à une nymphe ?

Lavinia secoua la tête, excédée.

— Franchement, Tobias, tu deviens bizarre...

La porte de la salle à manger se rouvrit. Mme Chilton revenait avec une nouvelle fournée de toasts et d'œufs brouillés.

— Voilà, monsieur. Régalez-vous !

— Chère madame Chilton, vous êtes une bénédiction !

Au même moment, quelqu'un sonna à la porte d'entrée.

— Sans doute un ami d'Emeline, supputa Lavinia. Madame Chilton, informez cette personne que ma nièce est partie se promener avec M. Sinclair.

— Oui, madame.

La gouvernante s'éclipsa pour aller ouvrir. Mais ce n'est pas la voix d'un ami d'Emeline qui résonna dans le hall.

— Hudson ! s'exclama Tobias, visiblement fâché. Que diable vient-il faire ici, à une heure si matinale ?

— Je te signale que tes visites sont tout aussi matinales, répliqua Lavinia, qui s'était levée de table. Je vais voir ce qu'il veut.

— Je t'accompagne.

— Ce ne sera pas nécessaire.

Tobias ignora sa réponse. Il était déjà debout, et la jeune femme comprit qu'il refuserait de la laisser seule avec Howard Hudson.

— Pardonne-moi si je me trompe, dit-elle, mais tu n'as pas l'air d'apprécier le Dr Hudson...

— C'est un mesmériste. Je n'ai pas confiance dans ces gens-là.

— Oublies-tu que je pratique moi aussi le mesmérisme ?

— Tu *l'as pratiqué,* corrigea Tobias en la suivant vers la porte. Je te rappelle que ton métier actuel n'a plus rien à voir avec ces sornettes.

— Je crois me souvenir également que tu n'apprécies pas davantage mon nouveau métier.

— C'est un autre sujet.

Lavinia fut dispensée de répondre. Elle venait de pénétrer dans le petit salon, où Mme Chilton avait introduit le visiteur.

Howard faisait les cent pas devant la fenêtre, le dos voûté. Il s'était habillé à la hâte, son nœud de cravate était mal fait, et ses souliers n'étaient pas cirés. Ce n'était plus du tout le Howard Hudson « gravure de mode » que Lavinia avait vu quelques jours auparavant. Bien qu'elle ne pût distinguer ses traits, elle comprit immédiatement qu'il était arrivé quelque chose de grave. Elle se précipita vers lui.

— Howard ? Qu'y a-t-il ? Que s'est-il passé ?

Il se retourna d'un bond et la regarda avec des yeux étrangement vides, qui glacèrent la jeune femme. Elle eut la bizarre impression que le temps, soudain, s'était suspendu dans la pièce. Plus aucun bruit, même ceux de la rue, ne parvenait jusqu'au salon... Puis tout redevint normal. Elle coula un regard à Tobias. Il observait le visiteur, mais semblait ne s'être aperçu de rien, si bien que Lavinia pensa avoir été victime de son imagination.

— Céleste est morte, annonça Howard d'une voix lourde. Elle a été assassinée l'autre nuit par un rôdeur.

Du moins, c'est ce que pense la police. Mais je n'arrive pas à y croire. Si je n'avais pas vu son cadavre, hier matin, dès que les autorités m'ont prévenu, je jurerais que...

— Grands dieux! s'exclama Lavinia, horrifiée. Asseyez-vous donc, Howard. Je vais demander à Mme Chilton d'apporter du thé.

Il se laissa choir sur le sofa.

— Non, non. Ne vous dérangez pas pour moi. De toute façon, je ne pourrais rien avaler.

Elle s'assit à côté de lui.

— Et du cognac? C'est très bon, pour se remettre d'un choc.

— Non, merci, murmura-t-il. Il faut que vous m'aidiez, Lavinia. Je suis désespéré.

Tobias vint se planter à contre-jour devant la fenêtre. La jeune femme connaissait cette habitude. De cette manière, il pouvait observer leur visiteur en gardant son propre visage dans l'ombre.

— Racontez-nous ce qui s'est passé, dit-il d'une voix neutre. Commencez par le début.

— Oui, oui, bien sûr...

Howard se massait les tempes du bout des doigts, comme s'il cherchait à remettre de l'ordre dans ses pensées.

— C'est un enchaînement incroyable, voyez-vous. D'abord, la nouvelle de sa mort. Et maintenant, cet autre coup...

Lavinia lui pressa le bras.

— Calmez-vous, Howard. Faites comme Tobias le suggère: commencez par le début.

Howard abaissa ses mains et contempla le tapis.

— Le début? répéta-t-il. C'était il y a une quinzaine de jours, quand j'ai deviné que Céleste avait une liaison.

— Mon Dieu... murmura Lavinia.

Elle coula un nouveau regard vers Tobias. Il observait Howard avec ce froid détachement qu'il manifestait toujours lorsqu'il interrogeait un témoin dans une enquête. Mais, en l'occurrence, elle trouvait son attitude déplacée. L'état de Howard exigeait un peu plus de compassion et de sensibilité.

— Elle est... elle *était* si jeune et si jolie, reprit-il après un long silence. Je n'arrivais pas à croire à ma bonne fortune. Quelque part au fond de moi, je me doutais que je courais le risque de la perdre, tôt ou tard. Mais j'étais amoureux, comprenez-vous. Follement amoureux.

— Êtes-vous absolument certain qu'elle avait une liaison ? demanda Tobias.

Howard hocha la tête d'un air piteux.

— Je ne saurais pas dire depuis combien de temps cela durait. Mais ma conviction était, hélas, établie.

— Lui avez-vous fait part de vos soupçons ? s'enquit encore Tobias.

Lavinia estimait décidément qu'il manquait d'égards. Elle tenta de lui signifier, discrètement, de se montrer plus charitable, mais il sembla ne rien voir.

Cette fois, Howard secoua la tête.

— Non, je ne m'y suis pas résolu. Je me répétais qu'elle était jeune, et que cette liaison n'était sans doute rien de plus qu'une passade. J'espérais qu'elle se fatiguerait vite de son amant.

— Connaissiez-vous l'identité de ce dernier ?

— Non.

— Vous avez pourtant dû chercher à le savoir, insista Tobias.

Il avait posé sa question d'un ton glacial, mais Lavinia comprit que ce n'était pas dirigé contre Howard. Si Tobias s'était trouvé à sa place, il aurait remué ciel et terre pour découvrir l'identité de son rival. Et alors, Dieu seul savait le sort qu'il lui aurait fait subir...

— Je la soupçonne d'avoir eu rendez-vous avec lui la nuit de sa mort, murmura Howard. Je commençais à être familier de ses habitudes, comprenez-vous. Je savais reconnaître son impatience et son excitation, les soirs où elle avait prévu de courir le rejoindre. Nous devions nous rendre à la démonstration d'un certain M. Cosgrove, qui se prétend capable d'appliquer aux animaux les techniques du mesmérisme pour les soigner. Mais, au dernier moment, Céleste a simulé une indisposition et décrété qu'elle préférait rester à la maison. Elle a insisté, en revanche, pour que moi je sorte. Elle savait que j'étais très curieux de voir comment travaille ce Cosgrove.

— Donc, vous êtes allé à sa démonstration ? demanda Lavinia, d'une voix aussi douce et chaleureuse que possible, destinée à compenser la rudesse de son partenaire.

— Oui. Ce type s'est révélé être un parfait charlatan, ce à quoi je m'attendais quelque peu. De retour à la maison, j'ai constaté que Céleste n'était pas là. J'ai compris qu'elle avait rejoint l'autre. J'ai veillé toute la nuit, à attendre son retour. Mais elle n'est pas revenue. Au petit matin, la police est venue sonner à ma porte, pour m'informer que son corps avait été retrouvé dans un entrepôt, en bordure de la Tamise. Depuis, j'ai passé tout mon temps dans une espèce de brouillard, à m'occuper de l'organisation des funérailles…

— Comment a-t-elle été tuée ? interrogea Tobias.

— Elle a été étranglée, d'après la police. La cravate utilisée par l'assassin était encore à son cou, quand on l'a retrouvée.

— Oh, mon Dieu… murmura Lavinia en portant instinctivement une main à sa gorge.

— Pas de témoins ? demanda Tobias.

— Pas que je sache, répondit Howard. Et je doute qu'il s'en présente, maintenant. Comme je vous l'ai dit, la police estime qu'elle a été victime d'un rôdeur.

— Les rôdeurs se servent rarement de cravates pour tuer, observa Tobias. Pour la simple et bonne raison que la plupart du temps, ils n'en portent pas. Les rôdeurs ont rarement les moyens de suivre la mode et les canons de l'élégance.

— La police pense que l'assassin aurait commencé sa soirée en détroussant un gentleman, à qui il aurait volé sa cravate.

Tobias fit la moue, pas convaincu. Lavinia jugea qu'il en avait assez fait comme cela.

— Ça suffit, Tobias.

Il y eut un moment de silence, pendant lequel les deux hommes se jaugèrent du regard.

— Qui a découvert le corps ? s'enquit finalement Tobias.

Howard haussa les sourcils.

— Ça a de l'importance ?

— Oui.

Howard se massa de nouveau les tempes, comme s'il se concentrait.

— Selon le récit des policiers, c'est un de ces gamins des rues qui dorment habituellement dans les entrepôts du port… Mais il y a autre chose dont je dois vous parler, Lavinia. Quelque chose de très bizarre.

La jeune femme lui toucha doucement l'épaule.

— Quoi donc, Howard ?

— J'ai reçu une étrange visite, cette nuit. En fait, il faisait déjà presque jour. J'avais donné congé à mes domestiques, car je voulais être seul pour affronter mon chagrin. Mon visiteur a tambouriné à la porte, jusqu'à ce que je me lève et que je descende lui ouvrir.

— Qui était-ce ?

— Un petit homme, d'allure déplaisante, mais il se tenait en retrait de la lumière, si bien que je n'ai pas vraiment pu distinguer ses traits. Il prétendait s'appeler M. Nightingale et disait que son « métier » était d'arranger certaines transactions.

— Quel genre de transactions ? intervint Tobias.

— Il m'a expliqué qu'il servait d'intermédiaire entre ceux qui souhaitent acheter ou vendre des antiquités de prix. Tout cela dans la plus grande discrétion, aussi bien pour l'acheteur que pour le vendeur.

— Autrement dit, ces transactions ne sont pas forcément légales, conclut Tobias.

Howard soupira lourdement.

— J'ai eu la même impression. Ce M. Nightingale m'a expliqué qu'une pièce de grande valeur avait été récemment volée, et que Céleste avait été impliquée dans l'affaire.

Lavinia était abasourdie.

— Céleste aurait volé une relique ?

Howard balaya l'hypothèse d'un revers de main.

— Je n'y ai pas cru un instant. Ma Céleste n'était pas une voleuse. Cependant, Nightingale insistait. Il disait que la rumeur s'était déjà répandue, dans certains milieux, qu'elle avait été assassinée à cause de ce vol.

— Quelle était la nature de cette antiquité ? interrogea Tobias, dont la curiosité s'était soudain éveillée.

Howard fronça les sourcils, comme s'il cherchait à rassembler ses souvenirs.

— Un bracelet en or, datant de l'époque romaine. Il aurait été découvert ici, en Angleterre. C'est un vestige de ces temps reculés où le pays était une province de l'Empire romain. Le bracelet serait orné d'une sorte de camée, de couleur bleue, représentant Méduse.

— Que voulait M. Nightingale ? demanda Lavinia.

— Apparemment, ce maudit bracelet aurait une valeur inestimable pour certains collectionneurs.

— Et Nightingale connaît ces amateurs fortunés ? s'enquit Tobias.

— Il semble que oui, répondit Howard, sans le regarder. (Toute son attention était concentrée sur Lavinia.) Nightingale était convaincu que je savais où se trouvait ce bracelet. Il m'a offert une solide récompense si je pouvais le lui rendre.

— Que lui avez-vous répondu ?

Howard abattit ses mains sur ses cuisses, dans un geste d'impuissance.

— Que pouvais-je répondre ? Je lui ai dit que j'ignorais complètement l'existence de ce bracelet. Mais il ne m'a pas cru. Et il m'a fait comprendre que j'étais désormais en danger.

— Pourquoi ? demanda Lavinia.

— Nightingale est convaincu que plusieurs collectionneurs vont se lancer à la poursuite du bracelet, maintenant qu'on sait qu'il est dans la nature. Certains collectionneurs, assure-t-il, pourraient se montrer redoutables. Rien ne les arrêtera pour obtenir ce qu'ils convoitent. Nightingale les a comparés à des requins, décrivant des cercles autour d'un bateau en train de sombrer. Et il a ajouté que j'étais le dernier survivant à me cramponner encore au mât.

— Il a voulu vous effrayer, suggéra la jeune femme.

— Et il y a réussi ! Il a dit que le seul moyen de m'en sortir était de lui rendre le bracelet au plus vite. Mais je ne peux lui rendre quelque chose que je n'ai pas !

Il y eut un silence. Toutes ces informations incitaient à réfléchir.

— Décrivez le bracelet, reprit finalement Tobias, qui avait croisé les bras sur sa poitrine.

Howard continuait de regarder Lavinia. Celle-ci esquissa un sourire, pour l'encourager à poursuivre son récit.

— Je ne l'ai jamais vu. Je ne peux que vous répéter ce que Nightingale m'a dit. D'après lui, le bracelet s'appelle la Méduse bleue. Par référence, sans doute, à la couleur du camée.

— Méduse... répéta Tobias, songeur. Une très belle femme, à la superbe chevelure, qui avait eu le malheur d'offenser Athéna. Elle fut transformée en monstre hideux et devint l'une des trois Gorgones.

— Son regard avait le pouvoir de changer les hommes en pierres, compléta Lavinia.

— Aucun homme ne pouvait la combattre, car la regarder, c'était mourir. Mais Persée eut l'intelligence de l'approcher pendant son sommeil, en lui tournant le dos et en ne la regardant que dans le reflet de son bouclier. De cette manière, il ne courait plus le risque de croiser directement son regard. Et il réussit à lui trancher la gorge.

— Méduse ne me semble pas une figure très appropriée pour un bijou, fit valoir Howard.

— En fait, si, corrigea Lavinia. Méduse était un sujet régulier d'inspiration pour les bijoutiers antiques. J'ai vu, à Rome, beaucoup de pendentifs ou de boucles d'oreilles à son effigie. Tout simplement parce qu'elle était supposée chasser les mauvais esprits. Et même le diable.

Tobias hocha la tête.

— Les bijoux à son effigie agissaient donc comme des talismans... Pourquoi pas ? Ça semble assez logique, au fond. Le regard de Méduse neutralisait les ennemis de ceux qui portaient de tels bijoux.

Howard s'éclaircit la voix.

— M. Nightingale m'a expliqué que le camée est une pièce unique. Il aurait été l'emblème d'une secte qui a sévi autrefois, ici même, en Angleterre.

— Nightingale vous a-t-il dit autre chose au sujet de ce bracelet ? questionna Lavinia.

Howard réfléchit quelques instants.

— Il a précisé que le bracelet supportant le camée est d'un or très pur, d'excellente qualité, et qu'il a été finement ciselé pour figurer un entrelacs de serpents.

La jeune femme hocha la tête d'un air entendu. Tobias se tourna vers elle :

— Aurais-tu déjà vu de semblables bijoux ?

— Oui. En Italie, j'ai vu une paire de bracelets travaillés ainsi. Ils avaient été découverts dans une tombe, datant du IVe siècle après Jésus-Christ. C'étaient de très beaux objets. D'un raffinement extraordinaire.

Howard continuait de la regarder, comme si la jeune femme était son unique source d'espoir.

— Je ne peux hélas rien vous dire de plus sur la Méduse bleue. Nightingale prétend que Céleste a été tuée à cause d'elle. Mais je ne le crois pas. Du moins, pas totalement...

— Que s'est-il passé, à votre avis ? demanda Tobias.

— J'ai passé des heures et des heures à réfléchir aux circonstances de sa mort. Et j'en suis arrivé à la conclusion que si ma Céleste n'était pas voleuse de nature, elle était en revanche bien jeune et impulsive. Elle a pu être manipulée par son amant.

Lavinia sursauta.

— Seriez-vous en train de dire que son amant aurait pu la convaincre de voler le bracelet pour son compte, et qu'ensuite il l'aurait assassinée ?

— C'est la seule explication logique à mes yeux, répliqua Howard. Je suis convaincu qu'il avait donné rendez-vous à Céleste, l'autre nuit. Et qu'il lui avait demandé d'apporter le bracelet. Ce monstre l'aura étranglée et se sera enfui avec le bijou.

Lavinia coula un regard à son partenaire, pour voir comment il réagissait à cette hypothèse. Il semblait perdu dans ses songes.

Elle reporta son attention sur le visiteur.

— Je suis désolée, Howard. Ce qui vous arrive est terrible...

Il lui étreignit soudain les mains.

— Lavinia, j'ai besoin de votre aide. Je ne sais pas vers qui d'autre me tourner. L'autre jour, vous m'avez parlé de votre nouveau métier. Je voudrais vous employer, pour m'aider à retrouver l'assassin de Céleste.

— Howard...

— Je vous en prie, ma chère Lavinia. Nightingale m'a menacé, c'est vrai, mais je me moque du danger me concernant. Je souhaite simplement obtenir justice pour mon épouse. Vous ne pouvez me refuser cela ! Je vous supplie de m'aider à retrouver son meurtrier.

— Oui, bien sûr, nous allons vous aider, assura la jeune femme.

Tobias s'écarta de la fenêtre.

— Lavinia, nous devons discuter de l'affaire, avant de l'accepter ou non.

— Inutile, répliqua-t-elle. J'ai déjà décidé d'accepter. Tu peux choisir de faire équipe avec moi, ou tu peux refuser. Je te laisse libre de ta décision.

— Bon sang... marmonna-t-il.

— Merci ! s'exclama Howard en approchant de ses lèvres une main de la jeune femme pour la baiser. Merci mille fois ! Aucun mot ne pourrait vous exprimer ma gratitude.

— Puisque vous parlez de gratitude, intervint Tobias, nous n'avons pas encore discuté de nos tarifs...

— L'argent ne sera pas un problème, décréta Howard.

— Je suis ravi de l'entendre, répondit Tobias.

9

— Je n'aime pas cette affaire, Lavinia.

— J'avais compris, merci. Tu ne t'es pas privé de le faire sentir, tout à l'heure. Du reste, je trouve que tu n'as pas été très poli envers Howard.

Elle s'était assise derrière son bureau. Bizarrement, chaque fois qu'elle avait une discussion délicate avec Tobias, la jeune femme préférait venir se réfugier dans cette pièce, et mettre entre eux l'imposant meuble en acajou. Elle refusait de s'avouer que Tobias *l'intimidait*. Cependant, elle devait reconnaître que sa volonté et sa force de persuasion méritaient qu'on s'arme en conséquence pour y résister. Ici, entourée de ses livres, elle se sentait maîtresse d'elle-même.

— Je vais être franc, répliqua-t-il en s'agenouillant devant la cheminée. Je n'aime pas Hudson.

Lavinia le regarda allumer le feu. Il avait étiré sa jambe gauche pour la ménager, mais elle n'osa lui demander si son ancienne blessure le faisait souffrir. Il était visiblement de fort mauvaise humeur.

La jeune femme posa les mains sur le bureau.

— Je parie que c'est ta déplorable opinion du mesmérisme qui influence ton jugement, dit-elle.

Tobias concentrait son regard sur les premières flammes.

— Hudson ne nous a pas dit toute la vérité.

Elle leva les yeux au plafond.

— Oui, oui, je sais, grommela-t-elle, essayant à grand-peine de contenir son impatience. D'après ta théorie, que rien n'a jamais pu prouver, *les clients mentent toujours*. Mais je ne vois pas pourquoi cela s'appliquerait à Howard. Il est manifestement désespéré et n'a qu'une envie : retrouver l'assassin de sa femme.

— Eh bien moi, je n'en suis pas si sûr.

Lavinia haussa les sourcils, intriguée.

— Que veux-tu dire ?

— Je crois que Hudson cherche avant tout à mettre la main sur le fameux bracelet.

Elle crut avoir mal entendu.

— Quoi ?! Insinuerais-tu que Howard ne désire pas retrouver l'assassin de Céleste ?

— Très exactement, je pense qu'il souhaite que nous retrouvions son amant. Mais uniquement parce qu'il s'imagine que l'amant possède maintenant le bracelet.

— Tobias, tu divagues ! L'amant est aussi l'assassin.

— Pas nécessairement.

Il s'approcha de la fenêtre, pour contempler le petit jardin derrière la maison.

— À mon avis, qui est un avis *professionnel*, je pense que l'assassin de Céleste n'est autre que son mari.

Lavinia était si abasourdie par son assurance qu'il lui fallut quelques secondes pour retrouver sa voix.

— Mais... tu es fou, ce n'est pas possible, murmura-t-elle.

— Je sais que tu considères Howard comme un ami. Mets de côté tes sentiments personnels, et considère les événements selon une autre version.

— Laquelle ?

— La mienne, répliqua Tobias sans se retourner. Je pense que les choses se sont passées ainsi. Hudson découvre que sa jeune et séduisante épouse le trahit avec un autre homme. Il ne peut plus trouver le sommeil, il veut savoir qui est cet amant. L'autre soir, il fait semblant de se rendre à une conférence, mais ce n'est qu'un leurre. Il reste embusqué près de chez lui, et il suit sa femme à son rendez-vous. Il l'y trouve seule, attendant sans doute l'arrivée de l'autre. Ne pouvant résister à ses pulsions, Hudson provoque immédiatement un éclat. La querelle s'envenime. Et il étrangle Céleste avec sa propre cravate.

Lavinia n'en croyait pas ses oreilles.

— Et que fais-tu de l'amant ?

Il haussa les épaules, comme si ce détail n'avait pas grande importance.

— Il sera probablement arrivé en plein milieu de la dispute. Et, voyant que les choses tournaient mal, il se sera éclipsé sans se faire remarquer.

— Mais pourquoi Howard aurait tué Céleste ? Il l'aimait.

— Tu sais aussi bien que moi que l'amour, attisé par la jalousie et la rage, peut conduire aux pires excès.

La jeune femme ne sut pas trop quoi répondre. Ce que disait Tobias était vrai.

La pendule sonna neuf heures, dans un profond silence.

— Ton point de vue peut se justifier, reprit-elle finalement. Mais je reste convaincue que Howard n'a pas tué Céleste. Je le connais, je sais qu'il ne serait pas capable d'un tel geste.

— Je comprends ton désir de croire qu'il est honnête et sincère. Et je devine que tu as très envie de renouer avec lui. Tes parents le considéraient comme un ami, il te rappelle des souvenirs heureux.

Lavinia dut admettre que Tobias, sur ce point, avait encore raison. Howard était l'un des derniers liens qui la rattachaient à son passé, quand elle vivait auprès de ses parents et ne se souciait pas de l'avenir.

— J'ai été enchantée de revoir Howard, c'est exact. Mais ce plaisir ne m'a tout de même pas complètement aveuglée, au point de ne plus pouvoir considérer les faits avec objectivité. Or je le connais mieux que toi, Tobias. Et je ne l'ai jamais vu céder à une quelconque colère. Howard est quelqu'un de pondéré et de calme. La violence n'est pas dans sa nature.

Il contemplait toujours le jardin.

— Tu ne le voyais que lorsqu'il rendait visite à tes parents. Généralement, c'est le genre de circonstances où les gens essaient de se tenir du mieux possible. Tu ne sais pas ce qu'il a véritablement dans la tête. Ni comment il est en privé.

Elle médita ces arguments.

— Tu n'as pas complètement tort…

Tobias la regarda par-dessus son épaule, un sourcil relevé appuyant son sourire ironique.

— Alors là, tu m'étonnes, Lavinia. Je n'aurais jamais imaginé que tu te rangerais aussi vite à mon point de vue.

— Je n'ai pas dit cela. Je reconnais seulement une certaine logique à ton argumentation. Mais, sur le fond, je reste convaincue de l'innocence de Howard. Revenons-en donc à notre point de départ. Veux-tu, oui ou non, collaborer avec moi sur cette affaire ?

Il se retourna si brutalement qu'elle recula sur son siège.

— Bon sang, Lavinia ! Je ne renoncerais à cette enquête que si je parvenais à te convaincre de laisser tomber. Or, ça me semble peu probable.

— Impossible, tu veux dire.

Tobias vint se planter devant le bureau et posa les deux mains à plat sur les papiers qui l'encombraient.

— Que les choses soient bien claires entre nous, chère partenaire. Il n'est pas question que je te permette d'enquêter seule dans une affaire de meurtre !

— Tu n'as aucun droit pour décider des affaires dont je peux ou non m'occuper, *cher partenaire*.

— Nom d'un chien ! Si tu t'imagines que je vais te laisser risquer ta peau en…

— Ça suffit, Tobias, coupa la jeune femme en se levant. Tu as toujours eu tendance à me donner des ordres, mais ça devient de pire en pire. Sache que je n'ai jamais aimé les hommes dominateurs.

— Je ne suis pas dominateur.

— Si, tu l'es. Et c'est tellement naturel chez toi que tu ne t'en rends même pas compte.

— J'essayais seulement d'instiller un peu de bon sens dans cette affaire.

— Tu me donnais des ordres, et je n'aime pas cela.

Posant elle aussi ses mains à plat sur le bureau, elle ajouta :

— Maintenant, écoute-moi bien, Tobias March. Soit nous sommes de vrais *partenaires*, sur un pied d'égalité, soit je prends l'affaire pour moi toute seule. À toi de choisir.

— Tu es vraiment têtue comme une mule.

— Et toi, tu n'es qu'un petit dictateur arrogant.

Ils se dévisagèrent quelques instants en silence, juste séparés par la largeur du bureau.

— Bon, lâcha finalement Tobias. Tu ne me laisses pas le choix. Il est hors de question que tu sois seule sur cette affaire.

Lavinia essaya de cacher son soulagement. À la vérité, elle n'avait pas beaucoup d'expérience en matière d'affaires criminelles. Un seul cas, pour être exact. Ce qui ne suffisait pas à faire d'elle une experte en la matière. Il lui restait beaucoup de choses à apprendre dans son nouveau métier. Et Tobias était le mieux placé pour jouer les professeurs.

— Marché conclu, dit-elle. D'accord, partenaire ?

— Oui.

— Parfait.

Se rasseyant, la jeune femme suggéra :

— Je suppose que la première chose à faire est de concocter un plan d'action, non ? Je crois me souvenir que tu raffoles des plans.

Tobias n'avait pas bougé.

— C'est vrai. Mais, hélas, je n'ai pas de plan pour traiter plus facilement les problèmes avec toi, Lavinia.

Elle lui retourna un sourire ironique.

— Eh bien… Quand je pense qu'il n'y a pas si longtemps, tu prétendais qu'Emeline ne pouvait rêver mieux que de me prendre pour modèle.

— Si j'ai dit ça, c'est que je n'avais pas toute ma tête. Et j'ai pu constater que cela m'arrive souvent, quand je me trouve près de toi.

Lavinia préféra ignorer cette dernière remarque.

— Revenons à notre plan. J'ai le sentiment que nous devrions aborder cette affaire sous plusieurs angles différents.

Il se gratta le menton d'un air songeur.

— Tu as raison. Il y a le problème du bracelet, qui est déjà une énigme en soi. Il faudrait découvrir l'identité de son propriétaire, celui à qui il a été volé.

— J'ai gardé de mon séjour en Italie une petite expérience dans le marché des antiquités. Et je connais ici, à Londres, quelques personnes bien introduites. Le vol d'un objet apparemment aussi connu que la Méduse bleue n'a pu passer inaperçu. J'ai bien envie de commencer par enquêter dans cette direction.

— Excellent. De mon côté, je vais tenter d'en savoir plus sur ce mystérieux Nightingale. Mon ami Jack – tu sais, le tenancier d'une taverne, le Griffon – connaît pas mal de monde dans le milieu. Il a dû entendre parler de ce receleur.

Lavinia trouva le moment particulièrement opportun pour évoquer l'idée qui la taraudait depuis plusieurs jours. Elle s'éclaircit délicatement la gorge.

— Puisque tu évoques Jack, je pensais qu'il ne serait pas inutile que je fasse sa connaissance…

— C'est hors de question. Une lady n'a pas sa place au Griffon.

La jeune femme s'attendait à une résistance. Elle insista.

— Je pourrais y aller déguisée. Comme toi, du reste.

— Et en quoi comptes-tu te déguiser ? demanda-t-il avec une grimace sarcastique. En fille d'auberge ?

— Pourquoi pas ?

— C'est non, trancha Tobias, qui ne souriait plus. Je n'ai aucunement l'intention de te présenter Jack.

— Pourtant, je pourrais avoir besoin de lui, un jour. Réfléchis comme ce serait pratique, si nous pouvions être deux à le contacter.

— Épargne ta salive, Lavinia. Je ne changerai pas d'avis.

Comme elle ouvrait la bouche pour protester, il lui intima le silence d'un geste de la main.

— Je suggère que nous nous mettions tout de suite au travail. Si nous voulons réussir cette nouvelle affaire, il faut aller vite.

— Tu essaies de changer de sujet, Tobias.

— Je n'essaie pas, Lavinia. Je *change* de sujet.

Bien qu'elle répugnât à l'admettre, elle devait avouer qu'il avait raison. Le moment était mal choisi pour se quereller. Leur enquête passait avant tout.

— Nous pourrions avoir besoin d'aide, murmura-t-elle, songeuse. Malgré mes réticences, il faut reconnaître que c'est typiquement le genre d'enquête qui pourrait donner à nos deux candidats apprentis l'occasion d'exercer leurs talents.

Tobias croisa son regard. Il y eut un silence, et Lavinia comprit qu'en cet instant précis, un point commun les unissait : leur sens de la responsabilité à l'égard des deux jeunes gens qu'ils avaient recueillis.

Elle esquissa un sourire entendu.

— Tu n'es pas plus impatient d'embaucher Anthony que je ne le suis de prendre Emeline avec moi, n'est-ce pas ?

Il soupira bruyamment.

— Ce n'est pas la carrière qu'Ann aurait choisie pour lui.

— Mais Ann n'aurait pas eu à choisir, après tout, fit valoir Lavinia. Ce genre de décision n'appartient qu'à Anthony.

— C'est la même chose pour Emeline. Ce n'est pas à toi de décider du métier qu'elle doit faire.

— Je sais. Simplement, j'espérais la voir suivre le chemin que ses parents auraient souhaité. Ils ne pouvaient imaginer meilleur destin pour elle qu'un bon mariage. Mais, depuis que j'ai revu Oscar Pelling l'autre jour, je me dis que le mariage n'est pas forcément le plus sûr moyen de protéger une femme.

Tobias la regarda sans rien dire. Son silence mettait Lavinia si mal à l'aise qu'elle préféra le rompre au plus vite.

— Bon ! Mettons-nous au travail.

Prenant de quoi écrire, elle ajouta :

— Assieds-toi. Nous allons commencer par résumer notre plan.

Il s'assit en face d'elle.

— Si nous voulons découvrir l'identité du propriétaire du bracelet, il nous faudra d'abord en apprendre davantage sur Céleste, dit-il.

Elle trempa sa plume dans l'encrier.

— Nous pourrions peut-être interroger Howard ?

— Ne te vexe pas, Lavinia, mais je doute que ses réponses nous soient d'une quelconque utilité.

— Tu veux dire qu'il nous mentirait ? Mais pourquoi ?

— Admettons que ce ne soit pas un assassin, comme tu l'assures. Dans ce cas, il a été bien aveugle sur la vraie nature de son épouse.

Elle grimaça.

— Tu as raison là-dessus. Cela dit, Howard n'est probablement pas unique en son genre.

— Non, en effet, approuva Tobias. Je me demande combien de gentlemen connaissent vraiment leurs épouses… et réciproquement.

— Mais alors, que proposes-tu pour en apprendre davantage sur Céleste ?

Il sourit.

— Je vais faire ce que tu avais suggéré dans ta conversation avec elle, sur le choix d'un bon praticien en mesmérisme. Je vais interroger ses références.

Lavinia essayait de se souvenir de cette fameuse discussion dans la rue, qui avait tourné à l'aigre, quelques jours plus tôt.

— Quelles références ? Ah oui, tu veux parler des noms qu'elle a mentionnés à Bath ? Lord Gunning et lord Northampton ?

— Oui.

— Tu les connais ?

— Non, mais je serais étonné que Crackenburne ne sache rien à leur sujet.

— Tu parles souvent de ce lord Crackenburne. Il a l'air très utile...

— Crackenburne fréquente toute la bonne société anglaise. Peu de gentlemen sont aussi bien introduits que lui.

— J'aimerais le rencontrer, proposa Lavinia avec son plus charmant sourire. Cette fois, tu n'y verras pas d'objection, je suppose ? Ce n'est pas comme pour Jack. Crackenburne est un gentleman.

— Je n'ai pas d'objection, convint Tobias. Cependant, tu as extrêmement peu de chances de pouvoir le rencontrer.

Elle cessa de sourire.

— Pourquoi donc ?

— Parce que, depuis la mort de sa femme, Crackenburne ne met pratiquement plus les pieds en dehors de son club. C'est là qu'il entend tous les bruits de la ville. Pas une rumeur n'éclate sans qu'il en soit averti.

Lavinia n'était pas convaincue.

— Il doit quand même bien sortir de temps en temps !

— Pas que je sache.

— Franchement, Tobias ! Un homme ne peut pas *vivre* dans son club !

— Si. Rien ne l'en empêche. Un club est comme la deuxième maison d'un gentleman.

— Mais...

Il désigna la pendule du regard.
— Penses-tu vraiment que nous devons perdre systématiquement notre temps en digressions inutiles ?
La jeune femme serra les dents. À contrecœur, elle reporta son attention sur la feuille disposée devant elle.
— Très bien. Puisque tu as décidé d'être intraitable...
— Je suis intraitable, confirma Tobias, amusé.
En même temps qu'il parlait, il regardait d'un œil distrait les papiers éparpillés sur le bureau. Tout à coup, il sursauta.
— Qu'est-ce que c'est que ça ? grommela-t-il, avant de lire à voix haute. « Services exclusifs et de qualité pour clientèle distinguée qui souhaite diligenter des investigations privées » ?
— Hmm ? Ah oui, je crois t'avoir déjà parlé de mon intention de passer des annonces dans les journaux, n'est-ce pas ? Je travaille à des essais de textes.
— Et moi, je croyais t'avoir dit que je désapprouvais ces procédés ! En publiant ton adresse dans le journal, tu vas t'attirer toutes sortes de clients, qui ne seront pas forcément distingués. Mieux vaut continuer à nous faire connaître par le bouche à oreille.
— Libre à toi de t'en remettre aux bons vieux procédés, si c'est ce que tu préfères. Pour ma part, je suis décidée à conquérir les clients par des moyens modernes. Il faut attirer l'attention des gens.
Il y eut un silence pesant.
— Eh bien ? reprit Lavinia. Qu'en penses-tu ?
— Je persiste à penser que le tapage publicitaire n'est pas bon pour une profession comme la nôtre.
— Fort bien. Nous verrons qui de nous deux a raison.

10

Cet après-midi-là, Lavinia entra dans le magasin d'antiquités peu après deux heures. Emeline la suivait, enthousiaste à l'idée de partager le travail de sa tante.

Edmund Tredlow, l'antiquaire, un petit homme mal habillé, était occupé à épousseter une statue licencieuse du dieu Pan. Il s'interrompit dans sa besogne et regarda les deux visiteuses à travers ses bésicles.

— Madame Lake et mademoiselle Emeline… Quel plaisir de vous voir ensemble ! s'exclama-t-il en se précipitant pour leur baiser la main.

Ses yeux brillaient, mais Lavinia savait qu'il salivait à la perspective d'engranger une bonne affaire.

— Bonjour, monsieur Tredlow, répondit-elle. Emeline et moi aimerions avoir un petit entretien avec vous, si vous avez le temps.

— Auriez-vous une nouvelle antiquité à vendre ? Je dois reconnaître que, malgré mes appréhensions, j'ai pu tirer un très bon prix de l'Apollon que vous m'avez apporté voici quelques semaines. Le collectionneur qui l'a acheté était émerveillé par la qualité de l'œuvre.

— Dieu merci, je n'éprouve pas le besoin, pour l'instant, de vendre l'une des autres pièces que nous avons rapportées d'Italie, répliqua Lavinia. Mais je vous serais reconnaissante d'éclairer un peu ma lanterne, à la lumière de votre immense expérience professionnelle.

Tredlow devint aussitôt méfiant.

— Que souhaiteriez-vous savoir, madame Lake ?

Emeline le gratifia de son plus irradiant sourire.

— Ma tante m'a souvent dit qu'elle ne connaissait pas, dans tout Londres, d'antiquaire plus compétent que vous.

Tredlow s'empourpra brusquement, et Lavinia crut d'abord qu'il avait une attaque, avant de réaliser qu'il avait simplement rougi sous le compliment de sa nièce. La jeune femme en fut médusée.

— Je suis depuis longtemps dans le métier, dit-il. Alors, forcément, on finit par apprendre beaucoup de choses.

Emeline contemplait la boutique avec un regard de pure admiration.

— Cela saute aux yeux, déclara-t-elle. Vous vendez des pièces magnifiques.

— Je ne propose que le meilleur, assura Tredlow. J'ai une réputation à défendre, comprenez-vous.

On aurait juré qu'il avait reçu la visite d'une sirène, songea Lavinia. Il était comme hébété.

Emeline, cependant, ne le quittait pas des yeux.

— J'aimerais avoir le temps de visiter un jour toute votre collection. Je suis sûre que vous m'apprendriez une foule de choses sur l'Antiquité.

— Quand vous voulez, mademoiselle Emeline. Ce serait un grand privilège pour moi de vous instruire sur le sujet.

Lavinia toussota discrètement.

— Et pour ma question, monsieur Tredlow ?

L'antiquaire l'ignora. Il n'avait d'yeux que pour Emeline, qui lui souriait.

— Ma tante aurait besoin de votre expertise, monsieur. Ce serait adorable si vous pouviez l'aider.

Tredlow sursauta, comme s'il sortait de sa torpeur.

— Ah oui, bien sûr... En quoi puis-je vous être utile, madame Lake ?

— Comme vous le savez sans doute déjà, il m'arrive de me livrer à de discrètes investigations pour le compte de personnes de qualité.

Cette fois, Tredlow ne songeait plus à sourire. Son regard était devenu réprobateur.

— J'ai en effet appris que vous exerciez cette étrange profession.

— Ma tante m'a engagée comme assistante, confia Emeline. Elle m'enseigne le métier.

Il parut sincèrement chagriné pour elle.

— Ce n'est pas un métier pour une jeune lady, si vous voulez mon avis.

— Mais nous ne sommes pas ici pour vous demander votre avis, rétorqua Lavinia sans ménagement. Pouvons-nous en venir à notre affaire ?

— Puisqu'il s'agit d'*affaire*, je suppose que vous êtes disposée à rétribuer mes qualités d'expert ?

— Bien entendu, approuva Lavinia. Mais à condition que cela se justifie.

Tredlow hocha la tête.

— Oui, oui, bien sûr... Eh bien, que désirez-vous savoir ?

— Nous avons des raisons de croire qu'un bracelet de l'Antiquité romaine aurait été volé récemment. Le bijou ne venait pas d'Italie. Il aurait été découvert ici même, en Angleterre. C'est un bracelet en or, finement ciselé de motifs figurant des serpents et avec, incrusté dedans, un camée de pierre bleue représentant la tête de Méduse. Auriez-vous entendu parler de ce vol ?

Le regard de Tredlow étincelait, sa curiosité soudain en éveil.

— Vous voulez parler de la Méduse bleue ?

— Oui. Connaissez-vous cet objet ?

— J'en ai entendu parler. Mais j'ignorais qu'il avait été volé. Êtes-vous certaine de ce que vous avancez ?

— Il semble que ce soit le cas.

— La Méduse bleue... répéta Tredlow, comme s'il se parlait à lui-même. Volée. Voilà qui est intéressant. La rumeur va se répandre très vite...

— Monsieur Tredlow, nous aimerions connaître l'identité de son propriétaire.

Il croisa son regard.

— Si vous ne connaissez pas son nom, j'en déduis que vous n'agissez pas pour son compte ?

— Non. Mon associé et moi-même avons été engagés par une tierce partie.

— Je vois... Maintenant que le bracelet est dérobé, on peut supposer que le voleur cherchera à entrer en contact avec un expert en antiquités. Il lui faudra quelqu'un capable d'évaluer la valeur de l'objet et, si nécessaire, de lui arranger discrètement sa revente.

Lavinia n'avait pas pensé à cela. Elle coula un regard à sa nièce et vit qu'Emeline découvrait, tout comme elle, ce nouveau problème. La jeune femme reporta son attention sur Tredlow.

— Je vous déconseille solennellement, monsieur, d'envisager la moindre relation avec le voleur. Il a déjà tué une fois, et j'imagine qu'il n'hésitera pas à recommencer.

L'antiquaire, sous l'effet de la surprise, recula d'un pas.

— Un assassin ? Vous devez vous tromper...

— Il a tué une femme. Apparemment, pour la réduire au silence.

— Mon Dieu, c'est horrible ! s'exclama Tredlow. Mais... ça n'aurait pas pu être un accident ?

— Difficilement. La victime a été étranglée au moyen d'une cravate.

Il soupira lourdement.

— Je vois. Ce genre de drame n'est jamais bon pour les affaires.

— Pour les miennes, si, fit valoir Lavinia. Mais revenons au propriétaire du bracelet. Vous alliez me dire son nom.

— Parlons d'abord de ma commission.

Lavinia se souvint des paroles de Howard : *L'argent ne sera pas un problème*.

— Combien exigez-vous pour cette information, qu'au demeurant je pourrais sans doute obtenir par d'autres sources ?

Commença alors un âpre marchandage. Tredlow était rompu à l'exercice, mais Lavinia, depuis son séjour en Italie, avait appris à se défendre.

— C'est lord Banks qui possédait le bracelet, dévoila-t-il quand le marché fut conclu. Je le sais, parce que le bijou avait échoué dans la boutique de mon collègue Pendergast, il y a environ un an et demi. Pendergast, qui n'est pas spécialiste des antiquités romaines, avait eu la sage idée de me consulter pour déterminer son prix.

— Je vois, commenta Lavinia, qui connaissait la vieille rivalité entre Pendergast et Tredlow.

— J'ai revu Pendergast quelques mois plus tard, et je lui ai demandé ce qu'il était advenu du bracelet. C'est alors qu'il m'a raconté l'avoir vendu à lord Banks. J'ai été très surpris. Banks s'était certes autrefois intéressé aux antiquités romaines, mais il avait revendu toute sa collection après la mort de sa femme. Je n'ai pas compris pourquoi il avait acheté la Méduse bleue. Voilà, maintenant vous savez tout.

— Je me demande pour quelle raison lord Banks ne s'est pas plaint du vol, intervint Emeline, intriguée.

Tredlow secoua la tête.

— Lord Banks est vieux et malade. Il a déjà un pied dans la tombe. Son cœur est usé et sa tête ne vaut guère mieux. Il est incapable, à midi, de vous dire ce qu'il a mangé au petit déjeuner. Si cela se trouve, il ne se souvient même plus d'avoir acheté la Méduse bleue. Il ne se sera pas aperçu de sa disparition.

— Voilà qui expliquerait pourquoi le vol n'a pas été rendu public, conclut Lavinia avec un hochement de tête. Peut-on imaginer meilleure victime que celle qui ne s'aperçoit pas du crime dont elle est l'objet ?

— Mais quelqu'un de sa maisonnée a dû s'apercevoir que le bracelet n'était plus là ! insista Emeline.

Tredlow haussa les épaules.

— Pour autant que je sache, lord Banks n'a plus qu'une nièce. Une certaine Mme Rushton, je crois. Elle est venue s'installer chez lui voici quelques mois, quand elle a su qu'il n'en avait plus pour très longtemps.

Lavinia frissonna d'excitation. Tobias lui avait dit que les héritiers impatients faisaient d'admirables suspects.

— Cette Mme Rushton peut-elle prétendre à l'héritage de lord Banks ?

— Je crois que oui. Il n'y a pas d'autres héritiers directs recensés.

— Est-elle collectionneuse ? s'enquit Lavinia, qui essayait de masquer son enthousiasme.

Tredlow s'esclaffa.

— Si c'était le cas, je l'aurais déjà vue dans ma boutique. Or, je n'ai jamais fait sa connaissance. J'en déduis qu'elle ne s'intéresse pas aux antiquités, et qu'elle ignore la valeur d'un objet comme la Méduse bleue. Sans doute ignore-t-elle également que le bracelet a été volé.

— Et cependant, la rumeur du vol a commencé à circuler, fit valoir Emeline.

Il balaya l'argument d'un haussement d'épaules.

— C'est très probablement le voleur lui-même qui l'aura lancée, afin d'attirer les acheteurs potentiels.

— Connaissez-vous l'adresse de lord Banks ? demanda Lavinia.

— Oui. Il habite un hôtel particulier sur Edgemere Square.

La jeune femme repartait déjà vers la porte.

— Merci, monsieur Tredlow. Vous nous avez été très utile... Viens, Emeline. Allons poursuivre notre enquête.

L'antiquaire se précipita pour les devancer et leur ouvrir la porte.

— Quand puis-je espérer toucher ma commission, madame Lake ?

— Ne vous inquiétez pas, répondit-elle en le saluant de la main. Vous serez payé dès que mon client aura acquitté sa facture.

Elle était déjà sur le trottoir. Emeline s'empressa de la suivre, gratifiant au passage l'antiquaire d'un dernier sourire.

Dès qu'elles se furent éloignées de la boutique, les deux femmes firent le point sur ce qu'elles venaient d'apprendre.

— J'ai vu ton regard s'allumer, quand Tredlow a parlé de la nièce de lord Banks, dit Emeline. Qu'avais-tu en tête ?

— En tant qu'héritière de lord Banks, je serais étonnée que cette Mme Rushton ne soit pas impliquée d'une manière ou d'une autre.

— Je ne suis pas d'accord. Après tout, il lui suffisait d'attendre la mort de son oncle. Elle aurait hérité du bracelet avec le reste de la fortune.

— Dans ce cas, elle devient elle aussi victime. Le vol lui a ôté une partie de son héritage. C'est encore plus intéressant pour nous.

— Que veux-tu dire ?

— Qu'elle est désormais une cliente potentielle.

Emeline la regarda avec admiration.

— Tante Lavinia, tu es formidable ! Tu viens de trouver un second client dans cette affaire !

La jeune femme s'efforça de rester modeste – ce qui n'était pas simple.

— Oui. Et deux clients signifient honoraires doublés...

— M. March sera enchanté d'apprendre ça.

— J'espère qu'il saura apprécier mes initiatives à leur juste valeur, corrigea Lavinia. Ces derniers temps, il se conduit un peu trop comme mon patron.

— Comment cela ?

— Il est toujours à me dire ce que je dois faire, ou ne pas faire. Il a même eu le toupet de vouloir m'interdire de passer des publicités dans les journaux.

— Oh!

— Comme si cela le regardait! C'est à moi de savoir comment je veux me faire connaître dans mon travail.

— Il pensait sans doute agir pour ton bien.

— Pas du tout. Il essaie plutôt de me décourager de continuer dans cette voie. Si tu veux mon avis, il déteste l'idée que, lorsque nous ne sommes pas associés sur une affaire, je me retrouve sa concurrente.

— Ne vois pas les choses en noir, tante Lavinia. Après tout, c'est normal qu'il cherche à te donner des conseils. Il a quand même plus d'expérience que toi.

— Mais il fait de son mieux pour que mon expérience reste limitée, justement.

— Pourquoi dis-tu cela?

— Tiens, un exemple: il refuse de me présenter à ses relations dans le milieu. J'ai tenté de le persuader de me faire rencontrer Jack, ce patron d'auberge qui lui sert d'indicateur. Il n'a pas voulu.

Emeline acquiesça.

— Je comprends ta frustration. Mais je suppose que M. March n'aura pas jugé décent de te mettre en contact avec le patron d'une auberge mal famée.

— Que je sache, il ne s'est jamais beaucoup soucié de ce qui était décent ou pas! Je doute fort qu'il cherche à protéger ma réputation. Je parierais, en revanche, qu'il veut se garder son Jack pour lui tout seul.

— Tu le penses vraiment?

— Oui. Et la meilleure preuve, c'est qu'il a également refusé de me présenter à lord Crackenburne.

— Hmm.

— Il prétend que Crackenburne ne quitte jamais son club. J'ai du mal à le croire.

— Ça semble bizarre, en effet.

— Non seulement Tobias garde ses informateurs pour lui, mais tu remarqueras aussi qu'il a pris la détestable habitude de s'inviter régulièrement chez nous, au moment du petit déjeuner.

La jeune fille hocha la tête.

— C'est vrai qu'on le voit souvent, ces derniers temps…

— Cela coûte cher, de nourrir un homme de sa stature.

— M. March aime les petits plats de Mme Chilton.

— Mais qui paie Mme Chilton ?

— Si je comprends bien, tu as le sentiment qu'il commence à devenir encombrant.

— Si ce n'était que cela ! Mais il veut me rogner les ailes, pour être plus libre de voler à sa guise.

— Franchement, tante Lavinia, j'ai du mal à croire que…

— Voilà pourquoi il est impératif de lui montrer que je me débrouille très bien sans lui, la coupa Lavinia. Il faut qu'il sache que je peux trouver des indices et des suspects toute seule. Ce qui nous ramène à Mme Rushton.

— Que veux-tu dire ?

— Edgemere Square n'est pas loin d'ici. Je propose que nous nous y rendions dans la foulée.

Emeline sourit.

— Très bonne idée. J'ai hâte de découvrir ta technique d'interrogatoire.

— Puisque nous parlons de technique…

— Oui ?

— Je dois avouer que j'ai été très impressionnée par tes manières avec M. Tredlow. Ton sourire enjôleur et tes flatteries éhontées l'ont rendu beaucoup plus coopératif. C'était de l'excellent travail.

— Merci, répondit la jeune fille, ravie. Ma méthode pour conduire un interrogatoire est certainement très différente de la tienne, mais elle n'est pas sans résultats.

— En effet. Surtout avec les messieurs. Est-ce une technique difficile à maîtriser ?

Emeline haussa les épaules.

— Elle m'est venue naturellement.

Tobias étira ses jambes devant lui, croisa tranquillement les mains sur son ventre et regarda Crackenburne. Le club était calme, à pareille heure. Les seuls bruits provenaient du crépitement des bûches dans l'âtre ou du tintement des cuillers dans les tasses à café.

— Une autre affaire en vue ? demanda Crackenburne, sans lever les yeux de son journal.

— Mme Lake et moi-même avons été engagés par une ancienne relation de sa famille, le Dr Howard Hudson.

— Ah oui, le mesmériste dont la femme a été retrouvée étranglée…

— Je serai toujours étonné par la rapidité avec laquelle vous êtes au courant des nouvelles, commenta Tobias. Apparemment, Mme Hudson aurait été tuée par son amant, pour une histoire de bracelet antique qu'elle aurait volé.

— Vous n'avez pas l'air convaincu.

— Céleste Hudson était belle, beaucoup plus jeune que son mari, et elle aimait séduire.

— Je vois. En d'autres termes, vous soupçonnez son mari de l'avoir tuée.

— Disons que je trouve l'hypothèse hautement probable. Céleste avait très vraisemblablement un amant, et ils avaient arrangé ensemble le vol du bracelet. Mais pour le reste, je crois que, contrairement à ses dires, le bon docteur s'est invité dans l'histoire. Et qu'il désire surtout récupérer le fameux bracelet, qui aurait disparu la nuit du drame. Cependant, Lavinia reste convaincue de son innocence, à la fois pour le meurtre et le vol, et pense qu'il cherche simplement à voir punie la mort de sa femme.

Crackenburne fit la moue.

— Je ne voudrais pas doucher votre enthousiasme, mais cette affaire risque de ne rien vous rapporter.

— J'y ai pensé. Si j'ai raison, si Hudson a bien tué sa femme, Lavinia et moi pouvons dire adieu à notre commission.

Crackenburne replia son journal avec un hochement de tête.

— C'est le risque, en effet... Mais que puis-je pour vous ?

— Je cherche des renseignements sur lord Gunning et lord Northampton. Tout ce que je sais, c'est qu'ils résident à Bath ou dans les environs, et qu'ils ont été clients de Hudson.

Crackenburne réfléchit quelques instants, avant de hausser les épaules.

— J'ai peur de ne pouvoir vous être très utile, hélas. Si c'est bien les gentlemen auxquels je pense, tous les deux sont vieux et malades. Mais très riches. Ils ont fréquenté autrefois ce club, à l'époque où ils se rendaient encore de temps en temps à Londres. Mais je ne les ai pas revus depuis des années.

Comme Tobias paraissait déçu, il ajouta :

— Si vous le souhaitez, je peux essayer d'obtenir des informations plus récentes.

— J'apprécierais beaucoup, merci.

Crackenburne se pencha pour prendre sa tasse de café.

— Savez-vous que je trouve votre métier fort amusant ?

— Je suis ravi de l'entendre, répliqua Tobias. Mais, pour ma part, je n'ai jamais été autant sur les nerfs que depuis que je travaille avec Mme Lake.

L'hôtel particulier de lord Banks était une vaste et impressionnante construction de style gothique. L'ensemble dégageait un sentiment d'abandon inquiétant, que venaient renforcer les lourdes tentures sombres que l'on voyait aux fenêtres. Lavinia aurait très bien imaginé pareille demeure servir de décor à un roman noir, avec de vieux fantômes hantant les murs et des squelettes oubliés dans les placards.

— Même sans savoir que le propriétaire se meurt, on peut le deviner depuis la rue, murmura Emeline.

Lavinia actionna le heurtoir.

— Cette maison est angoissante et déprimante, résuma-t-elle.

Une gouvernante leur ouvrit la porte, en clignant des yeux, comme si elle n'était plus accoutumée à la lumière du jour.

— Nous souhaiterions parler à Mme Rushton, annonça Lavinia en lui glissant sa carte de visite. Donnez-lui ceci, s'il vous plaît, et précisez que c'est important.

La domestique contempla la carte, avant de répondre :

— Mme Rushton ne sera pas là de l'après-midi. Elle est à son traitement.

— Un traitement ? répéta Lavinia. Elle est malade ?

— Elle souffre des nerfs. Et elle s'est mis en tête, il y a quelques semaines, de voir un de ces mesméristes. Elle prétend que ça lui fait du bien. Moi, je ne vois pas grande différence. Mais bon, tout ça pour dire qu'elle n'est pas là.

Et sur ces mots, elle referma la porte au nez des deux visiteuses. Celles-ci ne songèrent pourtant pas à s'en formaliser. Les prunelles d'Emeline brillaient d'excitation.

— Mme Rushton voit un mesmériste !

— Voici une nouvelle fort intéressante, n'est-ce pas ?

— Mais où cela peut-il nous mener ?

— Je l'ignore encore, répondit Lavinia qui redescendait le perron. Mais je suis persuadée que nous tenons un indice.

Emeline courut pour la rattraper.

— Quand comptes-tu annoncer tout cela à M. March ?

La jeune femme médita quelques secondes la question de sa nièce.

— Ce soir, au bal des Stillwater. Ses propres investigations pourraient lui apporter les mêmes informations. Je veux qu'il sache que je suis passée ici avant lui. Sinon, il s'en attribuera tout le mérite. Et ce serait insupportable.

11

— J'ai trouvé Oscar Pelling ! annonça Anthony d'une voix qui cachait mal sa fierté et son excitation. Ça n'a pas été facile. J'ai dû passer en revue un nombre incalculable d'auberges, avant de découvrir qu'il logeait à l'Hôtel d'Écosse, sur Shuttle Lane.

— Beau travail, le félicita Tobias.

Tout en parlant, il avait légèrement tiré le rideau du fiacre, pour jeter un coup d'œil dehors. Il était un peu plus de neuf heures, et les premières maisons des quais lui apprirent qu'ils approchaient de leur destination.

— As-tu pu apprendre ce qu'il faisait en ville ?

— J'ai parlé avec l'un des domestiques de l'hôtel.

Tobias se tourna vers lui, le regard sévère.

— J'espère que tu ne t'es pas découvert ! Je ne voudrais pas que Pelling apprenne qu'on l'espionne.

Anthony s'offusqua.

— Évidemment que j'ai été prudent ! J'ai engagé la conversation sur la qualité des clients qui descendent à cet hôtel.

— Et alors ? Qu'as-tu appris ?

— Rien de bien croustillant. Comme l'avait deviné Lavinia, Pelling est ici pour ses affaires. Le domestique dit l'avoir entendu parler de rendez-vous avec son banquier, ainsi qu'avec son tailleur et son bottier. Bref, la routine d'un gentleman fortuné qui vient à Londres de temps à autre.

— Hmm. C'est tout ?

— Oui. Le domestique n'est pas au courant des affaires de Pelling, et c'est bien normal. Il a seulement ajouté un détail plus... intime. Pelling se donne du bon temps, le soir, avec l'une des prostituées du quartier.

— Trouve-moi cette femme, ordonna Tobias.

Anthony déglutit péniblement. Il était devenu cramoisi.

— Euh...

— Quelque chose ne va pas ?

— Si, si, tout va bien, s'empressa de répondre le jeune homme. Je... euh... je continue immédiatement mon enquête dans cette voie.

Et, après avoir toussoté, il précisa :

— Je préférerais que tu... euh... que tu ne mentionnes cet aspect de mon travail ni à Mme Lake, ni à Emeline, si ça ne te dérange pas.

Tobias comprit qu'Anthony serait mortifié si la jeune fille apprenait qu'il interrogeait des prostituées.

— Ne te fais pas de souci. De toute façon, je ne leur ai pas dit que nous nous intéressions à Pelling. Je ne veux pas les inquiéter.

— Lavinia risque de se fâcher, quand elle s'apercevra que tu lui as caché cela.

— Si nous ne découvrons rien de concret, elle ne saura même pas ce que nous avons fait. Quoi qu'il en soit, dès que tu auras trouvé la fille, je me chargerai de la suite de l'enquête.

Anthony parut grandement soulagé.

— Si tu es sûr...

— J'en suis sûr, répliqua Tobias, qui regardait à nouveau par la vitre. Nous sommes arrivés, annonça-t-il en tapant contre la cloison du fiacre, pour signaler au cocher de stopper.

Le véhicule s'immobilisa aussitôt. Il ouvrit la portière et descendit sur le pavé. Il ne pleuvait plus, et sa jambe était en meilleure forme que la veille.

— N'oublie pas de demander au cocher de nous attendre, murmura Anthony qui descendait à son tour.

Je n'aimerais pas nous savoir sans moyen de transport en pareil endroit. Surtout si tard.

— Nous ne serons absents que quelques minutes, dit Tobias au cocher, en lui tendant une poignée de pièces. Soyez assez aimable pour nous attendre.

— Bien, monsieur, répondit l'homme, qui avait déjà fait disparaître les pièces dans sa poche. Vous me trouverez là, à votre retour.

Tobias marcha vers la taverne dont les fenêtres luisaient dans l'obscurité. Il pouvait sentir l'excitation d'Anthony.

— Rappelle-toi mon ordre : pas un mot, tant que nous ne serons pas enfermés dans le bureau de Jack. Ta façon de parler te ferait immédiatement repérer, parmi cette foule. C'est bien clair ?

Anthony fit la moue.

— Tu me l'as déjà répété dix fois.

— Eh bien, c'est la onzième. Si j'insiste, c'est que j'ai mes raisons. Je ne veux pas risquer une bagarre avec un ivrogne.

— Je te promets de ne rien dire.

Tobias hocha la tête, rassuré.

— Tu ne le croiras jamais, mais Lavinia m'a demandé de l'amener ici pour la présenter à Jack. Elle voulait se déguiser en fille d'auberge !

Anthony sursauta.

— Dieu du ciel ! J'espère que tu as refusé ?

Tobias esquissa un sourire, qui n'avait rien d'amusé.

— Une lady n'entre pas dans ce genre d'établissement. Elle ne peut pas ne pas le savoir, mais je suis sûr qu'elle m'en veut. Elle m'a accusé de vouloir l'empêcher de profiter de mes contacts.

— Ce qui est quand même un peu le cas, non ?

— Oui, mais pour son bien. Elle est trop impulsive pour que je la laisse fréquenter cette partie de la ville.

Tobias marqua une pause devant la porte de l'auberge et accorda un dernier regard à son compagnon, afin de s'assurer que rien ne clochait dans son déguisement. Anthony portait la tenue d'un docker : grosses bottes de cuir noir, pantalon et blouse en toile épaisse. Il avait l'air d'un ouvrier ayant fini une rude journée, passée à vider les cales d'un des nombreux navires mouillés dans les parages. La casquette enfoncée sur sa tête dissimulait ses cheveux trop bien coiffés.

Tobias avait endossé un costume similaire, qu'il rendait encore plus crédible par une démarche chaloupée. La clientèle du Griffon étant composée de gaillards en tout genre – dont beaucoup en délicatesse avec la loi –, mieux valait ne pas s'y faire remarquer en habits de bourgeois.

— Ne regarde personne dans les yeux, conseilla-t-il encore au moment de pousser la porte. Pareille audace pourrait être prise pour une insulte.

— Ça aussi, tu me l'as répété plusieurs fois, objecta Anthony. Ne t'inquiète pas. Je ne vais pas te causer d'ennuis.

— C'est plutôt la possibilité que *moi* je t'en cause, qui me rend nerveux ce soir.

Le jeune homme secoua la tête.

— Ne vois pas les choses comme cela. Je t'ai suivi de mon plein gré. C'est mon choix d'être ici.

— Bon, assez parlé. Au travail.

Tobias poussa la porte et pénétra dans la taverne, Anthony sur ses talons.

La salle était, comme tous les soirs, remplie d'hommes venus boire, jouer aux cartes et flirter avec les serveuses, toutes bien en chair.

Tobias se fraya un chemin entre les tables. Au bout de quelques pas, il tourna discrètement la tête, pour s'assurer que son beau-frère suivait toujours. Celui-ci semblait fasciné par une serveuse, dont la poitrine plus que généreuse menaçait à tout instant de jaillir de son corsage.

— Elles sont toutes comme ça, murmura Tobias. Jack les aime plantureuses.

À l'autre bout de la salle, ils ouvrirent une seconde porte qui donnait sur un couloir et s'arrêtèrent devant le bureau de Jack. La porte était entrebâillée.

Tobias frappa un coup et poussa le battant.

— Bonsoir, Jack.

Il n'avait pas pris la peine de déguiser sa voix. Jack et lui se connaissaient depuis trop longtemps. Ils s'étaient connus à l'armée, où ils avaient servi comme espions dans les lignes ennemies, durant la guerre contre Napoléon. À la fin du conflit, Jack était revenu à la vie civile en achetant cette auberge. Mais son talent pour collecter de précieuses informations n'avait pas disparu. Il opérait, dans ce monde interlope qui fréquentait son établissement, avec autant d'aisance que Crackenburne dans son club de gentlemen.

Jack sourit chaleureusement.

— Toujours à l'heure, Tobias. Qui est ce jeune homme qui t'accompagne ?

— Mon beau-frère, Anthony Sinclair, expliqua Tobias en refermant la porte. Tu m'as souvent entendu parler de lui. Je lui apprends le métier.

— Ravi de vous connaître enfin, jeune homme. Alors comme ça, vous marchez sur les pas de Tobias ?

— Oui, monsieur, répondit fièrement Anthony.

Jack hocha la tête, approbateur.

— J'aime bien voir les traditions se perpétuer en famille. Et vous ne trouverez pas meilleur instructeur que Tobias. Il a le don de l'investigation. La meilleure preuve, c'est qu'après toutes ces années, personne n'a encore pu lui faire la peau.

— Merci de ton optimisme, marmonna son ami. Si tu n'y vois pas d'inconvénient, venons-en directement aux faits. J'ai reçu ton message, tout à l'heure. Qu'as-tu à m'apprendre sur Nightingale ?

— Chaque chose en son temps. Commencez par vous asseoir. Je vais nous servir un brandy.

Tobias prit l'un des deux fauteuils placés devant la cheminée et Anthony, l'imitant, s'assit dans le second.

Puis il tendit le bras pour saisir le verre de brandy que Jack lui présentait.

Le service terminé, celui-ci revint s'installer derrière son bureau.

— J'avoue que je sais assez peu de chose sur M. Nightingale, commença-t-il. Sinon qu'il achète et revend des objets volés. Bijoux, objets d'art, antiquités... Uniquement des pièces de grande valeur, pour une clientèle triée sur le volet.

Anthony fronça les sourcils.

— Comment procède-t-il ?

— Nightingale sert d'intermédiaire entre les vendeurs et les acheteurs, qui ne souhaitent généralement pas se rencontrer directement, expliqua Jack du ton d'un professeur faisant la leçon à son élève. C'est lui qui assure les enchères, en garantissant l'anonymat aux parties concernées. Et c'est aussi entre ses mains, bien sûr, que transite la marchandise. Au passage, il prélève une substantielle commission qui lui permet de vivre très décemment.

Tobias tapotait du doigt l'accoudoir de son fauteuil.

— Lui arrive-t-il d'engager des cambrioleurs ?

Jack, une main posée sur son ventre généreux, réfléchit un instant à la question.

— Je n'en sais trop rien. Mais, à mon avis, Nightingale n'est pas du genre à s'embarrasser de scrupules. Quand une bonne occasion de gagner de l'argent se présente, il la saisit.

— Tu as parlé d'une clientèle triée sur le volet. Connais-tu les noms de quelques-uns de ses clients ?

— Malheureusement, non. Ainsi que je l'ai expliqué, la discrétion est un élément majeur de son travail. Toute sa réputation est basée là-dessus. Cela dit, il acceptera peut-être de t'en parler. Je lui ai fait parvenir un mot, pour le prévenir que tu souhaitais le rencontrer. Il m'a répondu très rapidement. J'en déduis qu'il est impatient d'avoir un petit entretien avec toi sur ce fameux bracelet romain.

— Où, et quand ?

— Ce sera à Nightingale de décider. Et ne te soucie pas de le chercher. Lui saura te trouver.

— Mais je n'ai pas beaucoup de temps.

Jack sourit.

— J'ai dans l'idée que ce ne sera pas long. Tu verras.

Tobias but une gorgée de brandy, avant de demander :

— Que peux-tu me dire d'autre sur ce type ? À quoi ressemble-t-il ?

— Je ne l'ai rencontré que deux ou trois fois, mais pour te dire la vérité, je ne crois pas que je le reconnaîtrais dans la rue, si je le croisais. Nightingale s'arrange pour ne jamais être vu en pleine lumière.

— Comment est-ce possible ? s'enquit Anthony, intrigué.

Jack faisait rouler son verre dans ses larges paumes.

— Il opère la nuit. Et il s'ingénie à toujours rester dans l'ombre. Des gamins des rues lui servent de messagers. Il n'apparaît qu'au dernier moment, et toujours dissimulé. Tout ce que je peux dire, c'est qu'il n'est pas bien grand. Et au son de sa voix, il n'a pas l'air jeune. Mais ce n'est pas non plus un vieillard. Et il a une étrange façon de marcher.

— Comment ça ? questionna Tobias.

— Un problème au niveau de la hanche, qui lui donne une démarche très chaloupée. Il a peut-être eu un accident.

— Un accident ne serait pas surprenant, dans son métier. Quelque client mécontent aura voulu lui administrer une leçon.

— C'est probable, oui.

Anthony regardait son beau-frère, comme un élève qui souhaite émettre un avis personnel.

— Qu'y a-t-il ? demanda Tobias.

— Peut-être que la démarche de M. Nightingale fait partie de son déguisement ?

Tobias pouffa.

— Bravo. Ce n'est pas impossible, en effet.

Jack adressa un clin d'œil à son ami.

— On dirait que ton assistant est doué.

— J'en ai peur ! approuva Tobias.

Anthony souriait, aux anges.

— Donc, reprit Jack, tu as accepté une nouvelle affaire avec ton associée ?

— Notre client prétend que sa femme a été assassinée. Quelqu'un l'aurait convaincue de voler le bracelet qui intéresse Nightingale.

— Ah oui, la femme du mesmériste…

Anthony sursauta.

— Vous êtes au courant de l'affaire ?

Jack sourit.

— Tôt ou tard, ce genre de fait divers finit toujours par arriver jusqu'au Griffon, répondit-il.

Et, pour Tobias, il ajouta :

— Alors te voilà de nouveau sur la piste d'un assassin ?

— À ce qu'il paraît, oui.

Anthony se tourna vers lui, stupéfait.

— Que veux-tu dire ? Il n'y a pas de doute que Mme Hudson a été assassinée.

— Céleste est morte, c'est exact, répliqua Tobias. Mais je ne suis pas sûr que son assassin nous soit inconnu.

— Je ne comprends pas…

— Céleste avait rendez-vous avec son amant la nuit du crime, expliqua patiemment Tobias. Son mari a reconnu être au courant de leur liaison, et aussi qu'il se doutait de ce rendez-vous. De son côté, il est parti à une démonstration de mesmérisme. Au petit matin, on a retrouvé Céleste étranglée. Voilà les seuls faits avérés, pour l'instant.

Anthony restait médusé, mais Jack hocha la tête d'un air entendu.

— Tu penses que Hudson l'aura suivie à son rendez-vous, et l'aura tuée dans une crise de jalousie.

Tobias opina du chef.

— Ça me semble probable.

— Mais après, il s'est aperçu qu'elle avait caché le bracelet volé. Et maintenant, il réclame justice pour le récupérer. Il ne manque pas de toupet !

— Holà ! intervint Anthony en dévisageant son beau-frère. Es-tu en train de dire que Hudson vous aurait engagés, Lavinia et toi, uniquement parce qu'il veut récupérer le bracelet ?

— En gros, oui.

— Mais alors, si tu es convaincu que ton client te ment, pourquoi avoir accepté l'affaire ?

Tobias vida son verre.

— Je n'avais pas le choix. Mon associée était déterminée à chercher l'amant et le bracelet, avec ou sans moi.

— Et tu ne voulais pas la laisser seule dans une affaire de meurtre, conclut Anthony.

— Voilà. Cette fois, tu as tout compris, résuma Tobias. As-tu autre chose à nous dire, Jack ?

— Non, sinon un conseil de prudence. Le fait que Nightingale soit impliqué dans cette histoire ne me dit rien de bon. La rumeur court que certains de ses clients sont prêts à tout pour enrichir leurs précieuses collections.

— Je m'en doutais déjà, figure-toi.

Tobias se releva et posa son verre vide sur le bureau.

— Viens, Tony, il faut nous dépêcher si nous ne voulons pas arriver trop tard au bal des Stillwater. J'espère que Nightingale ne nous fera pas trop attendre.

— Ne t'inquiète pas à ce sujet, déclara Jack. Je ne sais pas quand se fera la rencontre, mais je peux au moins t'assurer d'une chose : ce sera en pleine nuit.

12

Un peu après minuit, Lavinia et Tobias se tenaient dans un coin de l'élégante salle de bal de lady Stillwater, pour regarder Anthony entraîner Emeline dans une valse. À ce spectacle, la jeune femme sentit le poids du destin s'abattre sur ses épaules.

— Ils vont très bien ensemble, murmura-t-elle d'une voix morne.

— Oui, confirma son compagnon. Je sais bien que tu as toujours en tête l'idée de marier Emeline à un gentleman fortuné, mais l'amour ne prend pas forcément les chemins que l'on souhaite.

— Ce n'est peut-être qu'une passade. Un flirt de jeunesse.

— Ne te raccroche pas à cet espoir. Redoute plutôt le pire.

Elle ne put retenir une grimace.

— Le pire serait qu'ils tombent amoureux l'un de l'autre, c'est cela ?

— Je ne fais que me placer de ton point de vue, répliqua froidement Tobias.

Il semblait considérer que « tomber amoureux » était la plus épouvantable des extrémités, ce qui rendit Lavinia plus morose encore. Elle se demanda s'il redoutait autant pour lui-même de tomber amoureux.

— Malheureusement, reprit-il, je me vois dans l'obligation de t'informer qu'Anthony paraît avoir un certain don pour le métier de détective. Et maintenant qu'il y a goûté, je doute fort de pouvoir le diriger vers une autre carrière.

Son amère résignation n'échappa pas à la jeune femme. Il avait fait de son mieux pour assurer l'avenir de son protégé, comme elle-même avec Emeline.

— Crois-tu que nous avons échoué ? s'enquit-elle.

— Je ne sais pas. Mais quand on les voit si heureux ensemble, j'ai du mal à croire qu'ils courent à leur perte.

Cela suffit à remettre un peu de baume au cœur de Lavinia.

— Anthony n'est pas le seul à montrer des dispositions pour le métier, dit-elle. Emeline s'est révélée très forte, cet après-midi.

— Il est vrai qu'à vous deux, vous avez pu apprendre beaucoup de choses intéressantes.

— Merci, répondit-elle, touchée du compliment. La vérité, c'est que Tredlow était littéralement sous le charme d'Emeline. Je suis persuadée qu'elle aurait pu lui soutirer les renseignements, même si je n'avais pas été là pour lui promettre une solide récompense.

— Le charme est toujours un talent utile. Et Emeline en a à revendre.

Lavinia hocha la tête.

— Je savais qu'elle était gracieuse, mais je n'avais pas réalisé, jusqu'à aujourd'hui, que cela pouvait grandement faciliter les choses, quand il s'agit d'interroger des gentlemen.

— Hmm.

— D'ailleurs, la performance d'Emeline m'a donné une idée.

Il y eut un bref silence.

— Quel genre d'idée ? questionna finalement Tobias.

— Je vais lui demander de m'apprendre sa technique pour séduire les hommes.

Il faillit recracher la gorgée de champagne qu'il venait juste d'avaler.

— Grands dieux, Tobias, ça ne va pas ? s'exclama-t-elle en le voyant tousser. Tiens, prends ça, ajouta-t-elle après avoir sorti un mouchoir de son réticule.

— Merci, mais je crois que c'est passé.

— C'était ta jambe ?

— Ma jambe n'est pour rien dans l'histoire.

— Alors, quoi ?

— Lavinia, tu possèdes d'innombrables qualités et autant de talents. Mais, en tant qu'associé, je préfère te prévenir que tes tentatives pour charmer des gentlemen, en vue de leur soutirer des renseignements, seraient vouées à l'échec.

Elle crut avoir mal entendu.

— Es-tu en train de dire que je serais incapable de séduire les hommes ?

Il sourit d'un air mutin.

— Non, non, je n'ai pas du tout dit cela. Mais simplement que tu n'as pas plus que moi le don de la séduction. Et j'en parle d'autant plus librement qu'Anthony a essayé, sans succès, de m'apprendre les règles de base.

Lavinia était médusée.

— C'est vrai ?

— Oui. J'ai expérimenté une ou deux fois ses conseils sur toi, mais sans effet notable.

— Allons donc ! Tu as essayé de me charmer ?

— Manifestement, tu ne t'es même pas aperçue de mes efforts.

— Quand as-tu… ? (Elle s'interrompit, se rappelant soudain quelque chose.) Ah oui, ce fameux matin où tu m'as comparée à Vénus ?

— Oui. Et une autre fois, je t'ai comparée à une nymphe. Je m'étais entraîné à le répéter en chemin, mais dans ma bouche, ça sonnait aussi faux qu'un compliment d'écolier le jour de la remise des prix.

Elle haussa les épaules.

— Ce n'est pas parce que tu n'es pas doué que je ne pourrais pas apprendre, moi, quelques règles de base.

— Garde ton énergie pour autre chose, Lavinia. J'ai conclu de cette expérience que la séduction est quelque chose d'inné. Soit on la possède dès sa naissance, comme Anthony et Emeline, soit on en est dépourvu, et ça ne se rattrape pas avec des leçons.

— Billevesées !

— De toute façon, je ne comprends pas pourquoi tu veux apprendre comment charmer les gentlemen. Tu ne te débrouilles pas si mal.

— Serait-ce une insulte ?

— Pas le moins du monde.

La jeune femme prit un air inspiré.

— Peut-être aimerais-je savoir charmer *certains* gentlemen.

— Moi, par exemple ? rétorqua Tobias avec un grand sourire. C'est une belle idée, mais qui n'est pas nécessaire. Tu me plais telle que tu es.

— Vraiment, Tobias ?

— Oui, vraiment. J'estime que notre relation repose désormais sur une compréhension mutuelle, qui se passe des platitudes hypocrites ou des compliments sans fondement.

Elle hocha la tête.

— Tu as sans doute raison. Cela n'empêche pas qu'Emeline m'a fait découvrir que le charme pouvait se révéler une extraordinaire technique d'interrogatoire, et que j'entends faire des progrès dans cette voie.

— Alors, sois prudente. Je ne suis pas certain que mes nerfs seront assez solides pour résister à tes assauts de séductrice.

Lavinia commençait à en avoir assez de ses taquineries.

— Ne t'inquiète pas pour ça, Tobias. Je n'avais pas du tout l'intention de perdre mon temps avec toi. J'ai trop peur que le charme ne reste sans effet sur ta carcasse.

— C'est très probable, admit-il d'une voix si douce, tout à coup, que la jeune femme comprit qu'il ne se moquait pas d'elle. Cela dit, je ne saurais trop t'encourager à faire tes essais sur moi seul.

— Et pourquoi donc, s'il te plaît ?

— Je ne peux pas, en toute conscience, te laisser mettre en danger un autre gentleman innocent.

— Tu n'es pas innocent, que je sache !

— C'était une façon de parler, répliqua Tobias. À propos de charme, j'aperçois quelqu'un qui en connaît toute la valeur… Joan Dove arrive vers nous.

Lavinia fut un peu déçue de voir s'arrêter cette stimulante conversation. Joan aurait pu choisir un meilleur moment pour apparaître. Cependant, elle se retourna pour gratifier son ancienne cliente d'un grand sourire.

Joan Dove avait dans les quarante-cinq ans, mais sa chevelure blond pâle avait gardé tout son éclat. Avec son élégance innée et ses traits impeccables, on la prenait souvent pour une femme plus jeune. Il fallait vraiment s'approcher pour remarquer les petites ridules au coin des yeux et des lèvres, et cette lueur, dans ses prunelles, qui trahissait son expérience.

Quoiqu'elle fût veuve depuis plus d'un an, Joan s'habillait toujours en noir et en gris, en mémoire de son défunt mari qu'elle avait adoré. Mais ses robes étaient coupées à la dernière mode. Mme Francesca y veillait. Ce soir, elle resplendissait dans une composition de satin argent brodée de roses noires, qui tombait à la perfection sur ses épaules à moitié dénudées.

— Que je suis heureuse de vous voir, dit-elle avec un chaud sourire. Je suppose qu'Anthony et Emeline s'amusent sur la piste ?

— Exactement, répondit Lavinia. Ils profitent de leur soirée. Je voulais vous remercier encore une fois de nous avoir obtenu une invitation.

— De rien. Maintenant que je recommence à sortir, c'est aussi mon intérêt de savoir qu'il y a dans ces soirées des gens avec qui j'ai envie de parler. Je vous considère tous les deux non seulement comme des amis, mais aussi un peu comme des collègues.

Lavinia échangea avec Tobias un regard qui se passait de mots. L'idée que Joan puisse s'estimer leur «collègue» était déconcertante.

C'était Joan qui leur avait proposé de la consulter pour certaines affaires difficiles, où ses relations dans le grand monde pourraient s'avérer utiles. Et elle envisageait avec enthousiasme ce qu'elle considérait comme son nouveau hobby.

Bien qu'elle ait été sa première cliente importante – et Lavinia lui en serait toujours reconnaissante, sans oublier que c'était Joan, également, qui l'avait présentée à Mme Francesca –, il y avait de bonnes raisons pour ne pas la prendre comme consultante. Même si elle offrait ses services gratuitement.

C'était une femme mystérieuse, au passé trouble. Tobias et Lavinia avaient eu l'occasion de découvrir, lors de leur première enquête commune, qu'avant de mourir, le mari de Joan, Fielding Dove, avait dirigé une organisation criminelle appelée la Chambre bleue. À son zénith, cette organisation très secrète avait possédé des ramifications dans toute l'Angleterre, et même dans plusieurs autres pays d'Europe. La Chambre bleue s'était plus ou moins désintégrée après la mort de Fielding Dove, cependant Tobias avait entendu dire que certains de ses anciens membres restaient encore actifs. Et qu'ils s'étaient trouvé un nouveau chef.

Or, d'après les déductions conjointes de Tobias et Lavinia, ce nouveau chef était probablement Joan elle-même…

— Figurez-vous que mes recherches pour l'agence Lake & March m'ont occupée tout l'après-midi, annonça celle-ci, ravie.

Tant d'enthousiasme surprit Lavinia.

— Lake & March, répéta-t-elle, songeuse. Je trouve que ça sonne bien.

— Personnellement, objecta Tobias, je considère que si on doit donner à notre collaboration *occasion-*

nelle une dénomination formelle, il faudrait parler de l'agence March & Lake.

— Pas du tout ! se récria Lavinia. Il faut dire Lake & March.

— Je ne suis pas d'accord. L'associé le plus ancien doit être cité en premier.

— L'âge entre en ligne de compte, certes, même si je n'aurais pas eu l'impolitesse de te rappeler le tien. Toutefois…

— Je parlais d'ancienneté dans la profession, grommela-t-il. Pas de mon âge.

Lavinia lui sourit, avant de reporter son attention sur Joan :

— Vous disiez, ma chère ?

— Avant d'être interrompue par votre querelle avec M. March ? répliqua Joan, visiblement amusée. Eh bien, je m'apprêtais à vous informer des bruits circulant dans la bonne société, au sujet d'une certaine antiquité…

Tobias rendit sa coupe de champagne vide à un serveur qui passait.

— Vous avez toute notre attention, Joan.

— Je m'en doutais ! s'exclama Lavinia, gagnée par l'excitation. La nouvelle de la disparition de la Méduse bleue a commencé de se répandre, n'est-ce pas ? J'ai bien fait de vous contacter, avant-hier. J'étais sûre qu'avec vos relations, vous pourriez nous apprendre quelque chose.

— Je suis ravie que vous pensiez à me consulter dans ce genre d'affaires, répondit Joan en baissant la voix. J'ai découvert que la Méduse bleue intéressait un certain gentleman, extrêmement riche et puissant, qui a la réputation de toujours obtenir ce qu'il convoite.

— Comment savez-vous qu'il veut la Méduse bleue ? demanda Lavinia.

— Parce qu'il sort rarement en société, alors même qu'il est invité partout. Le fait qu'il se montre au bal de ce soir prouve, selon moi, qu'il cherche le bracelet. Je ne vois pas quelle autre raison l'aurait amené ici.

Lavinia suivit le regard de Joan et remarqua un homme qui se tenait à l'autre bout de la salle. Il était habillé avec beaucoup d'élégance, et arborait la posture de quelqu'un né avec un titre et une fortune. Ce qui, après tout, était le lot de nombre des invités. Rien n'aurait donc contribué à le faire sortir du lot, s'il n'avait eu une manière indéfinissable de se tenir en dehors de la foule, sans pour autant paraître l'éviter. En fait, on aurait juré qu'il cherchait à se fondre dans le décor.

Et cependant, Lavinia l'avait tout de suite aperçu. Elle avait compris, au premier coup d'œil, qui Joan regardait. Malgré son habit de soirée semblable à tous les autres, il faisait figure d'un requin au milieu d'un banc de petits poissons. Un peu comme Tobias, du reste.

Physiquement, en revanche, les deux hommes n'avaient rien de commun. L'inconnu, déjà, était plus vieux que Tobias. Il approchait probablement de la cinquantaine. Son crâne commençait à se dégarnir. Il était aussi plus grand que Tobias. Et plus élégant, ce qui n'était pas un exploit.

— Qui est-ce ? demanda Lavinia.

— Lord Vale, murmura Joan.

Elle avait dit cela d'une voix qui éveilla la curiosité de Lavinia. Celle-ci la dévisagea et fut surprise de lire une lueur d'intérêt dans ses prunelles. C'était la première fois qu'elle voyait Joan regarder un homme de cette manière.

— Vale serait donc mêlé à notre affaire ? s'enquit Tobias.

— Il semblerait, confirma Joan. De plus, je le soupçonne d'être au courant de votre enquête. C'est pourquoi il est là ce soir.

— Nom d'un chien, grommela Tobias. Je me serais bien passé de cette complication !

Lavinia se tourna vers lui.

— Pourquoi ? Tu le connais ?

Il répondit sans quitter l'autre homme des yeux.

— Comme Joan l'a dit, Vale est un collectionneur aux goûts très arrêtés. Et il possède les moyens financiers de satisfaire sa passion. Mais si l'argent ne suffit pas à obtenir ce qu'il veut, il n'hésite pas à employer d'autres méthodes.

— Il est le fondateur d'un club très sélect dont les membres, entre eux, s'appellent les « Connaisseurs », ajouta Joan. Ne sont autorisés à en faire partie que les collectionneurs possédant des antiquités originales. Le club s'ouvre rarement à de nouveaux membres, et quand c'est le cas, les candidats doivent présenter un objet d'une grande rareté, qui sera leur billet d'admission. Une sorte de « musée » rassemble ainsi tous les objets apportés par les membres.

Et, après une pause, elle précisa :

— Mais il y a justement une place à prendre, en ce moment, qui n'a pas encore été pourvue...

Tobias la regarda.

— Comment le savez-vous ?

— Mon mari a longtemps fait partie des Connaisseurs. Sa mort a laissé un siège vide.

— Et pourquoi Vale ne l'a pas remplacé ?

— Sans doute parce qu'il n'a pas encore trouvé de candidat digne de ce nom. N'oubliez pas qu'il faut présenter un objet original et d'une extrême rareté. Ce qui ne court pas les rues.

Lavinia hocha la tête.

— La Méduse bleue vaudrait probablement une admission immédiate à son possesseur.

— Évidemment, répondit Joan. Le « musée » du club est une collection très privée, qui ne s'ouvre jamais au public. Je doute que Vale, ou un quelconque autre membre des Connaisseurs, s'inquiéterait de la provenance d'un tel bijou.

Contemplant à nouveau lord Vale, elle ajouta :

— Cela dit, étant donné sa présence ici ce soir, je ne pense pas qu'il attende qu'un collectionneur offre la Méduse bleue à son club. Vale a dans l'idée de l'avoir pour lui.

— Le connaissez-vous bien ? demanda Tobias.

Joan hésita.

— Il était parfois invité à la maison, du temps de mon mari. Fielding l'appréciait pour sa culture. Ils se respectaient mutuellement. Mais je ne pourrais pas dire que je le connais bien. D'ailleurs, à mon avis, personne ne peut y prétendre.

— En effet, acquiesça Tobias. C'est aussi mon avis.

— L'avez-vous rencontré ? s'étonna Joan.

— Crackenburne nous a présentés. Mais nous ne fréquentons pas les mêmes milieux.

— Regardez ! dit soudain Lavinia. Il vient de quitter son coin. Il vient vers nous !

— Oui, confirma Tobias. Vous aviez raison, Joan : il sait, pour Lavinia et moi.

Tous trois regardèrent Vale contourner la piste de danse, saluant au passage des visages familiers, s'arrêtant une ou deux fois pour échanger quelques mots avec un invité. Même si ses pas semblaient le mener au hasard, Lavinia était persuadée qu'il avait pour but unique de les rejoindre.

— Il va vous questionner, prévint Joan. Il le fera poliment, bien sûr, mais c'est un homme rusé et intelligent. Soyez attentifs à ce que vous allez répondre.

Deux secondes plus tard, Vale, émergeant de la foule, se matérialisait devant eux. Lavinia le regarda plus à loisir et constata qu'un autre détail le différenciait de Tobias : Vale avait le regard enflammé d'un artiste romantique.

— Joan, dit-il en s'inclinant gracieusement pour lui baiser la main. Je suis ravi de voir que vous fréquentez à nouveau les réjouissances mondaines. Vous avez été trop longtemps absente de la scène londonienne.

Elle retira sa main tout aussi gracieusement.

— Bonsoir, Vale. Connaissez-vous mes amis, M. March et Mme Lake ?

— Monsieur March, dit Vale en le saluant de la tête, comme si c'était une vieille connaissance. (Puis il se tourna vers Lavinia.) Enchanté de vous rencontrer, madame Lake.

Quand il prit sa main pour la baiser, la jeune femme remarqua l'étrange bague qu'il portait au doigt. C'était un anneau de fer, sur lequel était montée une sorte de petite clé.

— Tout le plaisir est pour moi, lord Vale, répliqua-t-elle avec un sourire, en y ajoutant une révérence, pour faire bonne mesure.

Mais elle constata qu'il n'était nullement impressionné. Il s'était déjà retourné vers Joan.

— M'accorderez-vous la prochaine danse, madame ?

Joan tressaillit imperceptiblement.

— Oui, bien sûr… répondit-elle, en coulant à Lavinia un regard intrigué tandis que Vale l'entraînait déjà sur le parquet.

— Joan se sera trompée, commenta Lavinia en regardant le couple s'éloigner. Vale ne voulait pas nous interroger. Il ne songeait qu'à danser.

— Ne t'avance pas trop, rétorqua Tobias. Comme Joan l'a dit, il est rusé et subtil. (Il la prit par le bras.) Viens, nous ne pouvons rien faire d'autre pour le moment, et j'ai envie de respirer un peu d'air frais.

— Tu as raison. On étouffe, ici.

La jeune femme laissa son compagnon la guider vers l'une des portes-fenêtres qui donnaient sur la terrasse. Ils sortirent goûter l'air nocturne de ce début de printemps.

Mais Tobias continua son chemin. Il traversa la terrasse, descendit l'escalier de pierre qui menait au jardin éclairé par des lanternes, et prit la direction de la serre construite derrière la maison. Les lumières de la salle de bal n'étaient plus que des taches dans la nuit.

Lavinia réfléchissait à l'étonnement qu'elle avait lu dans les yeux de Joan, lorsque Vale l'avait invitée à danser. Peu de choses pouvaient troubler Joan. Mais celle-ci, apparemment, en était une.

— Je me demande si Joan et toi ne vous trompez pas sur la raison de la présence de Vale à ce bal, dit-elle.

— Qu'est-ce qui te fait penser cela ?

— J'ai le sentiment que Vale n'avait pas d'autre but que de danser avec Joan. L'avancée de notre enquête n'a pas paru l'intéresser le moins du monde.

— Vale est passé maître dans l'art de dissimuler ses véritables objectifs. Et Joan ne se débrouille pas mal non plus, si tu veux mon avis.

Lavinia perçut l'irritation dans sa voix.

— Tu es fâché.

— Non.

— Si. Je le sens bien. Mais je ne comprends pas pourquoi. Est-ce parce que Vale n'a pas essayé de nous questionner ?

— Non.

— Tobias, tu es vraiment impossible…

Il s'était arrêté devant la serre. Il en poussa la porte de verre.

La jeune femme hésita.

— Crois-tu que nous pouvons entrer ?

— Si les Stillwater ne voulaient pas qu'on pénètre dans leur serre, ils auraient fermé à clef.

— Sans doute, mais…

Tobias la poussa gentiment à l'intérieur et referma la porte derrière eux. L'atmosphère, saturée d'humidité, était chargée des riches fragrances des plantes rares cultivées dans cette enceinte préservée. Le clair de lune révélait des dizaines de pots, sagement rangés les uns à côté des autres. Lavinia sourit. Elle avait l'impression de se retrouver dans un cocon protecteur.

— C'est merveilleux, dit-elle, s'arrêtant ici et là pour respirer le parfum d'une fleur. On se croirait dans une jungle. J'espère qu'on ne va pas croiser de serpent ou de tigre !

Tobias marchait juste derrière elle.

— On ne sait jamais, répliqua-t-il d'une voix sombre.

La jeune femme se retourna, exaspérée.

— Tobias, j'en ai assez de ta mauvaise humeur. Qu'y a-t-il, à la fin ?

Il la regarda. Ses prunelles luisaient dans l'obscurité.

— Si tu veux tout savoir, en voyant Vale inviter Joan à danser, j'ai eu terriblement envie d'en faire autant avec toi.

Elle n'aurait pas été plus stupéfiée s'il lui avait annoncé qu'il pouvait voler.

— Tu voulais *danser* avec moi ?

— Je ne sais pas ce qui m'a pris. Je ne me suis jamais beaucoup intéressé à la danse. Et puis, avec ma blessure, ce genre d'exercice est de toute façon hors de propos. Je me ridiculiserais.

Malgré la distance, Lavinia pouvait entendre les échos de la valse dans la salle de bal. Une sensation merveilleuse l'étreignit. Elle sourit.

— Ici, il n'y aura personne pour se moquer de toi, dit-elle.

— Si, toi.

— Mais non. À mes yeux, tu ne te ridiculiseras jamais.

Tobias la contempla un long moment. Puis il l'attira dans ses bras et, pour la première fois depuis qu'ils se connaissaient, ils dansèrent ensemble.

Ses pas étaient un peu maladroits et empruntés, comme s'il avait peur de marcher sur les pieds de sa compagne ou de la renverser au milieu des pots de fleurs. Mais ça n'avait pas d'importance, songea Lavinia. L'important, c'était cette musique qui parvenait à leurs oreilles, le clair de lune au-dessus de leurs têtes, l'atmosphère unique de cette serre. Et, surtout, c'était que Tobias la tenait dans ses bras.

Ce fut un moment de pur enchantement, comme suspendu dans l'éternité, qui aurait pu sortir tout droit d'un recueil de poésie. Elle avait abandonné sa joue contre l'épaule de son compagnon et se laissait porter par la féerie de la valse.

Quand ils atteignirent l'extrémité de la serre, il s'arrêta de danser et, serrant plus fort la jeune femme contre lui, déposa un baiser sur son épaule dénudée.

— Tobias... murmura-t-elle.

Mue par un sentiment de délicieuse urgence, elle noua les bras à son cou et approcha ses lèvres des siennes.

Son baiser la laissa haletante. Puis, sans cesser de lui donner des petits baisers sur les lèvres et dans le cou, Tobias fit glisser les manches de la robe sur ses bras, descendant le bustier jusqu'à la ceinture. De ses mains puissantes, il s'empara de ses seins avec une tendresse surprenante. Elle frissonna de plaisir en sentant ses pouces titiller ses tétons.

Il s'assit ensuite sur l'un des bancs, attirant la jeune femme à califourchon sur ses cuisses et immisçant une main sous ses jupons, pour les retrousser doucement. Lavinia le laissait faire en silence, le souffle court, le cœur battant la chamade.

De sa main libre, Tobias dégrafa son pantalon. Aussitôt, elle tendit la main pour saisir son membre érigé entre ses doigts. Il gémit de plaisir.

— Dans des occasions comme celle-ci, murmura-t-il contre sa gorge, je ne doute jamais de tes pouvoirs mesméristes. Tu me mets littéralement en transe.

— Je suis peut-être une mesmériste, mais toi, tu es un sorcier.

La nuit les baigna de sa sérénité magique.

— On raconte que lui et Mme Lake, qui semble être son associée, chercheraient en ce moment un bijou antique.

— Ah.

Il haussa les sourcils.

— Que signifie cette réponse, madame ?

— Le fait que vous ayez mentionné ce bijou m'incite à penser que vous le cherchez également.

Il soupira.

— Avec vous, la subtilité ne me mènera à rien. Vous me connaissez trop bien.

— Au contraire, Vale. Je ne vous connais pour ainsi dire pas. En revanche, je suis au courant de votre goût pour les antiquités rares.

— Oui, bien sûr. Avec Fielding, vous avez sans doute souvent discuté du plaisir d'être collectionneur. Je crois d'ailleurs savoir qu'au fil des années, vous êtes vous-même devenue une autorité.

— Je ne prétends pas être experte, loin de là. Mais je reconnais avoir écouté avec beaucoup de profit les commentaires de Fielding et de vous-même, quand vous compariez vos dernières acquisitions.

— Et vous avez évidemment hérité de la collection de votre mari... Mais dites-moi, madame : avez-vous l'intention de l'agrandir ?

Laisse-le mariner, songea Joan. Ne lâche rien de concret.

— Si c'est une façon détournée de me demander si je compte acquérir la Méduse bleue, je ne peux pas encore vous répondre. Je n'ai rien décidé pour l'instant.

— Je vois.

Sans cesser de valser avec grâce, Vale entraîna adroitement sa cavalière vers une alcôve, à l'abri des oreilles indiscrètes.

— Je ne souhaite nullement me retrouver en compétition avec vous, reprit-il.

— Mais, le cas échéant, vous serez prêt à vous battre, n'est-ce pas ?

Il sourit, mais ignora la question.

— Il y a un aspect de cette affaire qui m'inquiète, madame.

— Je suis étonnée, Vale. Je pensais que rien ne pouvait vous inquiéter.

— Eh bien, détrompez-vous. Vous êtes la veuve de l'un de mes plus chers amis, et je considère de ma responsabilité de vous prévenir que vous vous exposez à de graves dangers.

— Quels dangers, grands dieux ?

— Je parle de votre rôle dans cette affaire, Joan.

— Ne vous faites pas de souci pour moi, milord. Sachez que je sais veiller à mes intérêts. Mon mari m'a appris beaucoup de choses, et pas seulement en matière d'antiquités.

— Oui, bien sûr, acquiesça Vale, qui cependant ne semblait guère apprécier cette réponse.

Toutefois, il courba la tête avec civilité.

— Je m'excuse, reprit-il, si je me suis mêlé de vos affaires.

— Vous n'avez pas à vous excuser, mon cher. Je suis ravie, au contraire, de vous annoncer que j'aide Mme Lake et M. March dans leur enquête.

Vale se figea. Si Joan n'avait été en face de lui pour le constater, jamais elle n'aurait cru qu'il pouvait laisser paraître ainsi sa stupéfaction. Elle en éprouva un frisson de triomphe.

— Les aider ? répéta-t-il d'une voix blanche. De quoi parlez-vous donc, Joan ?

Elle pouffa.

— Calmez-vous, milord. C'est simplement un passe-temps, en ce qui me concerne. Mais très amusant, je dois dire…

— Je ne comprends pas.

— Oh, c'est très simple. J'ai des relations là où ils n'en ont pas. Quand ces relations peuvent s'avérer utiles, j'interviens.

Il esquissa un sourire mauvais.

— Serais-je l'une de ces relations ? Est-ce pour cela que vous avez accepté de danser avec moi ? Afin de continuer l'enquête pour le compte de March et de Mme Lake ?

— Pas du tout, milord. J'ai dansé avec vous parce que vous me l'avez demandé, et que cela me plaisait.

Malgré la colère qui brillait dans ses yeux, il se pencha pour baiser la main de Joan.

— J'espère que vous avez passé un bon moment, madame.

— Un excellent moment, Vale. Même si j'ai conscience que vous n'êtes venu ici que pour le bracelet, et que vous souhaitiez découvrir mon rôle et celui de mes amis dans cette affaire. J'espère vous avoir satisfait avec mes réponses.

Il se raidit, et ne relâcha pas tout de suite sa main.

— Je voudrais vous mettre en garde, ma chère. Cette Méduse bleue est dangereuse. Très dangereuse…

— Je saurai m'en souvenir.

Il était évident qu'il n'aimait pas cette réponse. Mais il était tout aussi évident qu'il n'avait aucun moyen d'empêcher Joan d'agir à sa guise.

— Je vous souhaite une bonne fin de soirée, madame.

— Bonsoir, milord, répondit-elle, esquissant une petite révérence. Je suis flattée d'avoir dansé avec vous, même si vous aviez d'autres idées en tête.

Vale s'apprêtait à s'éloigner, mais il se ravisa.

— Tout le plaisir était pour moi. Et permettez-moi de vous dire que vous vous trompez au moins sur un point. Je ne vous ai pas invitée à danser uniquement pour vous parler du bracelet.

— Non ?

— Je vous ai réclamé cette valse parce que j'avais très envie de danser avec vous.

Sur ces mots, il disparut dans la foule, avant que Joan ait pu réfléchir à une réponse.

Elle demeura un long moment immobile, à se répéter combien elle avait goûté ces trop brèves minutes dans les bras de Vale.

Tobias rouvrit les yeux. Il était allongé sur le banc, Lavinia couchée en travers de lui, sa poitrine collée contre son torse, ses jupes encore retroussées sur ses cuisses. Contemplant le ciel étoilé qui brillait à travers le toit vitré de la serre, il songea qu'il aurait aimé rester ainsi toute la nuit.

Il se demandait si Lavinia commençait à trouver, elle aussi, les circonstances matérielles de leur liaison vraiment peu confortables.

Elle s'étira, rouvrit les yeux à son tour et sursauta.

— Juste ciel ! s'exclama-t-elle, en même temps qu'elle se redressait. Il doit être horriblement tard. Retournons tout de suite à la réception. Joan, Anthony et Emeline ont dû finir par s'apercevoir de notre disparition. Je ne voudrais pas qu'on nous retrouve ici.

Tobias se leva, étudiant la position de la lune à travers les vitres.

— Il n'est pas si tard que cela. Nous n'avons pas dû beaucoup leur manquer.

— Quoi qu'il en soit, ne nous attardons pas dans cet endroit, répliqua la jeune femme, qui tentait de remettre de l'ordre dans sa toilette. Mes cheveux ne sont pas trop en bataille ?

— Ils sont merveilleux.

— Dieu soit loué.

Elle finit de défroisser sa robe.

— Je ne verrais rien de plus embarrassant que de revenir dans la salle de bal de lady Stillwater, en ayant l'air de… de…

— D'avoir fait l'amour ? compléta Tobias qui reboutonnait son pantalon. Je ne pense pas que grand monde serait surpris.

— *Quoi* ? s'écria la jeune femme, les yeux exorbités. Es-tu en train de me dire que tout le monde sait que…

— Que nous sommes amants ? J'en mettrais ma main au feu, oui.

— Mais comment est-ce possible ? Je n'ai jamais rien laissé filtrer sur ce sujet et… (Elle fronça les sourcils.) Tobias, si c'est toi qui as répandu le bruit de notre liaison, je te jure que je t'étrangle !

Il lui prit les mains.

— Je prends presque cela comme une insulte, Lavinia. Je suis un gentleman, tu l'oublies parfois. Et je ne m'abaisserai jamais à dévoiler les détails de ma vie intime à qui que ce soit. Mais tes amis seraient vraiment naïfs, s'ils ne se doutaient pas de notre liaison.

— Oh, mon Dieu… Tu crois vraiment ?

— Calme-toi. Ce n'est quand même pas comme si nous étions deux jeunes gens, avec une réputation à défendre. Nous avons déjà fait notre vie, chacun de notre côté. Et nous sommes discrets. Personne n'a donc rien à redire sur ce que nous pouvons faire en privé.

— Mais songe à Anthony et Emeline ! Nous devons leur montrer le bon exemple.

— Non, rétorqua Tobias sans hésiter. Les règles sont différentes pour les gens de notre âge et du leur. Emeline et Anthony le savent aussi bien que nous.

La jeune femme ne semblait pas convaincue.

— Sur le fond, tu as sans doute raison. Il n'empêche qu'il vaut mieux continuer à nous montrer discrets.

— Ce qui rend notre intimité très aléatoire. Nous sommes toujours obligés de nous cacher, et de chercher des endroits isolés.

— Oui. C'est embêtant par certains côtés, mais ça a ses avantages…

Il sursauta.

— Lesquels ?

— Eh bien, la peur d'être découverts, par exemple. C'est assez excitant.

— Excitant ? répéta Tobias, médusé.

— Oui, confirma-t-elle avec enthousiasme. Et l'obligation de changer d'endroit apporte une touche de nouveauté.

— Une touche de nouveauté...

Grands dieux ! songea-t-il, dépité. Lavinia avait pris goût à l'aspect clandestin de leur liaison.

— Combien de gens, à ton avis, ont fait l'amour dans une serre ? reprit-elle, avec ce qui ressemblait à de la vraie curiosité.

Il se dirigea vers la porte.

— Je n'en ai pas la moindre idée. Et je me moque de connaître la réponse à pareille question !

— Tu sais, continua Lavinia, nos rendez-vous me rappellent parfois certains poèmes. Ceux de Byron, en particulier.

Tobias venait d'ouvrir la porte. Il se retourna d'un bloc.

— Bon sang, Lavinia ! Je ne sais pas pour toi, mais moi, je n'ai pas l'intention de passer le reste de mes jours à me cacher dans des coins sombres et déserts pour faire l'amour et...

Au même moment, un bruit de pas crissa sur le gravier de l'allée. Il fit signe à sa compagne de se dissimuler derrière lui.

— Qui vient là ? demanda-t-il. Montrez-vous !

Une silhouette masculine de petite taille, vêtue d'un grand manteau qui lui tombait jusqu'aux chevilles, émergea de l'obscurité. Un chapeau informe dissimulait ses traits. Il paraissait boiter et tenait une canne à la main.

— Pardonnez-moi de vous déranger, dit l'inconnu, mais j'ai pensé que vous aviez terminé votre petit intermède...

Lavinia jeta un coup d'œil à l'étrange individu, pardessus l'épaule de Tobias.

— Qui êtes-vous, monsieur ?

— Nightingale, je présume ? dit Tobias, sans quitter l'inconnu des yeux. Je crois savoir que vous préférez rencontrer les gens la nuit, à la faveur de l'obscurité.

— Oui, monsieur, c'est exact. La nuit permet une discrétion plus appropriée à certains échanges.

Et, esquissant une courbette, il ajouta :

— Ravi de faire votre connaissance à tous deux.

— Comment êtes-vous entré dans ce jardin ? s'enquit Lavinia. Lady Stillwater entretient une armée de serviteurs. Je me demande comment vous avez pu passer au milieu d'eux.

— Dans une soirée comme celle-ci, avec tant de gens qui vont et viennent, il est presque trop facile d'entrer à la barbe des domestiques. Mais rassurez-vous, je n'ai pas l'intention de m'éterniser. (Il rit, comme si cela éveillait chez lui quelque plaisanterie.) Je n'aime pas beaucoup danser.

— Que voulez-vous ? questionna Tobias.

— La rumeur prétend que vous recherchez un certain objet.

— Pour être précis, nous recherchons la personne qui a tué une femme dans l'intention de lui voler cet objet, corrigea Lavinia.

Nightingale esquissa ce qui ressemblait à un haussement d'épaules.

— Quoi qu'il en soit, vous cherchez la Méduse bleue. Nous sommes bien d'accord ?

— Oui, acquiesça la jeune femme. Si nous la retrouvons, nous découvrirons du même coup l'identité du meurtrier. Pouvez-vous nous aider ?

— Les meurtres ne sont pas de mon ressort, ce qui ne m'empêche pas de vous souhaiter bonne chance pour votre enquête, répondit Nightingale. Les assassinats ne sont jamais bons pour les affaires. En général, ça fait baisser les prix.

— Pourquoi recherchez-vous le bracelet ? interrogea Tobias. Quel est votre intérêt dans l'histoire ?

— Avez-vous déjà entendu parler d'un club très fermé qui s'appelle les Connaisseurs ? demanda Nightingale à voix basse.

Lavinia tressaillit.

— Nous en avons entendu parler, répliqua son compagnon. Mais quel rapport avec la Méduse bleue ?

— Les membres de ce club sont très peu nombreux, et triés sur le volet. Les nouvelles admissions sont exceptionnelles.

— Continuez, l'encouragea Tobias.

— Il se trouve qu'une place est à prendre. L'un des membres du club est mort, il y a un peu plus d'un an, et n'a toujours pas été remplacé.

— Les candidats à sa succession devront présenter une pièce à la fois rare et originale, susceptible d'entrer dans le musée privé du club, ajouta Tobias. Celui qui offrira l'objet le plus inattendu sera admis.

— Vous êtes bien informé, monsieur March, acquiesça Nightingale. Ce que vous ne savez peut-être pas, c'est qu'il existe une date butoir pour la présentation de l'objet. Et cette date se rapproche. C'est dans quinze jours.

— Vous pensez que la Méduse bleue constituerait un objet de choix, qui vaudrait à son détenteur une admission immédiate ?

Nightingale hocha la tête.

— Le « conservateur » du musée des Connaisseurs a la réputation d'avoir un penchant prononcé pour les antiquités romaines trouvées en Angleterre. C'est sa passion. Pour ma part, j'ai du mal à le comprendre. De mon point de vue, on peut difficilement comparer un camée déterré dans un champ des environs de Londres, avec une statuette découverte à Pompéi. Mais c'est comme ça. Chacun ses goûts...

— Ce qui nous ramène à la Méduse bleue, intervint Lavinia.

— Oui, approuva Nightingale, dont les yeux brillèrent furtivement dans l'obscurité. Celui qui possédera le bracelet sera admis à coup sûr.

— Mais vous ne nous avez toujours pas dit quel est votre intérêt dans l'histoire, insista Tobias. Vous êtes candidat ?

— Moi ? rétorqua l'homme en éclatant de rire. Je n'ai aucune envie d'appartenir à un club, pas même les Connaisseurs. Mon seul intérêt, c'est l'argent que pourra me rapporter l'opération. J'ai l'intention d'organiser des enchères très privées, si vous voyez ce que je veux dire...

— Des enchères entre personnes fortunées, désireuses de rejoindre les Connaisseurs ? devina Tobias.

— Précisément.

— Supposons que nous retrouvons le bracelet. Quelle raison aurions-nous de vous le donner ?

— La même raison que moi, cher monsieur. L'argent. Je vous propose un marché. Si vous et votre associée m'apportez le bracelet, je vous offre une commission royale.

— J'ai peur qu'il ne nous soit impossible de vous confier le bracelet, trancha Lavinia.

Tobias s'éclaircit la gorge.

— Euh... Lavinia...

— Si nous le retrouvons, poursuivit la jeune femme, nous serons dans l'obligation de le rendre à son légitime propriétaire.

— Qui n'en a plus pour longtemps à vivre, si ce qu'on raconte est vrai, répliqua Nightingale. Où il va, je doute qu'il aura besoin du bracelet.

— Ce qui ne veut pas dire que vous avez le droit de le soustraire de son héritage, riposta-t-elle.

— Lavinia, intervint Tobias. Je pense que tu en as assez dit...

— Je ne parle pas de voler le bracelet ! protesta Nightingale. Je vous parle affaires.

Lavinia redressa fièrement le menton.

— Mon associé et moi-même ne marchandons pas sur des bases illicites, déclara-t-elle d'une voix glaciale. Tu es bien d'accord avec moi, Tobias ?

— On pourrait envisager un marchandage légal qui serait profitable à toutes les parties, avança-t-il prudemment.

Nightingale et Lavinia le regardèrent, intrigués.

— Comment comptes-tu t'y prendre ? demanda la jeune femme.

— Je l'ignore encore. Mais en pensant à l'argent qui circule dans cette histoire, je suis sûr que mon imagination aura des ailes.

Nightingale gloussa.

— Vous me ressemblez, March. Vous et moi, nous ne sommes pas hommes à laisser une opportunité nous filer entre les doigts.

— Pas si je peux la retenir, en effet, acquiesça Tobias. Mais puisque vous réclamez notre concours, j'aurais quelques questions à vous poser.

— Quel genre de questions ?

— Êtes-vous au courant, pour la femme du mesmériste ?

— La femme qui a été étranglée ? (Nightingale secoua la tête.) On raconte qu'elle conspirait avec son amant pour voler le bracelet. Et qu'une fois le travail effectué, il l'a tuée pour garder le bijou. Mais d'autres prétendent que c'est son mari qui l'a assassinée, par jalousie. Quoi qu'il en soit, le bracelet a disparu.

— Mais la Méduse bleue n'est toujours pas à vendre, fit valoir Tobias. Sinon, vous ne seriez pas venu nous voir.

— C'est exact. Pour l'instant, le bracelet n'est pas officiellement à vendre.

— Et vous ne trouvez pas ça bizarre ?

Nightingale se redressa légèrement.

— Bizarre ?

Lavinia se tourna vers son partenaire :

— Que trouves-tu d'étrange là-dedans ?

— Étant donné la valeur que certaines personnes accordent à la Méduse bleue, j'aurais pensé que l'assassin contacterait au plus vite un antiquaire, ou un... spécialiste du genre de M. Nightingale. On peut imaginer qu'il est impatient de tirer profit de son larcin.

— Peut-être le voleur attend-il que le remue-ménage causé par le meurtre se soit calmé, avança Lavinia.

— Garder le bracelet est dangereux, rétorqua Tobias. Si on le trouvait en sa possession, on pourrait l'accuser du meurtre, ce qui le conduirait tout droit à l'échafaud.

Elle médita cette hypothèse.

— Tu as raison. D'autant que l'assassin doit savoir, à présent, que nous le cherchons. Logiquement, il devrait donc tenter de se débarrasser de la Méduse le plus vite possible.

— Le meurtre ne regarde que vous, intervint Nightingale. Comme je vous l'ai dit, ce n'est pas ma partie. Je ne m'intéresse qu'au profit que pourrait m'apporter la vente du bracelet. Eh bien, avons-nous conclu notre affaire ?

— Mme Lake a raison, répondit Tobias. Si nous retrouvons le bracelet, nous devrons le rendre à son propriétaire.

— Enfin quoi ! se récria Nightingale, dont la voix s'échauffait. Il y a deux minutes, vous disiez...

Tobias l'interrompit d'un geste de la main.

— Toutefois, comme vous l'avez fait remarquer, le propriétaire est très malade, et son héritière présumée ne semble pas s'intéresser aux antiquités. Je vous suggère d'aller la trouver et de lui faire une offre. Je ne peux pas vous garantir qu'elle acceptera de traiter avec vous, mais au moins vous aurez ainsi une chance d'obtenir la Méduse.

Nightingale soupesa la proposition un moment.

— Mon profit sera moindre, si je dois d'abord racheter le bracelet à l'héritière de lord Banks. Je serai obligé de lui offrir un bon prix. Et vous, vous perdrez votre commission, March.

— Mon petit doigt me dit que vous saurez très bien vous en sortir. Vos clients ne s'offusqueront pas de voir le prix monter. Tout ce qui les intéresse, c'est la Méduse.

— Et pensez aux avantages de cette solution, monsieur, renchérit Lavinia. Si vous traitez avec l'héritière de lord Banks, vous agirez en toute légalité et donc sans le moindre risque.

Nightingale balaya l'argument d'un revers de main.

— Ça enlèvera aussi beaucoup de piment à mon entreprise.

— Quoi qu'il en soit, nous ne pouvons rien vous proposer de mieux. C'est à prendre ou à laisser.

— Bon sang, March ! Vous ne voyez pas qu'il y aurait beaucoup plus à gagner pour nous deux, si nous laissions l'héritière en dehors de tout cela ?

— Malheureusement, nous avons notre réputation professionnelle à préserver, rétorqua Tobias. Ce serait très mauvais si le bruit se répandait que nous dépouillons les héritiers.

— Hum, fit Nightingale en tapant deux ou trois fois le sol avec sa canne. Bon, très bien ! Mais sachez que si la Méduse tombe entre mes mains par d'autres sources, notre arrangement sera caduc. Je ne donnerai pas un penny à l'héritière de Banks, ni à vous.

Et là-dessus, il tourna les talons.

— J'ai compris ! lui cria Tobias. Mais ne soyez pas surpris si l'héritière de lord Banks nous embauche ensuite pour retrouver le bracelet volé. Auquel cas, nous saurons exactement où le chercher !

Nightingale s'immobilisa et coula un regard pardessus son épaule.

— Serait-ce une menace, March ?

— Prenez-le plutôt comme un avertissement amical, répondit Tobias.

— Je vais vous donner un conseil, en retour. Si vous et votre lady espérez faire fortune dans ce métier, commencez par vous montrer plus pragmatique sur le terrain des finances.

Cette fois, Nightingale se fondit dans l'obscurité, sans attendre de réponse.

Il y eut un silence. Puis, lorsqu'il fut certain qu'ils étaient de nouveau seuls, Tobias prit le bras de sa compagne et l'entraîna vers la salle de bal.

— Je voulais te dire quelque chose, annonça Lavinia.

— J'ai toujours un frisson, quand tu prononces ce genre de phrase...

— C'est au sujet de Mme Rushton, l'héritière de lord Banks.

— Eh bien ?

— Je la soupçonne d'être impliquée dans l'affaire, d'une manière ou d'une autre.

Il s'immobilisa.

— Que veux-tu dire ?

— J'ai oublié de te raconter qu'après notre entretien avec Tredlow, Emeline et moi avons rendu une petite visite à l'hôtel particulier de lord Banks.

— Effectivement, tu avais négligé de mentionner ce *détail*. Pourquoi ?

Elle esquissa un sourire contrit.

— Je voulais te faire la surprise.

Tobias tentait, tant bien que mal, de contenir sa fureur.

— Laisse-moi te dire, Lavinia, qu'il n'y a rien que je déteste plus que les surprises, dans le cours d'une enquête.

— C'était juste une toute petite surprise, murmura-t-elle. Je voulais t'impressionner. Ou au moins marquer un point.

— Et pourquoi donc, s'il te plaît ?

Cette fois, ce fut la jeune femme qui s'échauffa.

— Parce que tu prends toujours le rôle de l'instructeur avec moi, et que tu veux tout diriger !

— Lavinia, bon sang...

— Je voulais te prouver que je suis parfaitement capable de conduire une enquête toute seule.

Il ne répondit pas.

— Tu n'as pas besoin de me regarder comme ça, Tobias. Nous sommes égaux dans le travail, et j'ai le droit de mener les investigations qui me semblent légitimes.

— Nom d'un chien…

— Aller chez les Banks était une démarche logique. Après tout, Mme Rushton peut être considérée comme suspecte.

— Une suspecte ? Mme Rushton ?

— C'est toi-même qui m'as expliqué un jour que les héritiers manifestent parfois quelque impatience, qui les pousse à commettre des actes répréhensibles, fit valoir Lavinia, une lueur de triomphe dans les yeux. Et si elle n'est pas coupable, elle peut devenir une nouvelle cliente pour nous. En tant que victime du vol du bracelet, elle a tout intérêt à récupérer la Méduse.

Tobias savait qu'il ne pouvait lui tenir rigueur de son raisonnement. C'était parfaitement logique. Cependant, il était toujours furieux.

— As-tu parlé à Mme Rushton ?

— Non. Elle était sortie pour l'après-midi.

— Je vois, murmura-t-il, plus détendu.

— Elle était sortie prendre son traitement chez un mesmériste, précisa Lavinia avec un sens délibéré du suspense. Il semble que cette dame souffre d'une maladie des nerfs.

Elle semblait extrêmement satisfaite d'elle-même.

— C'est ça, ta surprise ? Que Mme Rushton se fait soigner par un mesmériste ?

Le visage de la jeune femme s'assombrit d'un coup.

— Avoue que c'est quand même troublant, non ?

— Lavinia, la moitié de Londres se fait soigner chez des mesméristes, pour les nerfs ou les rhumatismes.

— Tu exagères ! Moi, je persiste à penser qu'il y a là une étrange coïncidence. Cette affaire implique déjà une femme assassinée qui était l'épouse d'un mesmériste et s'essayait elle-même à cette science, et une suspecte potentielle qui se fait soigner par un mesmériste. J'ai l'intention d'avoir un entretien avec Mme Rushton.

— Quand ?

— Demain.

Il contempla un instant le ciel étoilé.

— Je t'accompagnerai, dit-il finalement.

— Merci, mais ce ne sera pas nécessaire, répliqua-t-elle avec un petit reniflement dédaigneux. Je saurai bien me débrouiller toute seule.

— Je n'en doute pas une seconde, rétorqua Tobias, qui souriait froidement. Mais je ne pourrai pas résister à l'opportunité de te voir à l'œuvre. Après tout, c'est peut-être toi qui vas m'apprendre des choses sur ce métier…

14

Le lendemain, en début d'après-midi, Lavinia et Tobias furent introduits dans le salon de lord Banks.

L'intérieur de la demeure était encore plus déprimant que la façade, songea la jeune femme. Le mobilier était vieux et démodé, les couleurs ternes et sombres.

Une femme d'âge indéterminé et à l'aspect sévère lisait un livre, près d'une fenêtre. Elle portait une robe marron foncé, et ses cheveux étaient sagement coiffés en chignon sur sa nuque. À sa taille, une châtelaine arborait un imposant trousseau de clefs.

— Bonjour, lança Mme Rushton d'une voix peu cordiale.

Elle reposa son livre et regarda d'abord Lavinia, avec un manque évident de curiosité. Mais quand elle avisa Tobias, ses traits s'éclairèrent.

Comme un chat qui vient d'apercevoir une souris ! se dit Lavinia.

— Merci de nous recevoir, déclara-t-elle. Nous essaierons de ne pas trop prendre de votre temps, mais nous pensons que vous serez intéressée par ce que nous avons à vous dire.

— Asseyez-vous donc, dit Mme Rushton, désignant le sofa tendu de velours brun, avec un sourire qui ne s'adressait qu'à Tobias.

Lavinia s'assit, mais Tobias prit sa position favorite : à contre-jour devant la fenêtre.

— Je vais aller droit au but, commença la jeune femme. Mon associé, M. March, et moi-même, menons des enquêtes pour le compte de particuliers.

Cette information réussit à distraire brièvement Mme Rushton de la contemplation de Tobias. Elle se tourna vers Lavinia.

— Je ne comprends pas. Je pensais que c'était le travail de la police...

— Nous agissons au nom d'une clientèle très sélective.

— Je vois, murmura Mme Rushton, que cela ne semblait guère impressionner.

— Une clientèle qui tient à la plus absolue discrétion, précisa Lavinia.

— Vraiment ? fit la femme en reportant son attention sur Tobias. C'est très intéressant.

— En ce moment, reprit Lavinia d'une voix glaciale, nous recherchons un meurtrier.

— Grands dieux ! s'exclama Mme Rushton, les yeux écarquillés. Je n'ai jamais entendu parler d'une lady faisant un tel métier.

— Ça n'est pas très ordinaire, certes. Mais laissez-moi vous expliquer ce qui nous amène ici. M. March et moi avons des raisons de penser qu'une femme récemment assassinée avait volé, dans cette maison même, un objet de grande valeur.

Leur hôtesse sursauta.

— Je vous demande pardon ? Mais... c'est tout à fait impossible ! Je peux vous assurer que personne n'a pénétré ici à mon insu. D'ailleurs, vous pouvez vérifier. L'argenterie est toujours là. Rien ne manque.

— L'objet en question est un bracelet très ancien et assez particulier, précisa Tobias.

— Ridicule, répliqua Mme Rushton avec autorité. Je me serais forcément aperçue de la disparition d'un bracelet dans mon coffret à bijoux.

— Il s'agit d'un bracelet connu, chez les collectionneurs, sous le nom de Méduse bleue, expliqua Lavinia. Cela vous dit quelque chose ?

Mme Rushton fit une grimace.

— Si vous parlez de ce vieux bracelet qu'il garde dans sa chambre, oui, ça me dit quelque chose. Ce n'est pas très seyant pour une femme.

— Sauriez-vous pourquoi lord Banks a acquis cette pièce, alors qu'il s'était débarrassé de sa collection d'antiquités ? demanda Tobias.

Mme Rushton renifla avec dédain.

— Si vous voulez mon avis, un vendeur peu scrupuleux aura pris avantage de ce que mon oncle commence à perdre la tête.

— La Méduse bleue est considérée par certains comme un objet de grande valeur, avança prudemment Lavinia.

— Je dois reconnaître que l'or en est très pur. Mais le camée est assez vulgaire. Je ne voudrais vraiment pas porter une chose pareille. D'ailleurs, mon intention est de le vendre, dès que mon oncle aura disparu. D'après les médecins, il en a tout au plus pour un mois à vivre. Depuis le temps qu'il souffre, ce sera une bénédiction qu'il meure enfin.

Une bénédiction pour qui ? songea Lavinia.

— Vous êtes venue vous installer ici pour vous occuper de lui, dit Tobias d'un ton neutre.

— À chacun sa croix. Le devoir est le devoir, répondit Mme Rushton d'une voix de martyre. Il n'a plus d'autre famille que moi. Je puis vous assurer que je fais de mon mieux, mais ce n'est pas facile tous les jours. Cela me fatigue beaucoup les nerfs, qui ne sont hélas pas très solides...

— Je comprends, murmura Lavinia.

— Quand j'étais petite, ma mère m'avait déjà mise en garde de ne pas trop exposer mes nerfs, qu'elle trouvait délicats. Après la mort de mon mari, il y a trois ans, j'ai découvert qu'en effet j'étais sujette à des crises d'hystérie féminine. C'est une maladie éprouvante, qui requiert un traitement régulier.

— Si nous revenions à la Méduse, intervint Tobias, qui ne s'intéressait pas spécialement au tour pris par la conversation. Quand l'avez-vous vue pour la dernière fois ?

— Je vous demande pardon ? Ah oui, le bracelet, soupira Mme Rushton, obligée d'abandonner à contrecœur le sujet de ses nerfs. Mon oncle le garde dans un coffre, dans sa chambre. Cela fait un moment que je ne l'ai pas ouvert, mais je suis sûre qu'il s'y trouve.

— Ce serait une bonne idée de s'en assurer.

— Je ne vois pas pourquoi je...

— Cela me tranquilliserait beaucoup l'esprit, madame Rushton, insista Tobias. Voyez-vous, mes nerfs aussi sont délicats. Et vous savez ce qu'est l'anxiété...

— Oui, oui, bien entendu.

Elle se leva et s'approcha de Tobias pour lui tapoter affectueusement le bras, avec un grand sourire.

— J'ignorais que vous étiez sensible des nerfs. Mais je devine votre angoisse. Ces choses-là ne se comprennent qu'entre gens qui souffrent pareillement. Vous avez toute ma sympathie.

— Merci, répondit-il. Et pour le bracelet...

Elle hocha la tête.

— Excusez-moi une minute. Je vais monter dans sa chambre et vérifier. Comme cela, vous aurez l'esprit en repos.

Dès qu'elle eut quitté le salon, Lavinia se tourna vers son partenaire :

— Toi, avoir les nerfs délicats ? se moqua-t-elle.

— Je parie que tu ne t'étais jamais doutée que j'en souffrais.

— Au moins, tu ne risques pas de succomber à des crises d'hystérie féminine.

— Dieu merci. Mais il existe peut-être une version masculine de cette maladie ?

Retrouvant son sérieux, la jeune femme fronça les sourcils.

— Nous serons bien embêtés si le bracelet est toujours à sa place.

Tobias secoua la tête.

— Nightingale n'est pas le genre de bonhomme à se mettre en chasse sur de fausses rumeurs.

Mme Rushton revint dans le salon quelques instants plus tard. Elle semblait hébétée.

— Bonté divine, vous aviez raison ! Le bracelet a disparu ! s'exclama-t-elle.

Et, se plantant au milieu du tapis, une main crispée sur sa châtelaine, elle ajouta :

— Je ne comprends pas. Comme je vous l'ai expliqué, personne ne s'est introduit dans la maison. Aucune serrure n'a été forcée, aucune vitre n'est brisée. Et rien d'autre n'a disparu. La gouvernante surveille régulièrement ce genre de choses. Elle m'aurait avertie, si on avait touché à l'argenterie.

— Le coffre était-il fermé, quand vous êtes montée ?

Mme Rushton contempla l'une des clefs accrochées à sa châtelaine.

— Oui. Tout était normal.

— Existe-t-il d'autres clés du coffre ? demanda Lavinia.

— Non. Juste celle-ci. J'ai pris possession de toutes les clés, le jour où je suis arrivée ici.

— Une chose est sûre, reprit Lavinia, le bracelet a bien été volé. Et, quoi que vous en disiez, madame Rushton, il a beaucoup de valeur. Je suppose que vous souhaitez le récupérer ?

— Évidemment.

La jeune femme gratifia leur hôtesse de son plus charmant sourire professionnel.

— Dans ce cas, M. March et moi serions ravis d'être commissionnés par vous.

Mme Rushton parut ne pas comprendre.

— Commissionnés ?

— Pour retrouver le bracelet, précisa Tobias.

— Vous voudriez que je vous paie, si vous retrouvez le bracelet ?

— En général, c'est ainsi que les choses se passent, répondit Lavinia.

Mme Rushton hocha la tête.

— Je ne sais plus trop où j'en suis, voyez-vous. Je sens déjà que cette situation a un effet déplorable sur mes nerfs...

Tobias croisa les bras.

— Ce bracelet relève de votre héritage. Mais je dois vous prévenir qu'il est très difficile, pour quelqu'un qui ne s'y connaît pas en antiquités, de conclure une bonne affaire avec un acheteur. Les escrocs ne manquent pas, dans ce commerce.

— Oui, je suis au courant, répliqua Mme Rushton, qui semblait s'être un peu reprise. Mon oncle dit toujours qu'il faut se montrer extrêmement prudent dans ce genre de transactions.

— Il a raison. Mais il se trouve que Mme Lake et moi-même connaissons un peu ce marché. Si nous réussissons à récupérer la Méduse bleue, nous serions heureux de vous permettre de la revendre à un bon prix.

— En échange d'une autre commission, évidemment, s'empressa d'ajouter Lavinia.

La femme se laissa choir dans un fauteuil.

— Alors, souhaitez-vous nous confier les recherches ? questionna Tobias.

Mme Rushton ne réfléchit que deux ou trois secondes, avant de hocher la tête avec conviction.

— C'est entendu. Mais vous ne toucherez rien si vous ne me ramenez pas le bracelet.

— Cela va sans dire, acquiesça Lavinia. Maintenant que nous avons conclu l'affaire, j'aimerais vous poser quelques questions, si vous n'y voyez pas d'inconvénients.

— Quel genre de questions ?

— Vous avez évoqué tout à l'heure votre maladie des nerfs, qui exige un traitement régulier.

— Oui.

— Quand je suis passée chez vous hier, votre gouvernante m'a expliqué que vous étiez justement en traitement, chez un mesmériste.

— Tout à fait, confirma Mme Rushton, une lueur enthousiaste dans les yeux. Il s'agit du Dr G.A. Darfield. Un praticien remarquable.

Lavinia se souvint d'une des publicités qu'elle avait étudiées.

— J'ai vu dans les journaux une annonce vantant ses services. Il prétend être spécialiste des problèmes de nerfs et d'hystérie féminine.

— Je peux vous certifier que j'ai essayé beaucoup de traitements différents. Mais rien n'a jamais produit autant de résultats que la thérapie du Dr Darfield. Je ne pourrais vous décrire le sentiment de plénitude et de relaxation que me procurent les séances à son cabinet.

— Puis-je vous demander s'il vous est arrivé de consulter le Dr Howard Hudson ? s'enquit Lavinia en retenant son souffle.

— Hudson ? répéta Mme Rushton. Hudson... Non, ce nom ne me dit rien. Je n'ai jamais entendu parler de lui. Traite-t-il des cas comme le mien ?

Zut, songea Lavinia, qui avait espéré pouvoir établir un lien entre Mme Rushton et Céleste Hudson.

— L'épouse du Dr Hudson est cette femme qui a été tuée, expliqua Tobias. Nous avons des raisons de penser qu'elle a pu être impliquée dans le vol du bracelet.

— Bonté divine... soupira Mme Rushton. Cette affaire devient de plus en plus étrange.

Puis, souriant à Tobias, elle ajouta :

— Je suis soulagée de voir que l'enquête est entre les mains d'un homme vigoureux comme vous, monsieur March.

Lavinia s'éclaircit la gorge.

— J'enquête avec M. March, dit-elle. Et je puis vous assurer que je suis aussi *vigoureuse* que lui !

Lavinia alla droit au cabinet à liqueurs, dès qu'elle entra dans son bureau. Elle remplit deux verres de sherry, en tendit un à Tobias, puis rejoignit son fauteuil favori, tandis qu'il s'agenouillait pour allumer le feu.

— C'est vraiment bête, grommela-t-elle. J'étais certaine que nous allions découvrir une relation entre Mme Rushton et Céleste Hudson...

Tobias se releva et but une longue rasade de sherry avant de répondre.

— Ç'aurait été trop simple. Cette affaire est biscornue. Mais regarde le bon côté des choses : nous avons une nouvelle cliente.

— Grâce à moi.

— Exact, admit-il, levant son verre en signe de salut ironique. Tu t'es débrouillée comme un chef.

— Hmm, fit la jeune femme, qui goûta à son tour le sherry. Mais je suis obligée de reconnaître que si aller voir Mme Rushton était mon idée, nous ne l'aurions pas décrochée comme cliente sans ta *vigoureuse* présence.

— Je suis ravi de savoir que j'ai servi à quelque chose.

Comme elle faisait la moue, il ajouta :

— Serais-tu jalouse ?

— De cette vieille folle ? Certainement pas !

— Le fait qu'elle nous ait embauchés pour retrouver la Méduse résout la question de savoir si elle était impliquée dans le vol.

— Il semblerait, en effet, qu'elle soit totalement innocente.

— Rappelle-toi son visage, quand elle est revenue nous annoncer que le bracelet avait disparu. C'était évident qu'elle ne s'en était pas doutée une seconde.

— On ne peut pas totalement exclure l'hypothèse qu'elle soit une formidable actrice, objecta Lavinia.

Toutefois, je serais plutôt de ton avis. Elle ne m'a pas paru avoir préparé ses réponses. La disparition du bracelet l'a vraiment prise de court.

Tobias s'approcha de la fenêtre pour contempler le jardin, comme il en avait l'habitude.

— Maintenant, il ne nous reste plus qu'à retrouver cette maudite Méduse, ainsi que l'assassin, et nous empocherons les commissions de trois clients au moins. Je dois admettre qu'au départ cette affaire ne me plaisait pas, mais qu'elle s'annonce profitable.

— Que suggères-tu, pour la suite ?

— Mme Rushton pense être la seule à détenir la clé du coffre où était enfermé le bracelet. Mais elle n'habite pas la maison depuis longtemps. Il n'est pas impossible que les domestiques en sachent plus que ce qu'elle imagine. Certains d'entre eux avaient sans doute accès aux clés avant son arrivée.

— Crois-tu que ce serait une bonne idée de les interroger ?

— Ça ne serait pas inutile, en effet. Mais la domesticité de lord Banks est imposante. Il faudra des heures pour questionner tout le monde. Je vais confier cette tâche à Anthony. Ce sera un très bon entraînement.

— Emeline peut l'aider. Comme je te l'ai dit, elle possède un certain talent pour faire parler les gens.

— À eux deux, je suis convaincu qu'ils formeront une bonne équipe. Mais ce travail sera fastidieux. Avec un peu de chance, l'épreuve aura peut-être raison de leurs velléités de carrière.

Lavinia soupira.

— N'espère pas trop, à mon avis.

Il se retourna et sourit à la jeune femme.

— Tu as raison. Quelques heures d'interrogatoires ne viendront pas à bout de leur ténacité.

— Histoire de changer de sujet, que vais-je raconter à Howard, Tobias ? Je voudrais le réconforter. Il m'a paru si déprimé, l'autre jour.

— Tu pourrais lui suggérer de commencer un traitement pour les nerfs.

— Ce n'est pas drôle.

— Ce n'était pas censé être drôle.

Elle secoua la tête.

— Décidément, tu n'aimes pas Howard.

— Non. Je reste convaincu qu'il a pu tuer sa femme dans un accès de jalousie. Ce qui ne le rend pas très sympathique.

— Dois-je te rappeler que tu es entièrement libre de renoncer à cette affaire ?

Tobias vint se planter devant elle et, agrippant les accoudoirs du fauteuil, il se pencha pour lui faire face.

— C'est impossible, et tu le sais pertinemment. Je ne renoncerai pas, tant que toi-même tu voudras continuer.

— Mais pourquoi tiens-tu à soupçonner Howard ? Pour l'instant, aucun indice ne laisse penser qu'il a tué Céleste.

— Je peux me tromper, évidemment, mais j'ai l'intuition que le vieil ami de tes parents n'est pas blanc comme neige. Et je suis convaincu qu'il se moque bien de venger la mort de sa femme. Il se sert de toi pour retrouver ce maudit bracelet.

— Billevesées ! Tu avais déjà une mauvaise opinion de lui avant qu'on apprenne la mort de Céleste. Avoue-le !

— Je l'avoue sans difficulté. Je n'aimais pas Howard avant, et je lui fais encore moins confiance maintenant.

— Je n'arrive pas à comprendre cette animosité. Pourquoi, dès le début, t'a-t-il déplu ?

Un moment, Lavinia crut qu'il ne répondrait pas. Il agrippait les bras du fauteuil avec une force qui, en d'autres circonstances, aurait pu l'inquiéter. Mais il s'agissait de Tobias. Elle savait qu'il pouvait se montrer dangereux, mais jamais avec elle. La seule menace qu'il représentait à ses yeux était celle qu'il faisait planer sur son cœur.

— Hudson te désire, gronda-t-il.

Elle le regarda, incrédule.

— Quoi ?

— Il te désire.

— Tu es fou ? Bonté divine, c'était un ami de mes parents ! J'ai grandi en songeant à lui comme à… une sorte d'oncle. Et je suis sûre que de son côté, il me voit comme une nièce.

— Cela ne l'empêche pas de te désirer.

— Mais il n'a jamais… je veux dire que rien, dans son comportement, n'aurait pu laisser entendre que je l'intéressais sous la forme que tu décris. Il a assisté à mon mariage en me souhaitant tout le bonheur possible. Et je n'avais aucune raison de douter de sa sincérité.

— C'était sans doute vrai à l'époque. Mais tout a changé quand il t'a revue.

— Tobias…

— Entre hommes, certaines choses se passent d'explications. Hudson te désire, un point c'est tout.

— Vraiment ?

— Vraiment.

Relâchant le fauteuil, il alla se planter devant la fenêtre, reprenant sa contemplation du jardin.

— Il te désire même violemment.

Maintenant qu'il n'était plus penché sur elle, la jeune femme se sentait plus libre de respirer. Mais son assurance, à propos de leur discussion, la mettait mal à l'aise.

— Tu prétends qu'entre hommes, certaines choses se passent d'explications. C'est vrai aussi entre hommes et femmes…

— Que veux-tu dire ?

Lavinia réfléchit quelques instants, cherchant les mots les plus appropriés.

— En général, une femme sent immédiatement quand un homme est attiré par elle. Laissons de côté les sentiments : je parle de désir physique. Ce genre d'attirance est difficile à dissimuler.

— Et alors ? Quelle conclusion en tires-tu ?

— Que si Howard avait eu envie de coucher avec moi, je m'en serais aperçue. Or, ce n'est absolument pas le cas.

Il se retourna, vaguement amusé.

— Tu en es sûre ?

— Sûre et certaine.

— Je ne partage pas ton assurance. Mais admettons que tu aies raison. Ce qui nous amène à une autre question intéressante...

— Laquelle ?

— Si Hudson ne te veut pas dans son lit, alors pour quoi te désire-t-il ? Pour quoi faire ?

Elle émit un soupir exaspéré.

— Tobias, tu es vraiment une tête de mule.

15

Tobias pénétra dans la salle à manger, avec ce plaisir qui était devenu une habitude de tous les matins. Dehors, il pleuvait, mais ici tout était chaleureux et agréable. L'odeur du café, des œufs au bacon et des toasts embaumait l'air.

Emeline le gratifia d'un sourire.

— Bonjour, monsieur March.

— Bonjour, mademoiselle Emeline.

Le sourire de la jeune fille se ternit un peu, lorsqu'elle s'aperçut que Tobias était seul.

— M. Sinclair ne vous accompagne pas ?

— Il viendra vous chercher dans une heure environ, pour que vous alliez questionner ensemble les domestiques de lord Banks, expliqua Tobias, avant de se tourner vers Lavinia. Bonjour, chère madame...

Lavinia leva les yeux de son quotidien du matin. Elle portait une robe d'un pourpre somptueux, presque noir, qui exaltait son teint clair. Tobias se rappela comment il lui avait fait l'amour dans la serre des Stillwater, et ce souvenir lui échauffa les sangs. Il commençait à se demander s'il finirait par s'habituer à l'effet que la jeune femme produisait sur lui.

Il sourit.

— Tes yeux ressemblent à des émeraudes brillant au soleil du matin...

— Il pleut, au cas où tu ne l'aurais pas remarqué.

Emeline adressa à sa tante un regard chagriné.

— Tante Lavinia, ne sois pas désagréable. M. March te faisait un joli compliment.

— Pas du tout, répliqua Lavinia, tout en tournant les pages de son journal. Cette remarque sur mes yeux n'était qu'une autre des expériences qu'il essaie sur moi.

Emeline était abasourdie.

— Des expériences ?

— M. March essaie de me charmer pour que j'agrée plus facilement, ensuite, aux différents ordres qu'il me donne quand il s'agit du travail.

Emeline se tourna vers Tobias, comme si elle souhaitait de plus amples explications.

Celui-ci prit une chaise et s'assit, adressant un clin d'œil à la jeune fille en même temps qu'il s'emparait de la cafetière.

— Comme vous pouvez le constater, mon plan diabolique réussit au-delà de toute espérance. Lavinia est sous ma volonté.

Emeline pouffa.

— Ma tante est d'humeur massacrante, ce matin. Ne faites pas attention à ses remarques.

Tobias prit un toast et mordit dedans.

— Merci de me prévenir, Emeline. Je ne m'en serais pas aperçu.

Lavinia leva les yeux au plafond, et poursuivit sa lecture sans rien dire.

— Parlez-moi donc de ces interrogatoires qu'Anthony et moi devons mener aujourd'hui, reprit Emeline.

— Mme Rushton a donné son accord pour que vous questionniez sa domesticité. Nous voulons savoir si quelques-uns avaient ou non accès aux clés du coffre que lord Banks garde dans sa chambre.

— Je vois. Vous pensez que l'un d'eux pourrait être impliqué dans le vol du bracelet.

— C'est une hypothèse qui doit être examinée. Mais surtout, montrez-vous prudents, tous les deux. Ne vous imaginez pas que les domestiques vont vous annoncer tout de go qu'ils connaissent quelque chose à l'affaire.

— Non, bien sûr, répondit Emeline, dont l'enthousiasme était manifeste. Anthony et moi veillerons à rester circonspects.

— N'oubliez pas de prendre des notes, même si les détails que vous recueillez ne vous semblent pas importants sur le moment. Parfois, la solution réside justement dans ces petits détails.

— Je prendrai tout en notes, le rassura Emeline.

Tobias se tourna vers Lavinia :

— Quel est ton programme, aujourd'hui ?

— J'ai quelques courses à faire dans l'après-midi, répondit la jeune femme d'un ton vague, sans cesser de lire son journal. Et je pense aller rendre une petite visite à Joan Dove, pour lui expliquer les derniers développements de notre enquête et voir ce qu'elle en dit. Et toi ?

— Je vais contacter Jack. Et aussi Crackenburne, répliqua-t-il en restant, lui aussi, délibérément dans le vague, histoire de rendre à la jeune femme la monnaie de sa pièce.

Elle hocha la tête, les yeux rivés sur son journal.

— Très bonne idée.

Tobias en conclut qu'elle avait un projet secret en tête.

C'était bien tout le problème de son association avec Lavinia. Il dépensait plus d'énergie à garder un œil sur elle, qu'à s'occuper de leurs clients !

La porte vert foncé s'ouvrit, juste au moment où Lavinia s'apprêtait à gravir le perron. Une femme sortit du cabinet du Dr Darfield, les joues roses, une lueur de ravissement dans le regard.

— Bonjour, dit-elle en la croisant sur les marches. Belle journée, n'est-ce pas ?

— Magnifique, murmura Lavinia.

La femme s'éloigna d'un pas énergique, telle une publicité ambulante pour les talents du Dr Darfield. Lavinia la contempla un moment, en songeant aux commentaires enthousiastes de Mme Rushton sur les traitements que lui prodiguait le mesmériste. De toute évidence, Darfield faisait très grosse impression sur ses clientes.

Elle finit de monter les marches et sonna, sans bien savoir ce qui l'avait poussée à rendre cette visite au médecin. Sans doute ne s'était-elle pas encore remise de sa grosse déception de la veille. Elle s'était tellement persuadée que Mme Rushton aurait un lien avec Céleste, qu'elle ne se résolvait pas à abandonner totalement cette piste.

La porte s'ouvrit presque immédiatement. Un très beau jeune homme lui sourit. Il était habillé avec élégance, et la façon savante dont ses mèches étaient arrangées sur son front avait dû lui demander beaucoup de temps devant son miroir.

— Bonjour, monsieur. Je souhaiterais consulter le Dr Darfield.

— Avez-vous rendez-vous ?

— Non, malheureusement, répondit Lavinia qui s'empressa de pénétrer dans le hall, avant que le jeune homme ne puisse poliment lui refermer la porte au nez. Voyez-vous, mes nerfs se sont si détériorés, ce matin, que je ne peux attendre davantage le secours d'un spécialiste. J'ai peur, si l'on ne me soigne pas tout de suite, de faire une crise d'hystérie. Vous arriverez bien à me glisser dans l'emploi du temps du docteur ?

Le jeune homme semblait fort embarrassé.

— Je suis désolé, mais le docteur est très occupé, aujourd'hui. Peut-être pourriez-vous revenir demain ?

— J'insiste pour le voir aujourd'hui. Mes nerfs sont à bout, voyez-vous.

— Je comprends, mais...

Lavinia se rappela la publicité de Darfield sur les veuves ou les femmes mariées.

— Je suis veuve depuis quelque temps, et je crois bien que la solitude a fini par me nuire, expliqua-t-elle.

Et, tapotant son réticule, elle précisa :

— J'ai bien sûr de quoi payer un petit extra, pour compenser la charge supplémentaire du docteur.

— Je vois, murmura le jeune homme en contemplant le réticule d'un air songeur. Allez donc vous asseoir dans la salle d'attente, pendant que je vérifie le carnet de rendez-vous. Il sera peut-être possible de vous prendre cet après-midi.

— Je vous suis très reconnaissante de votre amabilité, monsieur.

Le secrétaire l'introduisit dans une pièce et s'éclipsa. Lavinia s'installa sur une chaise, ôta son chapeau et contempla le décor qui l'entourait d'un œil professionnel.

Elle était habituée aux habillages sobres et apaisants que la plupart des mesméristes jugeaient utiles pour leurs salles d'attente. Mais le décorateur du Dr Darfield avait choisi une approche plus... vivante.

Les murs étaient couverts de fresques, montrant des scènes de bains romains où des femmes aux formes voluptueuses s'immergeaient dans l'eau. Les fresques étaient séparées par des colonnes classiques aux proportions harmonieuses, et chaque coin de la pièce était occupé par une statue grandeur nature d'un dieu romain. C'étaient des copies, évidemment, mais elle remarqua aussi que ces dieux étaient tous admirablement bien... pourvus par la nature. Et des scènes d'amour décoraient les vases grecs disposés de part et d'autre des fenêtres.

La demande de nudités grecques et romaines semblait ne jamais devoir diminuer. Lavinia, pour avoir vendu un temps des antiquités lorsqu'elle était en Italie, était bien placée pour le savoir. Cependant, elle était surprise de voir ces images ici, dans le cabinet d'un médecin.

Trois femmes, probablement des patientes, s'étaient regroupées dans un coin de la salle autour d'un jeune homme encore plus beau, si c'était possible, que le secrétaire. Un gros volume relié de cuir à la main, il leur faisait la lecture.

Lavinia reconnut aussitôt le texte qu'il lisait. Il s'agissait d'un des sonnets les plus sensuels de Shakespeare. Enchantée à l'idée d'écouter un peu de poésie, la jeune femme s'apprêtait à se rapprocher du groupe, quand la porte de la salle d'attente se rouvrit. Le secrétaire lui fit signe.

— Le docteur va vous recevoir tout de suite, dit-il.

— Parfait, répondit-elle, abandonnant sa chaise pour suivre le secrétaire dans le couloir.

Ce dernier désigna l'escalier :

— Le docteur exerce à l'étage. Si vous voulez bien me suivre...

— Merci.

Il lui sourit.

— Mais je dois vous demander de payer d'avance.

— Oui, bien sûr, acquiesça-t-elle, ouvrant son réticule.

Lorsque la consultation fut réglée, il l'escorta jusqu'au bureau du médecin. Celui-ci était vide.

— Installez-vous dans le fauteuil réservé aux patientes, lui dit le secrétaire. Le Dr Darfield va arriver d'une seconde à l'autre.

Lavinia entra dans la pièce baignée d'obscurité. De lourdes tentures masquaient les fenêtres, et un seul chandelier brûlait sur une table. L'air embaumait une forte odeur d'encens.

La porte se referma doucement derrière elle. Quand ses yeux se furent accoutumés à la pénombre, elle remarqua au centre de la pièce un étrange fauteuil capitonné, avec de grands accoudoirs et un repose-pieds.

Elle retira son chapeau et s'assit dans le fauteuil, qui s'avéra très confortable. La porte s'ouvrit alors qu'elle se penchait pour voir comment fonctionnait le repose-pieds.

— Madame Lake ? Je suis le Dr Darfield.

— Oh, fit Lavinia en se redressant vivement.

Un homme de belle stature, habillé d'une sorte de robe comme en portent les ecclésiastiques – à la différence près que celle-ci était bleu nuit –, se tenait dans l'encadrement de la porte. Pareille allure évoquait un fidèle disciple de Mesmer, songea la jeune femme. Elle se rappela avoir lu des descriptions du cabinet du grand homme : les témoins racontaient que Mesmer portait toujours ce genre de vêtements amples, lui tombant sur les chevilles. Il pratiquait dans la pénombre, et souvent sur un fond de musique jouée par de très beaux jeunes gens. D'ailleurs, comme pour le Dr Darfield, Mesmer avait essentiellement opéré sur une clientèle féminine.

Darfield était coiffé d'une manière qui mettait en valeur son profil. Toutefois, il n'était pas aussi beau que ses assistants, mais Lavinia lui trouva un charme supérieur, sans doute parce qu'il était moins jeune. Elle se fit la réflexion qu'elle était arrivée à un âge où un homme au visage marqué de quelques rides, témoignant de son expérience, l'intéressait davantage que des traits poupins.

Elle le gratifia d'un sourire reconnaissant – le genre de sourire qu'une femme au bord d'une crise d'hystérie devait adresser à son médecin traitant.

— C'est très aimable à vous de me recevoir si vite, docteur.

Darfield referma la porte et s'avança dans la pièce.

— Mon secrétaire m'a expliqué que vos nerfs étaient à bout. C'est une sorte de cas d'urgence, si j'ai bien compris ?

— Oui. Mes nerfs ont été très éprouvés, ces derniers temps, et je crains qu'ils ne résistent pas. J'espère que vous parviendrez à me soulager un peu de ma tension et de mon anxiété.

— Je serai ravi d'y parvenir, en effet.

Et, prenant la seule chandelle de la pièce, il s'approcha du fauteuil où elle était assise.

— Puis-je vous demander comment vous avez entendu parler de moi ?

— J'ai lu votre publicité dans le journal, répondit Lavinia, qui ne voulait pas citer le nom de Mme Rushton.

— Bien, bien, bien.

Il s'assit sur une chaise face à elle, le chandelier toujours à la main, ses genoux presque à toucher ceux de la jeune femme.

— Vous n'êtes donc pas venue sur la recommandation d'une de mes patientes ?

— Non.

— Bien, bien, bien. Je vais vous expliquer un peu ma thérapie. Mais, pour commencer, détendez-vous et fixez la flamme de la bougie.

Lavinia n'avait aucune intention de se laisser hypnotiser. Jouer la comédie lui donnerait l'opportunité de voir comment exerçait le Dr Darfield. Même si elle n'en tirait aucun profit direct pour son enquête, il était toujours intéressant de voir les confrères à l'œuvre.

— Les nerfs d'une femme sont particulièrement délicats, déclara le médecin d'une voix grave, un peu basse. C'est la conséquence de la complexion sensible dont la nature les a dotées. Et c'est encore plus vrai pour les veuves, comme vous, qui se retrouvent privées des attentions légitimes de leur mari.

Lavinia hocha poliment la tête, même si tout ce discours lui était parfaitement connu. C'était une théorie largement répandue, dans le corps médical, que les troubles nerveux des femmes, ainsi que d'autres désordres qu'on rangeait sous l'appellation générale d'« hystérie féminine », étaient dus à un manque d'exercice sexuel.

— Les symptômes d'anxiété, d'agitation, de mélancolie et de toutes les autres affections nerveuses peuvent être expurgés du corps, si l'on provoque délibérément une crise pendant le traitement, révéla Darfield.

— Une crise ?

— Oui. En termes médicaux, nous appelons cela le « paroxysme hystérique ».

Lavinia avait déjà entendu cette expression, mais elle ne savait pas ce qu'elle recouvrait vraiment. Ses parents lui avaient signifié qu'ils ne partageaient pas l'engouement pour cette pratique, sans toutefois donner plus de détails.

— Le paroxysme hystérique a pour effet de libérer la congestion qui s'est accumulée dans le corps, continua Darfield de sa voix envoûtante. Mais que ces mots ne vous inquiètent pas. La crise, aux dires de toutes mes patientes, ne leur procure qu'une convulsion très plaisante, suivie d'un apaisement de leurs sens. Mesmer et nombre de ses disciples étaient convaincus qu'elle était le remède le plus efficace aux désordres nerveux.

— Je vois.

— À présent, pour recueillir tout le bénéfice du processus, il faut vous mettre le plus possible à votre aise.

Il se pencha vers elle et saisit un petit levier, sur le côté du fauteuil, qu'elle n'avait pas remarqué. Dès qu'il le tira, le repose-pieds se redressa. Lavinia s'émerveillait du mécanisme, quand elle réalisa qu'entre-temps Darfield s'était relevé pour venir se placer derrière elle.

Il actionna un autre levier, et le dossier du fauteuil s'inclina de plusieurs centimètres, si bien que la jeune femme se retrouva partiellement allongée. C'était assez inattendu, mais sa nouvelle position lui permit de s'apercevoir que le plafond peint représentait un ciel au coucher du soleil, avec des nuages orangés et les premières étoiles qui brillaient.

— Voilà un fauteuil peu ordinaire, dit-elle.

— Je l'ai conçu moi-même.

Le docteur s'était placé à côté d'elle, et il continua un moment de l'entretenir sur la délicate constitution féminine et combien il était anormal, pour une femme en pleine santé, de ne pouvoir profiter des effets revigorants des relations conjugales. Il expliqua aussi que nombre de femmes mariées souffraient des mêmes problèmes, en raison d'un manque d'attention de leurs époux.

Lavinia écoutait sans broncher, feignant d'être à moitié hypnotisée.

— Maintenant, fixez bien la flamme, dit-il soudain, sur un ton de commandement.

Il tenait le chandelier de façon qu'elle l'ait devant les yeux, et il commença à décrire avec des cercles dans l'air.

— Concentrez-vous sur la région la plus tendre et la plus délicate de l'anatomie féminine, murmura-t-il. La congestion est là. C'est elle qui occasionne tous ces désordres dont vous souffrez. Mon travail va être de libérer cette pression.

Lavinia savait que les cercles dessinés par la flamme étaient censés capter son attention. Elle s'obligea patiemment à les suivre des yeux.

Darfield mouvait à présent la bougie avec plus de lenteur, tout en regardant la jeune femme avec une intensité accrue.

— Abandonnez-vous à mes soins, madame Lake, murmura-t-il d'une voix à la fois suave et autoritaire.

Puis il se pencha au-dessus du fauteuil incliné.

— Je vais déposer la chandelle, maintenant, dit-il sans la quitter du regard. Vous fermerez les yeux, vous vous laisserez guider par ma voix et mes gestes.

Lavinia baissa obligeamment les paupières, mais elle ne put s'empêcher de couler des regards discrets à la suite de la scène.

— Ne pensez plus à autre chose qu'à cette congestion qui s'est fixée dans la partie la plus délicate et la plus sensible de votre corps, reprit Darfield qui s'était approché de la table à roulettes placée près du fauteuil, où étaient disposés divers instruments médicaux. Concentrez-vous sur cette tension, mais n'essayez pas d'agir dessus. Je vais vous en libérer d'ici quelques secondes.

À travers ses paupières, elle le vit ouvrir un pot d'onguent. Aussitôt, une délicieuse fragrance embauma l'air. La jeune femme en conclut qu'il s'agissait d'une huile parfumée.

— J'ai inventé, poursuivit Darfield, un dispositif ingénieux qui m'a permis d'améliorer sensiblement le traitement de l'hystérie féminine. Vous allez voir. C'est un appareil très efficace pour soulager la congestion qui vous mine.

Je n'aime pas cela ! se dit-elle.

Darfield se pencha pour actionner un autre levier du fauteuil. Le repose-pieds se sépara en deux parties, qui s'éloignèrent l'une de l'autre. Lavinia tressaillit en réalisant qu'elle se retrouvait les jambes écartées. Certes, sa robe la couvrait jusqu'aux chevilles, mais la position était indécente, et son mauvais pressentiment ne fit que se confirmer.

C'est un praticien expérimenté ayant pignon sur rue, essaya-t-elle de se rassurer. Et ses clientes sont enchantées de ses services…

Cependant, elle n'était plus vraiment sûre de vouloir jouer à la patiente.

Le docteur fit rouler la table afin de la placer entre les pieds de la jeune femme. Regardant toujours à travers ses paupières, Lavinia remarqua une sorte de petite brosse, fixée à un bras de métal, lui-même attaché à la table et relié à une manivelle. Darfield actionna la manivelle deux ou trois fois, comme pour s'assurer qu'elle fonctionnait, et aussitôt la brosse se mit à tourner sur elle-même.

— Je vais maintenant me servir de mon appareil pour apaiser vos souffrances, madame Lake. Abandonnez-vous à mon traitement. Vous êtes aux soins d'un docteur.

Et, sur ces mots, il empoigna d'une main le bas des jupes de la jeune femme, dans l'intention de les remonter jusqu'aux genoux. De l'autre main, il avança la petite table, de façon que le bras mécanique s'insinue entre ses jambes. Lavinia comprit alors où il avait l'intention d'appliquer la brosse tournante.

— Docteur Darfield, arrêtez ! s'écria-t-elle en se redressant d'un coup pour bondir hors du fauteuil. C'est assez comme cela.

Darfield la regarda avec inquiétude.

— Calmez-vous, madame. Vos nerfs sont vraiment très éprouvés…

— Eh bien ils resteront ainsi, tant pis ! Votre méthode ne m'a pas convaincue, monsieur. Et je n'ai aucunement l'intention de me laisser soigner par cet étrange dispositif mécanique.

— Madame, je vous assure que ma méthode relève d'une pratique médicale établie. Tous les grands noms de la profession recommandent un massage de cette partie du corps féminin, pour le libérer des désordres nerveux.

— Un massage beaucoup trop intime, à mon goût !

Le docteur se considérait manifestement offensé.

— Sachez que ma thérapie ne souffre aucune controverse. Je n'ai fait que moderniser les traitements en vigueur chez mes confrères. Et le résultat s'est révélé plus efficace.

— L'efficacité n'est pas en cause.

— Précisément, si. Avant que j'invente ce dispositif, certaines patientes mettaient des heures à atteindre le point de paroxysme, qu'elles peuvent maintenant obtenir en quelques minutes. Et c'est un soulagement pour mon travail.

— Parce que vous appelez cela un travail ? ironisa Lavinia en désignant le fauteuil et tout son attirail.

— Bien sûr. Croyez-vous qu'il soit facile de passer des journées entières à conduire des patientes au paroxysme ? Certains soirs, je suis exténué.

— N'espérez pas ma commisération, monsieur, répliqua la jeune femme, qui avait déjà récupéré son chapeau et se dirigeait vers la porte. Votre « thérapie » semble de toute façon vous rapporter.

— Je vis confortablement, c'est vrai. Mais je n'ai pas fait fortune dans mon métier. Car malheureusement, je n'ai pas réussi à conquérir la clientèle la plus riche.

Elle s'arrêta, curieuse malgré tout.

— Voulez-vous dire que votre excellente publicité, dans les journaux, ne vous a pas attiré les patientes de la bonne société ?

— Les femmes de la bonne société sollicitent toujours des références de personnes circulant déjà dans ce cercle. C'est un monde fermé.

Lavinia hocha la tête.

— Oui, les références constituent toujours une difficulté...

— Pour revenir au problème de vos nerfs, madame Lake, je vous assure que si vous me laissiez employer mon...

— Non, merci, le coupa-t-elle en ouvrant la porte. J'ai peur que mes nerfs ne soient trop délicats pour supporter un tel choc. Au revoir, docteur.

Et, sans attendre de réponse, la jeune femme s'empressa de dévaler l'escalier. Dans sa hâte, elle faillit bousculer le secrétaire qui attendait dans le hall pour lui ouvrir la porte.

Une fois dans la rue, Lavinia tenta de recouvrer son calme. Mais elle devait s'avouer que son idée d'aller enquêter chez le médecin de Mme Rushton n'avait pas été très brillante. Encore heureux qu'elle n'ait pas révélé son projet à Tobias ! Elle était au moins soulagée de ne pas avoir à lui rendre compte de sa visite.

Elle s'était à peine éloignée de quelques mètres du cabinet, quand une silhouette surgit tout à coup devant elle, au coin d'une ruelle.

Elle se figea sur place.

— Tobias !

— Beau temps pour se promener, n'est-ce pas ?

— Tu m'as fait une de ces peurs... Que fabriques-tu dans les parages ?

Il ne put se retenir d'être ironique.

— Le beau Dr Darfield t'a-t-il mise en transe ?

— Non. Je ne suis pas réceptive à son traitement.

— Ça ne me surprend pas. Tu n'es pas du genre à abdiquer facilement ta volonté.

— Pas plus que toi, rétorqua-t-elle. N'oublie pas comment tu t'entêtes à refuser mon aide pour soulager ta blessure.

— Tu me procures des soulagements d'une autre nature, Lavinia. Et je suis très satisfait de ta présence thérapeutique.

— Je ne trouve pas cela drôle, figure-toi. Et tu ne m'as toujours pas dit ce que tu faisais ici. M'aurais-tu suivie ?

— Je dois reconnaître que j'étais curieux de savoir où tu allais. Eh bien ? As-tu appris quelque chose ?

— Notre premier client est un mesmériste, et la victime s'intéressait à cette science, fit valoir la jeune femme. Le fait que Mme Rushton se fasse soigner par un mesmériste ne cesse de me tracasser depuis que je le sais. C'est toi-même qui m'as enseigné de toujours prendre garde aux coïncidences.

— Étant donné le nombre de gens qui consultent ces mesméristes, la coïncidence ne me semble pas si troublante. Mais peu importe. Es-tu satisfaite de ton investigation ?

Elle déglutit péniblement.

— À peu près satisfaite...

— Darfield n'est pas un imposteur ?

— Non.

Ce n'était pas un mensonge. Malgré ses méthodes très personnelles, Darfield était un authentique disciple de Mesmer.

Tobias jeta un regard vers la porte verte du cabinet.

— À en juger par les personnes que j'ai vues entrer, il soigne essentiellement des femmes.

— Oui, c'est exact. Il s'est spécialisé dans le traitement de l'hystérie féminine.

— Mais qu'est-ce au juste que l'hystérie féminine ? Je me le suis souvent demandé.

— C'est un peu compliqué à expliquer à un profane. Mais il s'agit d'une affection très rentable pour les médecins, car les patientes qui en sont atteintes n'en meurent jamais, mais ne guérissent jamais non plus complètement.

— Comme Mme Rushton, par exemple ?

— Exactement.

Tobias prit le bras de sa compagne pour traverser la rue.

— Et comment Darfield soigne-t-il cela ?

— Pourquoi es-tu soudain si curieux sur un sujet médical ?

— J'ai remarqué que les femmes qui montent son perron semblent le faire avec beaucoup d'enthousiasme. Et je me souviens de la façon dont Mme Rushton évoquait son traitement. J'en déduis que la thérapie de Darfield est assez efficace. Et qu'elle ne fait pas mal.

— En effet.

Tobias s'arrêta pour jeter un nouveau coup d'œil à la porte verte, désormais sur le trottoir d'en face.

— J'ai aussi remarqué que tu t'es pratiquement enfuie de son cabinet.

— J'étais pressée. J'ai plein de choses à faire cet après-midi.

Il croisa son regard.

— T'est-il arrivé quelque chose dans le cabinet du Dr Darfield, Lavinia ?

— Rien de significatif, répondit-elle. Comme tu l'avais deviné, les visites que Mme Rushton lui rend n'ont aucun rapport avec notre affaire.

— Tu es sûre de ne pas omettre quelque chose ?

— Tobias, parfois tu me fais penser à un chien rongeant un os, répliqua la jeune femme en sortant ostensiblement sa montre. Bonté divine, déjà si tard ! J'ai des courses à faire.

— Pour en revenir à la thérapie de Darfield...

— Ne t'inquiète pas. Je peux te jurer que ses méthodes s'inspirent en droite ligne des principes du mesmérisme.

16

Emeline observait attentivement le jardinier, tandis qu'Anthony l'interrogeait. La jeune fille ressentait beaucoup de sympathie envers le pauvre homme. Il se tenait au milieu de la cuisine, triturant son chapeau dans ses mains, ne donnant que des réponses courtes et de peu d'utilité. De toute évidence, l'exercice le mettait mal à l'aise. Anthony l'avait pourtant approché, comme les autres domestiques avant lui, avec la plus grande courtoisie.

— N'avez-vous jamais vu quelqu'un se glisser dans la chambre de lord Banks à une heure inhabituelle ? demanda le jeune homme. En pleine nuit, par exemple ?

— Je n'ai jamais vu la chambre de milord. Je ne suis jamais monté à l'étage, répondit le jardinier, levant les yeux vers le plafond comme s'il contemplait quelque monde irréel. Depuis dix-sept ans que je travaille ici, je n'ai jamais dépassé l'office.

— Évidemment, intervint Mme Rushton, qui trônait au bout de la longue table en bois. Les jardiniers n'ont rien à faire dans la maison.

Anthony crispa les mâchoires. Emeline percevait sa nervosité. Ce n'était pas la première fois que Mme Rushton les interrompait dans leur travail.

L'investigation de ce matin, que les deux jeunes gens avaient abordée dans l'enthousiasme, ne se déroulait pas aussi agréablement que prévu. La plupart des domestiques, murés dans le silence, ne leur avaient été d'aucune aide. Emeline se doutait que ce n'était pas la culpabilité qui les rendait anxieux, mais le fait que leur maîtresse ait insisté pour assister aux interrogatoires.

Anthony remercia le jardinier, qui fut trop content de pouvoir s'éclipser. Il croisa le regard d'Emeline, en secouant discrètement la tête d'un air d'impuissance. Celle-ci referma son carnet de notes avec un soupir.

— Eh bien, c'était le dernier de la liste, reprit Mme Rushton. Avez-vous appris quelque chose d'intéressant, monsieur Sinclair ?

Anthony lui adressa un sourire qui masquait mal son irritation. Cependant, la dame ne sembla pas s'en apercevoir. Elle paraissait fascinée par le jeune homme. Alors qu'elle avait à peine accordé un regard à Emeline depuis leur arrivée.

— Nous ne le saurons que lorsque nous aurons confronté nos notes à celles de M. March et de Mme Lake, répliqua Anthony. Mais encore merci de nous avoir accordé un peu de votre temps, madame Rushton.

Leur hôtesse se leva, sans le quitter des yeux.

— De rien, dit-elle. J'imagine que vous me contacterez sans délai, si vous apprenez quelque chose au sujet du bracelet ?

— Bien entendu.

— J'apprécierais que vous me fassiez personnellement votre rapport, monsieur Sinclair, ajouta Mme Rushton. Je me sens en confiance avec vous. Je trouve réconfortant de savoir qu'un jeune homme, au physique vigoureux comme le vôtre, a pris cette enquête en main.

— Merci de m'accorder votre confiance, madame, répondit Anthony en coulant à Emeline un regard atterré.

Et, se dirigeant vers la porte de la cuisine, il précisa :

— Nous vous tiendrons informée, d'une manière ou d'une autre, de l'avancement de notre enquête. Merci encore de votre accueil.

— Une tasse de thé, avant de partir ? s'empressa de proposer Mme Rushton.

Anthony ouvrait déjà la bouche pour refuser, mais Emeline lui adressa un signal du regard. Il hésita, comprit son message et ravala sa réponse.

Elle se tourna alors vers la femme :

— Madame, serait-ce trop vous demander que de permettre à votre jardinier de me faire visiter son domaine ? J'ai cru remarquer que votre parc était magnifique, et les jardins sont ma passion.

Mme Rushton hésitait à donner son accord. Emeline insista :

— M. Sinclair pourrait prendre le thé avec vous, pendant que je découvre vos plantations...

Cette fois, le visage de la dame s'éclaira.

— Mais oui, c'est une excellente idée ! Promenez-vous bien.

— Merci, répondit Emeline en rangeant son carnet de notes dans son réticule. Je ne serai pas longue.

Anthony lui adressa un regard malheureux quand elle passa à son côté pour sortir, mais elle feignit de ne pas s'en apercevoir.

Vingt minutes plus tard, ils s'échappaient enfin de la maison. Anthony faisait grise mine, et Emeline comprit que ce n'était pas seulement parce qu'ils repartaient bredouilles.

— J'espère que vous aviez une bonne raison de me laisser seul avec cette abominable bonne femme, grommela-t-il.

— Abominable ? Comment pouvez-vous dire cela ? Mme Rushton était manifestement charmée par votre personne. C'est à peine si elle a remarqué mon existence, mais en revanche, je ne serais pas étonnée qu'elle soit prête à écrire un sonnet ou une ode à votre « vigoureux physique ».

— Je ne suis pas d'humeur à plaisanter, répliqua Anthony.

Emeline songea que c'était la première fois qu'elle le voyait en colère. C'était une expérience intéressante.

— Vous avez l'air hors de vous, dit-elle.

— Il y a de quoi ! Nous avons perdu notre matinée. À cause de cette abominable bonne femme, justement. Aucun des domestiques ne pouvait se montrer coopérant, devant elle. Ils savent pertinemment que dès que lord Banks sera mort, elle deviendra leur unique employeuse.

— C'est vrai, acquiesça Emeline. Et c'est bien pour cela que j'ai proposé cette petite promenade avec le jardinier.

— Parlons-en ! éclata Anthony. Qu'est-ce que c'était que cette histoire de jardins ? Depuis quand vous intéressez-vous aux plantes, d'abord ? Et de quoi avez-vous discuté avec le jardinier ?

Elle sourit, contente d'elle-même.

— Nous avons parlé argent.

Il s'immobilisa net.

— Bon sang ! Vous lui avez proposé une récompense s'il disait quelque chose ?

— Une « commission », corrigea la jeune fille. Je me suis inspirée de ma tante. Le cas échéant, elle n'hésite pas à payer pour obtenir une information.

— Et alors ? demanda Anthony. Le jardinier s'est-il montré réceptif à votre offre ?

— Je n'en sais rien.

— Vous voulez dire qu'il n'a pas parlé ? J'espère que vous ne lui avez pas donné de l'argent pour rien !

— Il était trop nerveux pour me dire grand-chose. Mme Rushton n'était pas loin, vous comprenez. Mais j'ai l'intuition qu'il en sait plus qu'il ne veut le montrer. Je l'ai quitté en lui assurant que mon offre tiendrait vingt-quatre heures.

— Je vois, murmura-t-il en lui prenant le bras.

Ils reprirent leur marche en silence. Puis Anthony concéda finalement :

— C'est un bon plan.

— Merci. J'avoue que je suis très satisfaite de mon initiative.

— Mais était-il vraiment nécessaire de me sacrifier à Mme Rushton, pour faire miroiter une récompense au jardinier ?

— Une commission, pas une récompense. Quant à vous « sacrifier », comme vous dites, je n'avais pas le choix. Il fallait occuper Mme Rushton.

— Je suis ravi de vous avoir été de quelque utilité, maugréa-t-il.

— Allons, allons. Prendre le thé avec elle n'était quand même pas une si terrible épreuve ?

— J'ai vécu les pires vingt minutes de ma vie, si vous voulez savoir. Elle a essayé de me persuader de lui rendre une autre visite demain. Seul, bien entendu. Et le soir, de préférence.

— Apparemment, l'expérience vous a traumatisé.

— Quand Tobias a accepté de me prendre pour assistant, il a négligé de m'avertir qu'il existait des clientes comme Mme Rushton.

— Admettez tout de même que nous nous destinons à une carrière passionnante.

La remarque suffit à ramener le sourire sur les lèvres du jeune homme.

— C'est vrai. Tobias n'est pas ravi de voir que je veux suivre son exemple, mais je crois qu'il a fini par en accepter l'idée.

— Tante Lavinia nourrit les mêmes réticences à mon égard. Mais elle s'incline aussi devant ma volonté.

Il fronça les sourcils.

— Puisque nous parlons de Tobias et de votre tante, il y a un problème avec eux...

— Vous vous inquiétez de leurs relations personnelles ?

— J'imagine que vous partagez mes soucis.

— C'est vrai, confessa la jeune fille.

— Il saute aux yeux qu'ils sont devenus… euh, très proches l'un de l'autre, poursuivit Anthony. Et pas seulement sur un plan professionnel.

Elle fixait son regard sur le bout de la rue.

— Vous pensez qu'ils sont… intimes ?

— Oui. Pardonnez-moi si j'aborde un sujet qui n'est pas très convenable avec une demoiselle, mais j'éprouve le besoin d'en parler avec vous.

— Ne vous souciez pas des convenances, répondit-elle gentiment. De toute façon, nous n'avons eu ni l'un ni l'autre d'éducation traditionnelle. Le résultat, c'est que nous avons plus d'expérience et de maturité que la plupart des jeunes gens de notre âge. N'hésitez pas à me parler franchement.

— Si vous voulez le fond de ma pensée, je m'inquiète de voir Tobias et votre tante se quereller de plus en plus souvent.

— Oui, je comprends ce que vous voulez dire. Le moins que l'on puisse dire est que leur relation est… piquante.

— Depuis leur succès dans l'affaire des statues de cire, j'ai le sentiment qu'ils sont tombés amoureux l'un de l'autre.

Emeline se remémora le visage radieux de Lavinia, chaque fois qu'elle revenait de ses promenades avec Tobias.

— Oui. Ça y ressemble beaucoup, en effet.

— Mais le problème vient, à mon sens, du manque de romantisme de Tobias. Il ne sait pas faire la cour à une dame. J'ai essayé de lui donner des conseils, mais en pure perte, semble-t-il.

— Je ne suis pas sûre que la difficulté vienne de là, répliqua-t-elle, songeuse. C'est vrai que ma tante aime le romantisme, du moins en poésie. Mais je ne crois pas qu'elle souhaiterait voir M. March se transformer en personnage de lord Byron.

— Je suis soulagé de l'entendre, car j'ai bien peur que de toute façon Tobias restera incorrigible, de ce côté-là. Mais alors, si ce n'est pas ça le problème, pourquoi se disputent-ils ?

— Une conversation récente avec ma tante me laisse penser qu'elle estime que M. March cherche à la brimer sur le plan professionnel.

Anthony haussa les sourcils.

— Allons bon. Qu'est-ce qui lui fait croire cela ?

— Notamment le fait que M. March ait refusé de lui présenter certains de ses informateurs.

— Oui, je suis au courant. Mais il avait d'excellentes raisons de refuser. Certains de ses informateurs sont en liaison avec la pègre. Il n'a pas jugé convenable d'introduire Mme Lake dans ce milieu, et je partage ce sentiment.

— Il n'y a pas que cela, poursuivit Emeline. Ces derniers temps, M. March s'est mis à lui donner des ordres, et elle le supporte mal. Elle n'est pas du genre à accepter qu'on la commande.

Il médita quelques instants.

— Il est clair que nous avons affaire à deux tempéraments fort indépendants, dit-il. Sans compter que...

Il fut interrompu par la voix d'un enfant, dans leur dos :

— Hep, madame ! Hep, monsieur !

Ils se retournèrent.

— Qui nous appelle ? s'étonna Anthony.

Emeline vit un petit garçon de huit ou neuf ans, coiffé d'une casquette et embusqué au coin d'une ruelle, leur faire signe. Un frisson d'excitation lui vrilla l'échine.

— C'est le fils du jardinier, expliqua-t-elle. Je l'ai croisé tout à l'heure, durant ma promenade.

— Que nous veut-il ?

— Je suppose que son père lui aura donné quelque message pour nous. Je savais que mon idée de commission marcherait.

Voyant qu'il avait attiré leur attention, le garçon sortit de sa cachette pour se précipiter vers eux. Au même moment, un attelage tiré par deux chevaux noirs surgit à toute allure.

Le fils du jardinier se trouvait sur la trajectoire des chevaux lancés au galop. Emeline réalisa que l'enfant risquait d'être piétiné.

— Attention ! cria-t-elle.

Elle ne sut pas si le garçon l'entendit, car à cet instant il se retourna, comme s'il avait pris conscience du danger. Il parut paralysé par la vue de l'attelage fonçant sur lui.

— Bouge-toi ! hurla Anthony en s'élançant.

— Oh, mon Dieu ! s'exclama Emeline qui ramassait ses jupes pour l'imiter.

Le garçon reprit enfin ses esprits. Il fit un saut de côté. Mais sa casquette, soulevée par le vent, tomba au milieu de la rue.

— Ma casquette ! s'écria-t-il, faisant machine arrière dans l'intention de la récupérer.

— Non ! l'adjura Emeline. Reste à l'écart !

Mais l'enfant n'écoutait pas. Il voulait reprendre son bien.

L'attelage, cependant, ne ralentissait pas. Comme si le cocher n'avait pas vu le garçon en travers de son chemin. Emeline se sentit paniquer. Elle n'arriverait pas à temps pour le sauver.

— Mettez-vous à l'abri ! lui cria Anthony, qui avait un peu d'avance sur elle.

La jeune fille se précipita sous la première porte cochère, et retint son souffle en voyant l'attelage et Anthony fondre sur le garçon depuis des directions opposées.

Par miracle, Anthony atteignit l'enfant quelques fractions de seconde avant les sabots des chevaux. Il le souleva dans ses bras et se jeta de côté en roulant dans la poussière.

L'instant d'après, l'attelage passait en trombe à hauteur d'Emeline. Elle vit le cocher lui lancer un objet, qui heurta le mur à son côté et rebondit sur le pavé. Elle dédaigna de le ramasser, trop préoccupée par le sort d'Anthony et de l'enfant. Le véhicule poursuivit sa route à un train d'enfer.

Emeline se précipita. Le garçon était allongé sur le jeune homme, sa casquette dans la main. Il se releva, et elle constata avec soulagement qu'il était choqué, mais pas blessé. Anthony, en revanche, ne bougeait pas.

— Anthony ! s'écria-t-elle en s'agenouillant près de lui. Anthony, par pitié, répondez-moi !

L'espace d'un horrible instant, elle imagina le pire. Puis il rouvrit un œil et lui sourit.

— Je dois être mort, dit-il, puisque je vois un ange.

— Vous n'êtes pas blessé ? s'inquiéta-t-elle. Vous n'avez rien de cassé ?

Il se redressa et s'ausculta brièvement.

— Non, je ne crois pas...

Avisant l'enfant, il ajouta :

— Et toi, gamin ? Ça va ?

— Oui, monsieur. Je suis bien content d'avoir récupéré ma casquette. Ma maman me l'a donnée pour mon anniversaire, la semaine dernière. Elle aurait été furieuse si je l'avais perdue ou abîmée.

Anthony brossa du plat de la main la poussière sur son costume.

— C'est une très jolie casquette.

— Que voulais-tu nous révéler ? demanda Emeline, qui s'était relevée à son tour.

Le garçon se concentra, comme pour bien se souvenir d'une leçon.

— Mon papa m'a dit de vous dire que vous devriez causer au valet de chambre.

Anthony fronça les sourcils.

— Le valet de chambre de lord Banks ? Il n'était pas là, ce matin. J'ai remarqué son absence.

— Mme Rushton a renvoyé M. Fitch le mois dernier. Sans lui donner ni ses gages ni de lettre de recommandation. Papa dit que M. Fitch était furieux.

Emeline échangea un regard avec son compagnon.

— C'est très intéressant... dit-elle.

Anthony se pencha vers le garçon pour l'encourager.

— Continue, s'il te plaît.

— Papa m'a dit aussi de vous dire que Nane, une des femmes de chambre, avait vu Fitch, le jour de son départ, sortir de la chambre de notre maître avec un petit objet enveloppé dans un mouchoir. Il l'a fourré dans son sac et il est parti avec.

— Et pourquoi Nane n'a-t-elle rien dit? s'enquit Anthony.

Le garçon haussa les épaules.

— Comme tout le monde savait qu'il était renvoyé sans rien, Nane a trouvé naturel qu'il prenne un petit quelque chose pour avoir de quoi manger, avant de retrouver un emploi.

— Fitch avait-il accès aux clés que possédait Mme Rushton? demanda Emeline. Aurait-il pu fabriquer un double?

L'enfant considéra la question, avant de hocher la tête.

— En tout cas, il aurait pas manqué d'occasions pour ça.

— Que veux-tu dire par là? questionna Anthony.

Le garçon parut surpris, comme si la réponse allait de soi.

— Parce qu'il voyait Mme Rushton tous les après-midi ou presque.

Emeline écarquilla les yeux.

— Comment cela?

L'enfant se tourna vers elle.

— Peu après son arrivée, Mme Rushton a demandé à Fitch de lui faire des rapports réguliers sur la santé du maître. Ils se retrouvaient comme ça deux ou trois fois par semaine, dans l'une des chambres de l'étage.

Emeline se sentit rougir. Elle eut cependant le courage d'affronter le regard d'Anthony.

— Je vois...

— Une fois, poursuivit le gamin, j'ai entendu Fitch dire à papa que Mme Rushton était in... in... insociale.

Anthony fronça les sourcils.

— Insociale ? Tu es sûr ? Ce mot n'existe pas.

Le garçon grimaça.

— En tout cas, ça commençait par « in »... Ça, j'en suis sûr.

— Insatiable ? suggéra Anthony d'une voix neutre.

Le visage de l'enfant s'éclaira.

— Insatiable, c'est ça ! M. Fitch disait aussi que Mme Rushton pouvait épuiser un homme.

— Ton papa connaît-il l'adresse de Fitch ? s'enquit Emeline.

— Papa dit qu'il habite une petite maison dans White Street. (Il sembla tout à coup anxieux.) Vous allez me donner de l'argent, hein, monsieur ? Papa m'a dit que je devais revenir avec l'argent que vous lui avez promis.

— Ne t'inquiète pas, répondit Emeline, tout en gratifiant Anthony d'un sourire. M. Sinclair sera enchanté de te payer.

Celui-ci fit la grimace, mais se résolut à sortir sa bourse pour glisser quelques pièces au gamin, qui s'esquiva en remerciant.

— Je crois avoir entendu Tobias raconter qu'à chaque fois que Mme Lake promettait une récompense à un informateur, c'était lui qui était obligé de débourser l'argent, commenta Anthony. Apparemment, c'est une manie familiale.

— Inscrivez cela dans vos frais. Nous ferons les comptes quand l'affaire sera terminée, et que nos clients nous auront payés.

Elle voulait paraître détachée, mais elle s'aperçut que ses mains tremblaient. Elle ne s'était pas encore remise du choc de tout à l'heure.

— Emeline, ça va ?

— Vous avez failli vous faire tuer ! explosa la jeune fille, furieuse de le voir se comporter comme si rien ne s'était passé.

— Mais c'est terminé, maintenant.

— Je sais. Et vous avez sauvé cet enfant… N'empêche, vous auriez pu vous faire tuer.

— Emeline, je ne pense pas que…

— Et si l'attelage vous avait roulé dessus ? insista-t-elle d'une voix aiguë. Mon Dieu, je préfère ne pas y penser !

— On doit vous entendre à deux rues d'ici.

— Oh, Anthony. J'ai eu si peur…

Et, avec un petit sanglot étouffé, elle se jeta à son cou.

Il eut un mouvement de surprise, mais se reprit bien vite et la serra dans ses bras.

— Emeline, murmurait-il. Emeline…

Prenant son visage entre ses mains, il s'empara soudain de ses lèvres et l'embrassa avec passion.

La jeune fille sentit toute l'angoisse des minutes précédentes refluer devant une merveilleuse sensation de plénitude. Cela faisait des semaines qu'elle attendait ce moment, à essayer de s'imaginer ce qu'elle éprouverait quand Anthony l'embrasserait. Mais l'expérience se révélait plus merveilleuse encore que ce à quoi elle avait pu rêver.

Sans quitter ses lèvres, il lui caressait le dos et les hanches, et la pressait si fort contre lui qu'elle pouvait sentir palpiter sa virilité sous l'étoffe du pantalon.

Durant leur séjour en Italie, Emeline avait appris beaucoup de choses sur les relations entre hommes et femmes. Elle avait également étudié les décorations érotiques des vases grecs ou romains dans les musées. Mais ces leçons de choses n'étaient rien, comparées au désir de la chair.

— Anthony… gémit-elle, à la fois transportée de bonheur et un peu paniquée, comme si elle se trouvait au bord d'un abîme vertigineux.

Il abandonna brutalement ses lèvres.

— Grands dieux ! Je... je ne sais pas ce qui m'a pris. Pardonnez-moi, Emeline, je...

— Non, le coupa-t-elle en plaquant une main sur sa bouche. Si vous me dites que vous regrettez, je ne vous le pardonnerai jamais.

Une lumière apparut dans les prunelles du jeune homme, et elle sentit ses lèvres esquisser un sourire sous sa paume. Elle laissa retomber sa main.

Pendant quelques secondes, ils restèrent à se contempler, les yeux dans les yeux, au beau milieu de la rue.

— Anthony... ?

— Viens, dit-il en lui prenant le bras. Il faut nous dépêcher. Lavinia et Tobias attendent notre rapport.

— Oui, bien sûr, fit Emeline, qui se demandait si tous les hommes avaient l'habitude des transitions si rapides – et si terre à terre – après le feu de la passion.

Mais peut-être n'avait-il pas ressenti la même émotion qu'elle. Après tout, c'était la première fois qu'elle se laissait réellement embrasser. Certes, en Italie, elle s'était fait voler deux ou trois fois des petits baisers, sur une terrasse ou dans un jardin. Mais ces jeux innocents n'avaient rien à voir avec ce qu'elle venait de vivre.

Et puis, Anthony avait deux ans de plus qu'elle. Probablement avait-il déjà embrassé beaucoup de femmes...

Emeline essayait de se représenter le jeune homme dans les bras d'une autre, quand son regard fut attiré par l'objet que le cocher lui avait lancé.

— J'ai failli oublier ! s'exclama-t-elle. Il m'a jeté quelque chose en passant.

— Qui ?

— Le cocher.

Comme il suivait le regard de la jeune fille, Anthony aperçut l'objet.

— On dirait une sorte de galet. Quel gredin ! Il aurait pu te blesser.

— Il y a quelque chose d'attaché dessus.

La jeune fille se précipita pour ramasser le caillou. Une ficelle en faisait le tour, et un morceau de papier était lié à cette ficelle.

— C'est un message, dit-elle en le dépliant.

Anthony s'approcha et lut par-dessus son épaule.

Renoncez à cette affaire.
Là où il y a eu un meurtre, il peut y en avoir un autre.

17

— Nous avons d'abord cru que le cocher visait le fils du jardinier, pour l'empêcher de nous parler, expliqua Anthony, dans le petit bureau de Lavinia où ils étaient rassemblés. Mais finalement, il est clair qu'il ne s'est même pas aperçu de la présence du gamin. Son seul but était de délivrer ce message. Il devait nous suivre depuis un moment, et il aura saisi la première occasion qui se présentait.

— Ce genre d'avertissement a pu nous être adressé par quiconque impliqué dans l'affaire, commenta Tobias en désignant le message posé sur le bureau. Les suspects sont donc nombreux.

— En tout cas, ce n'est pas cela qui va nous dissuader de poursuivre notre enquête, trancha Lavinia, qui trônait derrière son bureau.

— Tout à fait d'accord, renchérit Emeline.

— Je partage votre avis, intervint Joan Dove.

Elle arrangeait distraitement les plis de son élégante robe grise, et ajouta sans lever les yeux :

— Ce serait même une raison supplémentaire de résoudre l'énigme.

— Exactement, approuva Lavinia en s'emparant d'un cahier. J'ai commencé à tenir un journal de tous les événements ayant trait à cette affaire, expliqua-t-elle. Cela nous aidera peut-être à relier certains détails entre eux. Je vais y consigner ce nouveau développement. Emeline, raconte-moi tout ce dont tu peux te souvenir au sujet du cocher et de l'attelage.

La jeune fille se lança dans une description circonstanciée. Joan s'était levée. Elle s'approcha de Lavinia pour la regarder écrire, faisant quelques commentaires à l'occasion.

Pendant ce temps, Tobias observait discrètement Anthony, qui contemplait Emeline d'un air sombre. L'incident de tout à l'heure l'avait marqué, de toute évidence. Le jeune homme devait se dire que son nouveau métier n'était pas de tout repos.

Mais si Tobias trouvait normal qu'Anthony s'inquiète de voir Emeline partager les mêmes dangers que lui, il avait le sentiment que quelque chose d'autre se développait entre les deux jeunes gens. Leur relation, jusqu'alors innocente, semblait tout à coup chargée d'électricité. Que s'était-il passé ? Tobias se promit d'en discuter avec Lavinia. Elle avait davantage d'intuition que lui pour ce genre de choses.

— D'après ce que vous avez pu recueillir, résuma Lavinia, il semble évident que Mme Rushton avait une liaison avec le valet de lord Banks. Et puis, pour une raison que nous ignorons, elle l'a congédié.

— Peut-être une querelle d'amants ? suggéra Joan. Ils se seront disputés et elle aura profité de sa position pour se débarrasser de lui.

Lavinia fit la moue. Elle ne paraissait pas convaincue.

— Quoi qu'il en soit, Fitch était furieux et avait un bon motif pour se venger. Or, le jour de son départ, on le voit quitter la chambre de son maître avec un petit objet enveloppé dans un mouchoir.

Tobias noua les mains derrière sa nuque.

— Si Fitch a choisi de voler la Méduse bleue, plutôt que n'importe quel autre objet de valeur qu'il lui aurait été beaucoup plus facile de revendre, c'est qu'il avait un acheteur en vue. Quelqu'un disposé à payer très cher pour obtenir le camée.

Lavinia croisa son regard.

— Céleste Hudson.

Il y eut un silence dans la pièce.

— Le plus urgent est de retrouver Fitch, reprit Tobias. Anthony, tu vas te lancer sur sa trace. Il ne doit pas être difficile à localiser. Nous savons quelle rue il habite. Quand tu auras découvert son adresse exacte, préviens-moi. J'irai l'interroger.

Lavinia posa son porte-plume.

— Il nous faudrait en savoir plus sur la Méduse bleue, dit-elle. Cela nous aiderait à identifier les autres personnes que ce bijou intéresse.

Joan esquissa un sourire.

— Je connais quelqu'un qui pourrait répondre à toutes vos questions sur la Méduse. À supposer, bien sûr, qu'il accepte de vous parler.

Le lendemain matin, Lavinia, Tobias et Joan étaient introduits dans l'impressionnante bibliothèque de lord Vale.

La pièce, immense, était tapissée de livres sur tous ses murs, à l'exception des quelques fenêtres laissant passer la lumière du jour. Un petit escalier en colimaçon conduisait à la galerie en mezzanine, où d'autres rayonnages étaient remplis de volumes reliés de cuir. L'ensemble dégageait une atmosphère savante et recueillie qui incitait à baisser la voix.

Incapable de rester bêtement assise au milieu de tant de splendeur intellectuelle, Lavinia longeait les rayonnages, en déchiffrant avec fascination les titres des volumes.

Lord Vale attendit que sa gouvernante ait fini de servir le thé et se soit éclipsée. Puis il s'installa plus à son aise dans son fauteuil et contempla ses invités.

— Mme Dove m'a expliqué que vous souhaitiez me questionner à propos d'une affaire de meurtre, dit-il.

— J'espère que vous n'y voyez pas d'offense, s'empressa de répondre Lavinia, qui comprenait fort bien qu'un gentleman puisse s'offusquer de se voir mêlé, de près ou de loin, à une affaire criminelle.

— Pas le moins du monde, la rassura-t-il, une lueur d'intérêt dans les yeux. Ma passion pour l'Antiquité m'a familiarisé avec la façon dont mouraient les anciens. Un meurtre moderne m'offrira une distraction salutaire.

— C'est en tout cas très aimable à vous de nous recevoir, reprit Lavinia.

Vale regarda Joan.

— Mme Dove est mon amie. Je suis toujours ravi de lui rendre service.

— Je suppose, intervint Tobias, que vous êtes au courant que nous recherchons l'assassin de Céleste Hudson. Nous pensons qu'elle a volé la Méduse bleue, peu avant de mourir.

— Notre espoir est que le bracelet nous mènera au coupable, continua Lavinia. Mais il s'agit de toute évidence d'un objet très rare, qui a son histoire. Nous aimerions en savoir davantage à son sujet.

— Et au sujet de ceux qui le convoitent, précisa Tobias. M. Nightingale nous a laissés entendre que certains collectionneurs seraient prêts à le payer très cher, car il leur permettrait d'être admis dans votre club des Connaisseurs.

— Ah oui, Nightingale. Un personnage intéressant, fit Vale.

Il prit le temps de savourer une gorgée de thé et de reposer sa tasse, avant de poursuivre :

— Les collectionneurs désireux d'intégrer le club savent que je suis particulièrement friand d'antiquités romaines, trouvées sur le sol anglais. Je serais évidemment enclin à favoriser l'admission de la personne qui pourrait ajouter ce bracelet à notre collection privée.

— Que pouvez-vous nous dire à son sujet ? insista Lavinia.

Vale se leva.

— Avant de vous parler de la Méduse bleue, je vais vous montrer le musée du club.

Lavinia, Joan et Tobias l'imitèrent et suivirent leur hôte vers une porte ménagée dans les rayonnages de la bibliothèque. Elle ouvrait sur un escalier.

Arrivé sur le palier, Vale ouvrit une autre porte, qui donnait cette fois sur une grande galerie. Lavinia comprit qu'elle faisait toute la longueur de la maison. Partout, sur les murs comme au sol, des vitrines renfermaient des objets précieux. Quelques statues et des fragments de colonnes complétaient le décor, ainsi qu'une douzaine de sarcophages, regroupés dans un coin.

— C'est extraordinaire, murmura-t-elle en s'approchant de la première vitrine, pour y découvrir des pièces d'or et d'argent frappées à l'effigie de différents empereurs romains.

Joan s'était postée devant une autre vitrine, et elle admirait un éblouissant collier d'or et d'émeraudes.

— C'est une nouvelle acquisition, n'est-ce pas, Vale ? Ce collier n'était pas là, la dernière fois.

— Vous ne m'aviez pas rendu visite depuis la mort de Fielding, lui rappela-t-il. Entre-temps, j'ai passé plusieurs mois à explorer les ruines d'une ancienne villa romaine, près de Bath. Les mosaïques y étaient exceptionnelles. J'en ai fait quelques croquis.

— J'aimerais les voir.

Vale sourit.

— Je serais ravi de vous les montrer…

Lavinia remarqua l'invitation qui se lisait dans ses yeux, et Joan l'avait probablement aussi perçue, car elle passa un peu trop vite à la vitrine suivante.

Tobias, en revanche, semblait ne rien avoir remarqué. Il examinait la pièce avec intérêt, et finit par se tourner vers leur hôte.

— Voici donc ce fameux musée dont on nous a tant parlé, dit-il.

Vale posa la main sur une statue, avec la tendresse qu'il aurait pu manifester à une maîtresse.

— La plupart de ces œuvres ont été découvertes en Angleterre. Même s'il est passionnant de se rendre sur le Continent, pour visiter les plus beaux sites d'Italie ou de Grèce, nous ne devons jamais oublier que nous possédons un riche passé, qui n'a pas fini d'être exploré. Le club des Connaisseurs est destiné à valoriser et préserver les antiquités britanniques.

— L'Angleterre resta une province romaine durant plusieurs siècles, rappela Joan. Nous avons hérité d'innombrables vestiges.

— Oui, acquiesça Vale. Les Romains nous ont laissé un patrimoine magnifique, qu'il s'agisse d'œuvres d'art ou de ruines. Sans parler de ce qui est encore sous la terre et qui reste à découvrir.

Tobias s'adossa aux sarcophages.

— Votre collection est impressionnante. Mais qu'en est-il de la Méduse bleue ?

Vale hocha la tête.

— Le bracelet, en lui-même, est réputé pour être un exemple admirable de la façon dont les anciens travaillaient l'or. Mais le camée serti en son cœur est encore plus intéressant.

— C'est ce qu'on nous a dit.

— D'après ce que j'ai pu apprendre, le bracelet a été trouvé au début du siècle dernier, dans la propriété d'une famille dont les membres se le sont transmis de génération en génération. Finalement, il ne restait plus de cette famille, il y a quelques années, qu'une vieille dame et son neveu d'une quinzaine d'années. Un matin, on a retrouvé la tante assassinée d'un coup de couteau dans le dos.

— Juste ciel… murmura Lavinia.

— Le neveu s'était volatilisé. Et plusieurs objets de valeur avaient disparu de la maison. Dont la Méduse bleue. Il semblerait que le bracelet ait changé plusieurs fois de propriétaire, avant que lord Banks ne le déniche chez un antiquaire de Londres, il y a environ un an et demi.

— Et le neveu ? demanda Tobias.

— Pour autant que je sache, il n'a jamais reparu. Peut-être a-t-il changé de nom. Peut-être est-il mort. Peut-être a-t-il quitté le pays, pour aller vivre sur le Continent ou en Amérique. J'ai l'impression que personne ne s'est vraiment soucié de son sort.

— Mais n'était-il pas le premier suspect concernant le meurtre de sa tante ? s'étonna Joan.

— Le garçon s'était fait une mauvaise réputation dans la région. On lui attribuait diverses déprédations, constatées chez les uns ou les autres. Les voisins étaient plutôt soulagés de sa disparition.

— D'après ce que nous savons, le camée représenterait Méduse, intervint Tobias, soucieux de revenir au sujet qui les préoccupait.

— Oui, acquiesça Vale. Et c'est le plus important. J'ai retrouvé un vieux grimoire qui dépeint un culte en vigueur au XIVe siècle en Angleterre, au sein d'une société secrète. Le camée constituait en quelque sorte le sceau du maître de cette secte. L'objet était à la fois craint et respecté.

— Pourquoi ? s'enquit Joan.

Vale hésita, avant de hausser les épaules.

— Vous n'allez sans doute pas me croire, mais d'après le livre, le maître pratiquait une antique forme de mesmérisme.

Lavinia, penchée sur une vitrine contenant de ravissantes petites broches en bronze, se redressa en sursaut.

— Du mesmérisme au XIVe siècle ? Mais c'est une science moderne !

Vale parut amusé de sa réaction.

— Certes, mais elle s'appuie sur l'hypothèse d'un magnétisme dont nous serions tous imprégnés dans notre corps. Si ce magnétisme existe bel et bien, il n'a rien de moderne. Les hommes de l'ancien temps le possédaient tout autant que nous. Dans ces conditions, pourquoi ne pas imaginer qu'une pratique comme le mesmérisme aurait pu être découverte voici plusieurs siècles, se serait perdue ensuite, et aurait été redécouverte voici quelques années ?

Lavinia fit la moue.

— Sur le fond, vous n'avez sans doute pas tort. Mais il me semble hautement improbable qu'une secte se soit appuyée sur une science aussi élaborée que le mesmérisme.

— À supposer que ce soit bien une science, rectifia Tobias.

Vale éclata de rire, avant de répondre à Lavinia :

— Avouez que ce serait surprenant, n'est-ce pas ? Et assez terrifiant, du reste...

— Pourquoi dites-vous cela ? questionna Joan.

— Toujours d'après le livre, le maître de la secte usait de ses pouvoirs, qu'il tenait directement du bracelet, à des fins maléfiques. Mais je n'en sais pas beaucoup plus. Ce culte étrange était basé sur la peur, le secret et les mystères.

— Méduse constituait un choix assez logique comme emblème, observa Joan. Ses pouvoirs étaient également maléfiques.

— C'était plus qu'un emblème, rectifia Vale. Le camée était considéré comme la véritable source des pouvoirs du maître. Les autres membres pensaient que lui seul était capable de dominer l'énergie qui s'en dégageait.

Un silence stupéfait s'abattit dans la galerie. Tobias se décida à le rompre, sur le mode de l'ironie :

— Je suppose que votre intérêt pour la Méduse bleue est purement intellectuel, lord Vale ? Je n'imagine pas un homme de votre éducation et de votre culture accorder foi aux pouvoirs supposés d'un vieux camée...

Lavinia vit Joan couler un regard curieux vers leur hôte. Celui-ci parut s'amuser de la question de Tobias.

— Rassurez-vous, March. Je n'ai aucun goût pour le mysticisme. Mais cela m'étonne toujours de voir des personnes, pourtant intelligentes, tomber dans la croyance des vieilles légendes.

— Vous pensez que la Méduse bleue fait partie de ces reliques propres à encourager de telles croyances ? demanda encore Tobias.

— Oui.

Vale s'était approché d'une vitrine. Il ôta l'anneau qu'il portait au doigt et, au moyen de la petite clé sculptée dessus, ouvrit la vitrine.

— Prenez cette coupe, par exemple. On raconte que des hommes sont morts à cause d'elle...

Il sortit de la vitrine une coupe en verre gravé, qui avait le don de capturer la lumière pour la renvoyer en mille rayons éclatants.

Lavinia s'approcha pour mieux voir.

— C'est magnifique, dit-elle. L'a-t-on trouvée en Angleterre ?

— Non. Elle a été rapportée d'Italie, voici plusieurs années.

Joan avait rejoint Lavinia.

— C'est très beau, en effet.

Lavinia, qui observait minutieusement les figurines gravées dans le verre, crut reconnaître la scène.

— Perséphone fuyant Hadès, le dieux des Enfers, murmura-t-elle.

Vale hocha la tête.

— On l'appelle la Coupe d'Hadès, et certains prétendent qu'il est très dangereux de la posséder, expliqua-t-il avec un sourire. Je n'en crois rien, bien sûr. Toutefois, je ne me prétends pas le propriétaire de cette coupe. Disons que j'en suis le dépositaire, au nom du club des Connaisseurs.

Il remit la coupe à sa place, et referma la vitrine au moyen de la petite clé.

— Je pense que nous avons tous compris le message, résuma Tobias. Les légendes sont tenaces. Et les collectionneurs sont des gens surprenants.

Vale hocha la tête.

— Ils apprécient les objets qui ont une histoire. Certains seraient prêts à tuer pour s'emparer d'une relique porteuse d'une légende.

Lavinia leva les yeux au ciel.

— À ce compte-là, notre liste de suspects va encore s'allonger !

18

Tobias se laissa tomber dans le fauteuil face à celui de Crackenburne, et tendit le bras pour atteindre la bouteille de brandy posée sur la table.

— Votre jambe vous fait mal, aujourd'hui ? s'enquit Crackenburne, sans lever les yeux de son journal.

— C'est moins ma jambe qui me préoccupe, que la discussion que nous venons d'avoir avec l'un des suspects, expliqua Tobias.

Il déboucha la bouteille pour se servir. Le tintement du goulot contre le verre lui fit penser à la Coupe d'Hadès.

— Que savez-vous de lord Vale ? demanda-t-il.

Crackenburne abaissa son journal, juste assez pour croiser son regard.

— Veuf, riche et secret. Il a fondé un club de collectionneurs extrêmement sélectif. Et il disparaît parfois pendant quelques mois pour se livrer à des fouilles dans la campagne anglaise.

Tobias but une gorgée de brandy.

— Je sais déjà tout cela. Je sais également qu'il était un ami proche de Fielding Dove. Ce qui veut dire qu'il était probablement au courant de l'existence de la Chambre bleue. Pensez-vous que Vale ait pu tremper là-dedans ?

— Je n'ai jamais entendu la moindre rumeur laissant supposer un lien entre lui et cette organisation criminelle, répondit Crackenburne en repliant son journal pour le poser sur la table. Ce qui ne veut pas dire, bien sûr, qu'il n'en faisait pas partie. Il est largement aussi rusé et intelligent que l'était Dove. Toutefois, sa vraie passion est exclusive.

— Les antiquités ?

— Oui.

— Pensez-vous qu'il pourrait commettre un meurtre, afin d'obtenir un objet particulièrement convoité ?

Crackenburne réfléchit.

— Je ne peux pas vous répondre avec certitude. Je ne vous donnerai mon opinion que pour ce qu'elle vaut.

— Et quelle est-elle ?

— Si Vale a tué quelqu'un, vous aurez du mal à le prouver. Ce n'est pas un imbécile. Il aura effacé toutes les traces remontant jusqu'à lui.

Tobias fit tourner son verre dans sa paume.

— L'assassin que nous recherchons a laissé un objet derrière lui. Sa cravate.

Crackenburne ricana.

— Je ne vois pas Vale se montrer aussi imprudent.

— Sauf s'il pensait que cette cravate nous égarerait un peu plus. En fait, elle ne nous apprend rien, sinon que Céleste Hudson a probablement été tuée par un gentleman, plutôt que par un rôdeur.

Crackenburne secoua la tête.

— Si Vale avait délibérément abandonné cette cravate comme un faux indice, soyez assuré qu'elle vous aurait conduit tout droit à la personne qu'il voulait voir inculpée à sa place. Or, comme vous venez de l'avouer, la cravate ne mène nulle part.

Tobias médita l'argument.

— Ce qui tendrait à laisser penser que Vale n'est pas l'assassin... Vous avez sans doute raison. Du reste, je ne plaçais pas d'espoir dans sa culpabilité. Cette histoire est trop tordue pour se dénouer par une explication aussi simple.

— Ce meurtre n'est pas dans le style de Vale, confirma Crackenburne.

Se saisissant à son tour de la bouteille de brandy, il ajouta :

— Mais il y a encore une autre raison pour laquelle vous devez l'exclure.

— Laquelle ?

— Je ne vois pas Vale tuer une femme de sang-froid. Oh, certes, l'homme n'est pas un saint. Dans certaines circonstances, il pourrait se révéler dangereux. Mais je l'imagine mal étrangler une femme. Même pour une antiquité.

Tobias se rappelait avec quelle révérence il avait manié la Coupe d'Hadès.

— Même si elle avait une immense valeur à ses yeux ?

— C'est un obstiné, qui arrive généralement à ses fins. Si le bracelet l'intéressait tant que cela, il aurait trouvé un autre moyen de l'obtenir.

Tobias contempla les flammes un moment.

— Pas d'autres nouvelles pour moi ? demanda-t-il finalement.

— J'ai récolté quelques rumeurs intéressantes concernant Gunning et Northampton.

Tobias haussa un sourcil.

— Oui ?

Crackenburne se fit désirer, comme s'il se délectait de faire attendre son compagnon. Il but d'abord une longue gorgée de brandy.

— Il se pourrait que ces deux gentlemen aient été cambriolés, lors de ces derniers mois.

— Il se *pourrait* ?

— Aucune effraction n'a été constatée. Pourtant, certains objets ont disparu. Mais on ne peut pas être complètement sûrs qu'ils ont été volés. Comme leurs propriétaires perdent un peu la tête, peut-être les ont-ils simplement égarés.

— Quelle sorte d'objets ?

— Dans le cas de lord Gunning, une paire de boucles d'oreilles en diamant qui avaient appartenu à sa défunte femme. Et chez Northampton, on ne retrouve plus trace d'un très beau collier en perles et émeraudes qui était destiné à sa fille.

Tobias frappa dans ses mains.

— Bon sang ! Céleste Hudson était donc bien une voleuse de bijoux. Et je parierais que son mari était complice !

— Howard, quelle surprise ! dit Lavinia en reposant sa plume. Entrez, et asseyez-vous. Je crois qu'il reste un peu de thé. Je vais vous servir une tasse.

— Merci, ma chère.

Howard referma la porte du bureau derrière lui, mais au lieu de s'asseoir, il vint se planter devant le bureau de la jeune femme.

— J'avais envie de prendre un peu d'exercice, cet après-midi, expliqua-t-il. Je suis sorti me promener, et mes pas m'ont conduit devant votre porte.

— Je comprends. Je suppose que vous êtes anxieux de savoir si M. March et moi-même avons avancé dans notre enquête ?

— Je dois avouer que cette histoire m'obsède jour et nuit.

Hudson avait tiré sa montre de sa poche et jouait avec d'un air absent. Le cercle d'or commença à se balancer au bout de sa chaîne.

— Dites-moi la vérité, Lavinia. Pensez-vous arriver à trouver le gredin qui a tué ma Céleste ?

Elle se rappela que Tobias lui avait dit qu'il était important de rassurer les clients, aussi souvent que nécessaire.

— Nous faisons des progrès, mentit-elle. Et nous avons bon espoir de démasquer l'assassin.

— Ma chère Lavinia, que ferais-je sans vous ? reprit-il d'une voix pénétrante, sans cesser de jouer avec sa montre. Ma chère, chère amie... Vous et moi avons tant de choses en commun. Tant de choses à nous dire…

Son regard fixe et l'oscillation de la montre troublaient la jeune femme. Cependant, elle avait du mal à croire qu'il essayait de l'hypnotiser. Pas Howard. Pas l'ami de ses parents. Le mouvement de la montre n'était que le fruit du hasard. Ce n'était pas délibéré.

— Ma chère, chère Lavinia…

Tout à coup, elle comprit qu'elle devait détourner le regard. Mais elle éprouva les pires difficultés à décoller ses yeux de la montre. Elle fut obligée de porter la main à son pendentif en argent, pour se sentir un peu plus à son aise. Soulagée, elle désigna le cahier ouvert devant elle.

— Vous tombez bien, Howard. J'étais justement en train de prendre des notes sur votre affaire. Je vais en profiter pour vous poser quelques questions.

— Je vous dirai tout ce que je sais, ma chère amie, répondit-il de sa voix toujours pénétrante. Que souhaitez-vous me demander ?

— Pardonnez-moi d'aborder un sujet aussi intime, mais comment avez-vous su que Céleste avait une liaison ?

Il soupira.

— Comment un homme s'aperçoit-il de son infortune ? Par une série de petits indices, que j'ai d'abord tenté d'ignorer. Par exemple, Céleste sortait de plus en plus souvent faire des courses, et elle revenait toujours plus tard, parfois sans avoir rien acheté du tout. Certains jours, elle semblait particulièrement enjouée ou impatiente, sans raison apparente. Bref, elle se comportait en femme amoureuse.

Lavinia releva la tête et se trouva de nouveau confrontée au mouvement de la montre. Elle dut faire un gros effort pour s'en détourner.

— Cela répond-il à votre question, ma chère amie ?

La jeune femme se persuada qu'elle était victime de son imagination. Il était impossible que Howard cherche à l'hypnotiser.

Reportant son attention sur ses notes, elle s'aperçut qu'elle avait oublié l'autre question importante qu'elle voulait lui poser. Elle fut obligée de se concentrer.

— Le bracelet volé par Céleste appartenait à lord Banks. L'avez-vous déjà rencontré ?

— Non, ma chère.

La montre oscillait toujours, avec une régularité fascinante.

— Et pensez-vous qu'elle aurait pu se débrouiller pour rencontrer lord Banks ?

— J'en doute fort. À moins qu'elle ne l'ait connu avant notre mariage.

— Je n'avais pas envisagé cette possibilité, admit Lavinia en tapotant sa plume contre le bord de l'encrier. En tout cas, je me demande comment elle a pu avoir connaissance de l'existence du bracelet.

Tap… tap… tap…

— Je ne peux hélas vous répondre, ma chère amie.

Lavinia réalisa brusquement qu'elle tapotait l'encrier en cadence avec les oscillations de la montre. Elle s'empressa de reposer sa plume.

— Vous essayez d'établir comment Céleste a pu connaître la Méduse bleue ? s'enquit Howard.

— Oui.

Lavinia referma son cahier. Mais cette fois, en redressant la tête, elle évita délibérément le regard de Howard, fixant un tableau accroché au mur, et affichant un air songeur pour ne pas paraître impolie.

Il y eut un silence. Puis, avec un soupir imperceptible, Howard se décida à ranger sa montre dans sa poche. Il se mit alors à faire les cent pas dans la pièce.

— Je suppose que son amant lui aura parlé du bracelet et de sa valeur.

— Mais s'il savait tout cela, pourquoi ne l'a-t-il pas volé lui-même ?

— Parce que le gredin était trop lâche, évidemment ! rétorqua-t-il avec colère. Il a préféré obliger ma Céleste à prendre tous les risques. Il s'est servi d'elle, et quand elle ne lui a plus été d'aucune utilité, il l'a tuée.

— Je suis désolée, Howard. Je comprends que ce soit très difficile pour vous…

— Pardonnez-moi. Je m'emporte, alors que vous essayez de m'aider. Mais dès que je pense à ce monstre, je n'arrive plus à me contenir.

— C'est normal.

Il s'était arrêté devant les rayonnages de livres pour les examiner. Lavinia fut heureuse de ne plus avoir à éviter son regard.

— Je constate que vous n'avez pas perdu votre goût de la poésie, dit-il.

— Emeline prétend que c'est la preuve de mon romantisme.

— Mais votre vie ne vous a pas apporté beaucoup de romances, n'est-ce pas ?

— Je ne dirais pas cela. Mon mari était poète. Et je le trouvais délicieusement romantique.

Howard se retourna, vrillant de nouveau son regard sur la jeune femme.

— Je me souviens de l'avoir rencontré, au moment de votre mariage. Je n'ai pas trouvé que c'était l'homme qu'il vous fallait, mais je n'étais pas en position de donner mon avis sur une question aussi personnelle. Et puis, vous sembliez heureuse, à l'époque.

— J'étais heureuse. Du moins, jusqu'à sa mort.

— J'ai été navré d'apprendre sa disparition prématurée. J'imagine que ce fut très dur pour vous, surtout si peu de temps après la mort de vos parents.

— Howard, je pense qu'il serait préférable que nous revenions à l'assassinat de Céleste. Nous n'avons pas le temps de replonger dans nos souvenirs.

— Votre carrière de mesmériste ne vous manque pas ? demanda-t-il d'une voix douce, presque tendre.

Vous étiez si douée… Pourrais-je savoir pourquoi vous avez abandonné le métier ?

— Howard, je ne crois pas que ce soit ni le lieu ni l'endroit pour…

Elle se tut en reconnaissant un pas familier dans le hall. Deux secondes plus tard, Tobias faisait irruption dans la pièce. Il coula un regard furtif à Lavinia, avant de se tourner vers Howard.

— Pardonnez-moi si j'interromps une conversation privée, dit-il.

Son ton laissait entendre qu'il n'était pas le moins du monde désolé.

— Mais pas du tout, répondit Howard. Nous discutions de l'enquête.

— Je vois, dit Tobias qui pivota alors vers Lavinia. Je crois que nous avons un rendez-vous.

— Ah bon ? Je ne me rappelle pas…

La jeune femme comprit, à son regard, qu'il valait mieux ne pas insister. Elle ravala le reste de sa phrase et plaqua un sourire sur ses lèvres. Il n'était jamais bon de montrer aux clients qu'il existait des frictions entre associés.

— Oui, bien sûr, reprit-elle. Un rendez-vous. Ça m'était complètement sorti de l'esprit. Vous allez devoir m'excuser, Howard. M. March et moi avons à régler un problème concernant votre affaire.

Howard sembla hésiter. Son regard allait de Tobias à Lavinia, et celle-ci se demanda s'il allait s'obstiner à rester. Mais il finit par incliner poliment la tête.

— Pas de problème, ma chère, murmura-t-il, glissant à Tobias un regard indéchiffrable alors qu'il se dirigeait vers la porte. J'espère que vous m'apporterez bientôt de bonnes nouvelles.

Tobias demeura silencieux, jusqu'à ce que la porte du hall se fût refermée sur le visiteur. Alors seulement, il traversa la pièce et vint se planter devant le bureau, plaquant les mains sur les papiers épars et dardant sur sa partenaire un regard qui la fit frissonner.

— Je veux ta parole, dit-il d'une voix aussi menaçante que son regard, que tu ne t'enfermeras plus jamais seule avec lui.

— Pardon ? Qu'est-ce qui te…

Lavinia n'eut pas le temps de terminer sa phrase. Il avait contourné le bureau pour la soulever de son siège.

— Comment oses-tu ? Repose-moi immédiatement !

— Ta parole, Lavinia. Je veux ta parole.

— Pourquoi te ferais-je une telle promesse ? Tu sais très bien que Howard est un vieil ami de mes parents.

— Je n'ai pas confiance en lui.

— Je t'assure que c'est un parfait gentleman.

— Mais c'est peut-être un assassin.

— Je ne le crois pas une seconde.

— Même s'il n'a pas tué sa femme, je n'aime pas la façon dont il te regarde.

Lavinia s'apprêtait à défendre Howard, mais elle se souvint combien elle s'était sentie mal à l'aise, tout à l'heure, sous le feu de ses prunelles. Elle préféra ne pas insister. Pour être tout à fait honnête, elle ne tenait pas à se retrouver seule avec Howard, sans vraiment savoir pourquoi.

— Promets-moi, Lavinia.

— Bon, très bien, marmonna-t-elle. Si cela peut t'encourager à me reposer par terre et à cesser cette scène stupide, je veux bien te donner ma parole. À l'avenir, toutes mes conversations avec lui se feront en présence d'un témoin. Cela te satisfait ?

— Pas totalement. Ce qui me satisferait vraiment, c'est que tu renonces à cette affaire et que tu n'aies plus jamais aucun contact avec ce type. Mais, comme je sais que c'est trop demander, je me contenterai de ta promesse de ne plus le voir en privé.

— Je te l'ai dit, tu l'as.

Il reposa la jeune femme sur ses pieds.

— Assez parlé de cela, grommela-t-elle. Nous avons du travail.

Il la regarda d'un œil bizarre, avant de lâcher :

— Crackenburne m'a appris des choses intéressantes. Il semblerait que les deux gentlemen de Bath, mentionnés par Céleste, se soient fait dérober des objets précieux.

Lavinia sursauta.

— Des antiquités ?

— Non. Des bijoux. Rien n'indique qu'ils aient été particulièrement anciens. Mais, en revanche, de grande valeur. Une paire de boucles d'oreilles en diamants et un collier en perles et émeraudes.

Elle s'enfonça dans son fauteuil.

— Bonté divine ! Céleste était donc bel et bien une voleuse de bijoux.

— Et à mon avis, elle n'agissait pas seule.

— Que veux-tu dire ?

— Je soupçonne Howard et son épouse d'avoir été partenaires.

La jeune femme n'en croyait pas ses oreilles.

— Quoi ? Tu accuses Howard d'être un voleur ?

— Cela me semble très probable.

— D'abord, tu lui mets le meurtre sur le dos, et maintenant tu le traites de voleur. C'est peut-être excessif, non ? Tu n'as pas l'impression que ton préjugé défavorable contre lui influence ton jugement ?

— Mais si j'ai raison, si Howard et Céleste étaient associés dans le vol, nous avons un autre mobile pour le meurtre.

— Une querelle entre cambrioleurs ? Tu crois que Howard l'aurait étranglée parce qu'elle essayait de revendre seule le bracelet ? Ça n'a pas de sens. De toute façon, je refuse d'envisager qu'il ait pu tuer sa femme.

Tobias ne répondit pas. Il se contenta de la dévisager.

— Eh bien ? dit-elle, à bout de patience. Qu'y a-t-il encore ?

— Je constate que tu n'as pas innocenté Hudson de l'accusation de vol.

Elle soupira.

— Tu es sûr que ces bijoux ont été dérobés aux deux lords ?

— Je ne dispose pas de preuves. Mais les informations de Crackenburne sont généralement dignes de foi.

La jeune femme reprit sa plume et joua distraitement avec, tout en méditant ces nouveaux faits.

— Je dois admettre que si Céleste était bien la voleuse, il serait étonnant que Howard, à défaut d'être partie prenante, ne se soit pas au moins douté de quelque chose.

— C'est pourquoi je le soupçonne d'avoir été directement impliqué dans ces vols.

— Mais pourquoi alors aurait-il pris le risque de nous embaucher ?

— Il ne voulait pas *nous* embaucher. Il voulait t'embaucher, *toi*. Et cela parce que la Méduse bleue a disparu et que son plus cher désir est de la retrouver. En requérant ton aide, il ne s'imaginait pas courir un grand risque.

— Que veux-tu dire ?

— Réfléchis, Lavinia. Au lieu de s'adresser à la police, il s'est tourné vers toi, c'est-à-dire vers quelqu'un qui le connaît depuis toujours. Tu n'as jamais vu en cet homme qu'un *cher ami* de ta famille. Quelqu'un qui serait incapable de voler ou de tuer.

Elle reposa soigneusement sa plume dans l'encrier, pour se donner une contenance.

— Je ne suis pas totalement convaincue. Peut-être faisons-nous fausse route. Les vols et le meurtre peuvent sans doute s'expliquer d'une autre manière. Pauvre Howard…

— Pauvre Howard, oui, répéta Tobias, amusé. Pour sa malchance, en venant t'embaucher, il est aussi tombé sur moi.

19

Un peu plus tard, Tobias rentra chez lui d'assez méchante humeur. Il trouva Anthony installé dans son bureau, une assiette posée sur ses genoux, une grande quiche au saumon confectionnée par Whitby à portée de la main.

Tobias alla s'asseoir derrière son bureau.

— J'imagine que si tu es là, c'est que tu as du nouveau pour moi. As-tu retrouvé le valet ?

— Pas encore, avoua Anthony. L'un de ses voisins m'a raconté que Fitch passait beaucoup de temps dans les tripots, depuis qu'il a été congédié. J'essaierai demain matin.

— Le temps presse, au cas où tu ne l'aurais pas remarqué, grommela son beau-frère. Trouve-le le plus vite possible.

— Ce n'est pas si facile. Il n'est jamais chez lui. Et je ne sais pas à quoi il ressemble.

— Aie un peu d'esprit d'initiative. Demande à ses voisins de te le décrire. Essaie de découvrir les tripots qu'il fréquente... Bon sang, Tony, tu as voulu devenir mon assistant, oui ou non ? Alors mets-toi sérieusement au travail !

— Je n'ai pourtant pas chômé, se justifia le jeune homme. J'ai passé le reste de la journée à questionner les prostituées travaillant près de l'hôtel où est descendu Oscar Pelling.

Tobias fronça les sourcils.

— Et alors ? Quoi de neuf de ce côté-là ?

— Rien non plus.

— En résumé, tu n'as fait aucun progrès, sur quelque front que ce soit. Eh bien, je te suggère de retourner immédiatement travailler, au lieu de te prélasser dans mes fauteuils.

— Je m'étais juste arrêté quelques minutes pour manger un morceau... Qu'est-ce qui t'arrive, Tobias ? Tu t'es encore querellé avec Mme Lake ?

— Mes relations avec Lavinia ne te regardent pas.

— Tu as raison. Ça ne me regarde pas.

Tobias tapa du poing sur le bureau.

— Je l'ai trouvée, tout à l'heure, seule dans son bureau avec Hudson !

— Ah.

— Que veut dire ce « Ah » ?

— Rien en particulier. Sinon que je comprends le motif de ta mauvaise humeur. Dis-moi si je me trompe, mais tu ne sembles pas aimer beaucoup votre client ?

— Il ne m'inspire pas confiance. Outre qu'il a très bien pu tuer sa femme, je le soupçonne de nourrir de noirs desseins impliquant Lavinia. Et, bien sûr, cette tête de mule refuse de voir le danger.

— Tu veux un conseil ?

— Non, merci. Tes conseils sur l'art et la manière de séduire une lady m'ont mené au fiasco.

Anthony s'éclaircit la gorge.

— D'accord. En revanche, serais-tu disposé à *me donner* un conseil ?

— De quoi parles-tu ?

— En fait, je suis venu ici parce que je voulais recueillir l'avis d'un homme plus âgé et plus expérimenté. J'ai besoin qu'on m'aide à résoudre un problème auquel je suis confronté, et dont je n'arrive pas à me sortir tout seul.

— Bon sang ! J'espère que tu ne t'es pas mis à fréquenter les salles de jeu ?

— Calme-toi, Tobias. Je n'ai pas perdu un penny à une table de jeu. Au cas où tu ne l'aurais pas remarqué, j'étais de toute façon beaucoup trop occupé, ces derniers jours, pour avoir le temps de jouer aux cartes.

Tobias s'aperçut que son beau-frère était très tendu.

— Que se passe-t-il ? demanda-t-il gentiment.

— Il s'agit d'Emeline.

— C'est bien ce que je craignais, lâcha Tobias.

Il se cala dans son fauteuil et croisa les jambes sur le bureau.

— Il s'est passé quelque chose hier, non ? Après votre départ de chez lord Banks ?

Anthony se leva d'un bond et se mit à faire les cent pas sur le tapis.

— Bien sûr qu'il s'est passé quelque chose ! Nous vous l'avons raconté. Emeline aurait pu se faire renverser par cet attelage.

— Ah ? J'avais l'impression que c'était elle qui t'avait cru en danger...

— Elle pouvait aussi se faire écraser. Mais elle ne l'a pas mentionné.

Tobias contemplait ses ongles.

— Nous étions parvenus à la conclusion que le cocher n'avait l'intention de tuer personne. Il voulait simplement délivrer son message.

— Enfin, Tobias ! Comment pouvons-nous être sûrs de ses intentions ? Je donnerais cher pour mettre la main sur ce gredin.

— Je comprends.

— Que serait-il arrivé s'il avait perdu le contrôle de ses chevaux ? Et si Emeline avait paniqué comme le gamin ? Je préfère ne plus y penser. Ça m'a empêché de dormir toute la nuit.

— Fort heureusement, Emeline semble partager le don de sa tante pour ne jamais paniquer dans les mauvais moments.

— Cette histoire m'a donné des cauchemars, reprit Anthony. À chaque fois, c'était la même scène : je n'arrivais jamais à temps pour la sauver.

Tobias songea aux quelques cauchemars qu'il avait pu faire, depuis qu'il connaissait Lavinia.

Le jeune homme poursuivit :

— Ce matin, pendant que vous étiez chez lord Vale, j'ai eu une conversation avec Emeline. J'ai essayé de la convaincre de renoncer au métier de sa tante.

— Tu as fait cela ? Je parie que j'ai deviné sa réponse.

— Elle s'est fâchée en décrétant que je n'avais aucun droit de me mêler de ses affaires.

— Vraiment ? C'est très étonnant, dis-moi.

Anthony s'immobilisa au milieu du tapis.

— Tu te moques de moi ?

— Je t'assure de toute ma sympathie, Tony.

Le jeune homme se passa une main dans les cheveux.

— J'imagine que ma situation doit bien t'amuser. Après toutes les fois où je t'ai conseillé de ne pas te montrer trop autoritaire avec Mme Lake...

Tobias se releva pour aller goûter à la quiche au saumon. George Whitby était un cuisinier hors pair. Du reste, il était bon en tout. Il servait de valet, de cuisinier, de majordome et, à l'occasion, de médecin. D'autre part, Whitby réussissait le prodige d'être plus élégant, dans ses vêtements de fonction, que nombre de gentlemen. Y compris Tobias lui-même.

— Maintenant, je sais au moins que tu peux avoir conscience des risques que Lavinia prend tous les jours.

— Mais je suppose que tu n'as pas de conseil à me donner ?

— Si, j'en ai même deux. Reprends un peu de quiche au saumon, elle est vraiment délicieuse. Et quand tu auras fini de manger, repars sur les traces du valet de lord Banks.

Anthony considéra la quiche d'un œil morose.

— Je crois qu'Emeline finira par me rendre fou, maugréa-t-il.

— C'est très probable. Mais si ça peut te consoler, tu n'es pas seul dans ce cas. Le même sort me pend au nez, grâce à Lavinia.

— Quelque chose ne va pas, Emeline ?

Lavinia reposa sa plume et scruta le visage maussade de sa nièce.

— Depuis hier, reprit-elle, tu es d'étrange humeur. C'est à cause de cet incident avec le cocher ?

Emeline repoussa le carnet où elle avait consigné les entretiens avec les domestiques de lord Banks.

— Plus ou moins.

— Je m'en doutais. Tu as mal dormi, n'est-ce pas ? J'ai remarqué tes cernes, tout à l'heure.

La jeune fille fit la grimace.

— Serait-ce une façon polie de dire que j'ai mauvaise mine ?

— Je suis la première à blâmer. J'aurais dû insister pour que tu prennes un remontant avant d'aller au lit.

— Anthony m'a rendu visite, pendant que vous étiez chez lord Vale.

Lavinia fronça les sourcils.

— Anthony est venu ici ? À la maison ? J'espère que Mme Chilton était présente !

— Oui, elle était là. Mais il n'est pas rentré, de toute façon. Il m'a invitée à faire une promenade dans Hyde Park.

Lavinia songea à ses promenades avec Tobias. Elle s'alarma.

— Comment ce jeune homme a-t-il osé te proposer une telle chose ? C'est cela qui te bouleverse ? Je vais demander à Tobias qu'il ait une conversation ferme avec lui.

Emeline soupira.

— Tu n'as pas besoin de t'inquiéter des convenances. Nous n'avons marché que quelques minutes, et dans la partie la plus fréquentée du parc. Nous n'avons pas disparu pendant deux heures, comme M. March et toi quand vous partez vous promener…

Lavinia se sentit rougir. Elle toussota.

— Nous avons découvert, avec Tobias, que les longues marches étaient excellentes pour la santé.

— Bien sûr.

La jeune femme fronça de nouveau les sourcils.

— Qu'est-ce qui, dans ta conversation avec Anthony, t'a perturbée ?

— Il commence à se comporter un peu trop comme M. March.

— Que veux-tu dire ?

— Il a essayé de me faire renoncer à mon nouveau métier.

— Je vois… Mais pourquoi ? Je croyais que c'était un jeune homme moderne.

— J'ai le sentiment qu'il a été très perturbé par l'incident avec le cocher.

— C'est bizarre. Je ne l'imaginais pas aussi impressionnable. Pourtant, quand vous êtes rentrés, il paraissait maître de lui.

— Ce n'est pas à lui qu'il pensait. Il s'est persuadé, durant la nuit, que tout le danger avait été pour moi et que c'est un miracle que je n'aie pas été blessée.

— Je vois.

— Il en a conclu que je ferais mieux de renoncer à ma carrière, pour ne plus avoir à m'exposer à de tels risques.

— Hmm.

— Il m'a fait un vrai sermon. Sans parler du chapitre sur ce qu'il est convenable ou non de faire, quand on est une lady. À la fin, j'étais si excédée que je lui ai dit sans ménagement ce que je pensais de ses manières. Et je l'ai planté là-dessus, au beau milieu d'une allée.

— Je vois, répéta Lavinia.

Et, se relevant, elle ajouta :

— Si nous buvions un petit verre de sherry ?

Emeline haussa les sourcils.

— Je m'attendais à une réponse plus circonstanciée de ta part, tante Lavinia. Après tout, tu es une femme d'expérience. N'as-tu pas de meilleur conseil à me donner que de me proposer un verre de sherry ?

— J'ai peur que pour tout ce qui touche à Tobias March ou à Anthony Sinclair, je ne puisse en effet rien t'offrir de mieux.

— Ah.

Lavinia s'empara de la carafe de sherry et remplit deux verres.

— Tu sais, dit-elle, au fond, ils sont pleins de bonnes intentions...

Emeline goûta à son sherry.

— Oui, je suppose que tu as raison...

La jeune femme contempla le contenu de son verre d'un air songeur.

— L'expérience m'a appris que les hommes se raidissent toujours quand ils sentent que la situation leur échappe. Et plus encore lorsqu'il s'agit d'une femme envers laquelle ils se sentent une certaine... responsabilité.

— Je comprends.

— Ils compensent leur désarroi par des sermons ou des ordres de toutes sortes, qui les rendent très vite insupportables.

Emeline hocha la tête.

— C'est effectivement une détestable habitude.

— Oui, mais je crois qu'on ne les changera pas. C'est dans leur nature. Au moins, maintenant, tu dois mieux comprendre pourquoi Tobias a le don, parfois, de m'exaspérer.

— Je confesse que cette histoire m'a ouvert les yeux, reconnut la jeune fille. Et j'ai bien peur que l'avenir ne me réserve autant de querelles avec Anthony...

Lavinia leva son verre.

— Je propose que nous portions un toast.

— À quoi ?

— À ces hommes insupportables. Mais que ferait-on, sans eux ?

20

Le lendemain après-midi, un pâle soleil éclaira quelques heures la ville, avant d'être détrôné par le brouillard naissant. Quand Lavinia arriva chez l'antiquaire Tredlow, les rues étaient plongées dans une brume humide et pénétrante, que renforçait le crépuscule. La jeune femme s'arrêta devant la porte, surprise de voir qu'aucune lumière ne brillait à l'intérieur. La boutique était plongée dans la pénombre. Elle recula de deux pas, pour jeter un coup d'œil aux fenêtres de l'étage où habitait Tredlow. Tout était également éteint.

Cependant, la porte de la boutique n'était pas verrouillée. Elle se décida à entrer.

— Monsieur Tredlow ? appela-t-elle, sa voix résonnant entre les étagères chargées d'objets précieux. J'ai reçu votre message et je suis venue tout de suite…

Le message de l'antiquaire était arrivé à la maison une heure plus tôt :

J'ai des nouvelles de cette pièce qui nous intéresse mutuellement…

Elle se trouvait seule, lorsque le messager avait frappé à la porte. Mme Chilton était sortie faire son marché, et Emeline était allée s'acheter des gants pour le bal de Joan Dove.

Lavinia n'avait pas perdu une minute. Elle avait enfilé son manteau et son chapeau pour se rendre chez l'antiquaire. Les fiacres libres étaient rares, à cette heure de la journée, mais elle avait fini par en trouver un. Malheureusement, le trafic l'avait ralentie. Tredlow, lassé de l'attendre, était peut-être parti boire un verre dans une taverne des alentours.

— Monsieur Tredlow ? Vous êtes là ?

Le silence de la boutique paraissait étrange. Et pourquoi l'antiquaire n'avait-il pas pris la précaution de fermer sa porte à clef, s'il était sorti ?

D'après ce qu'elle savait, Tredlow, qui n'était plus tout jeune, vivait seul. Il semblait en bonne santé, mais depuis la dernière fois qu'elle l'avait vu beaucoup de choses avaient pu lui arriver.

La jeune femme frissonna en imaginant l'antiquaire terrassé par une attaque, gisant sur le plancher de son arrière-boutique. Ou alors, il était tombé dans l'escalier et s'était brisé le cou…

Quelque chose ne tournait pas rond, en tout cas. Elle le sentait. Et cette conviction lui donnait des sueurs froides.

Elle décida de chercher d'abord dans l'arrière-boutique, qui servait de réserve. Elle traversa le magasin, contourna le comptoir et souleva l'épais rideau qui cachait l'entrée. La pièce, à peine éclairée par une petite fenêtre grillagée, était sombre.

— Monsieur Tredlow ?

Pas de réponse.

Lavinia se retourna pour chercher un chandelier, en trouva un sur le comptoir et s'empressa de l'allumer. Puis, brandissant sa chandelle à bout de bras, elle pénétra dans l'arrière-boutique. Une bouche d'ombre marquait l'entrée de l'escalier qui conduisait à l'étage. Elle irait fouiller là-haut quand elle serait certaine que Tredlow n'était pas au rez-de-chaussée.

Des objets de toutes sortes encombraient l'espace. La jeune femme prit garde à ne pas renverser de statuettes ou de vases précieux. Sa déambulation la mena devant une porte en fer, grande ouverte. Le jour où l'antiquaire lui avait fait visiter ses trésors, il lui avait désigné cette porte comme étant celle de sa chambre forte. Elle donnait sur une sorte de petite cave voûtée, dans le style médiéval, qui datait de la construction de l'immeuble, voici plusieurs siècles. L'espace y était minuscule, mais Tredlow s'en servait pour conserver ses antiquités les plus précieuses. Il avait muni la porte en fer d'une solide serrure, dont il gardait toujours la clef sur lui.

La porte aurait dû être fermée, songea Lavinia. Il était bizarre que Tredlow l'ait laissée grande ouverte.

Au moment de se baisser pour jeter un œil dans la chambre forte, son regard tomba sur des taches sombres, au sol, qui luisaient à la lumière de sa chandelle. De l'eau, voulut-elle se persuader. Ou du thé, que Tredlow aurait renversé récemment.

Mais, au fond d'elle-même, la jeune femme savait bien qu'il ne s'agissait ni d'eau ni de thé. Elle avait l'horrible intuition de contempler des taches de sang toutes fraîches.

Les taches se poursuivaient jusqu'à un sarcophage en pierre, dont le couvercle était normalement en place. Elle se pencha pour s'assurer que c'était bien du sang. Au même instant, elle entendit le plancher craquer au-dessus de sa tête.

Un frisson de panique lui glaça l'échine. Elle se redressa si subitement qu'elle perdit l'équilibre et se raccrocha au premier objet venu, une grande statue d'homme. La statue brandissait une épée dans une main, et dans l'autre une tête à chevelure de serpents.

C'était Persée, venant de décapiter Méduse.

L'espace d'une seconde, Lavinia fut trop horrifiée pour bouger. C'était comme si elle avait été figée sur place par le regard de la Gorgone…

Le plancher craqua de nouveau. Quelqu'un marchait à l'étage ! Et ce quelqu'un n'était pas Edmund Tredlow, elle en aurait mis sa main au feu.

L'intrus se déplaçait plus vite, à présent. Il se dirigeait vers l'escalier, et elle en conclut qu'il s'était aperçu de sa présence. Sans doute l'avait-il entendue appeler Tredlow.

La jeune femme comprit qu'il lui fallait se cacher. L'intrus serait là d'ici une poignée de secondes, et elle n'avait plus le temps de s'enfuir. Il ne lui restait qu'une solution : la chambre forte. Si elle parvenait à s'y glisser et refermer la lourde porte derrière elle, elle ne craindrait plus rien.

Elle se précipita vers la petite ouverture, sans se soucier d'étouffer le bruit de ses mouvements. Cependant, elle s'immobilisa sur le seuil de la cave, son courage l'abandonnant quand elle réalisa combien l'endroit était étroit et confiné. L'idée de devoir s'enfermer là-dedans la répugnait.

Mais les pas de l'intrus, qui résonnaient maintenant dans l'escalier, eurent raison de ses appréhensions. Elle prit une profonde inspiration et se baissa pour entrer dans la chambre forte, puis repoussa de toutes ses forces la porte de fer. Dans le mouvement, elle laissa échapper sa chandelle, qui tomba par terre et s'éteignit.

Lavinia se retrouva plongée dans l'obscurité la plus totale. Le cœur battant la chamade, elle pressa son oreille contre la porte, afin d'entendre ce qui se passait de l'autre côté. Son seul espoir était que l'intrus renonce à la tirer de sa cachette. Il ne lui resterait plus qu'à attendre qu'il soit parti pour sortir de cet épouvantable endroit.

Elle perçut un bruit de ferraille, tout proche.

Ce n'est qu'au bout de quelques secondes qu'elle réalisa, horrifiée, ce qui s'était passé. L'intrus avait tout bonnement introduit la clé de Tredlow dans la serrure et verrouillé la porte !

Au lieu de tenter de la sortir de sa cachette, il s'était contenté de l'y enfermer.

La jeune femme se trouvait prise au piège de cette cave minuscule, à peine plus grande que les anciens sarcophages romains.

Fitch vit les deux hommes sortir du brouillard et venir délibérément à sa rencontre. Ils étaient enveloppés dans des manteaux de laine de bonne coupe.

— Nous vous attendions, monsieur Fitch, dit le plus âgé.

Son jeune compagnon ne disait rien. Il se tenait quelques pas en arrière, attendant les ordres.

Le valet prit peur. Il regarda autour de lui, cherchant une issue par où s'échapper, mais n'en trouva aucune. Les lumières du café qu'il venait de quitter étaient déjà trop loin pour qu'il pût espérer s'y réfugier.

— Que me voulez-vous ? demanda-t-il d'une voix qu'il souhaitait ferme et résolue.

— Simplement vous parler, répondit l'homme le plus âgé.

Fitch déglutit péniblement. Les deux inconnus étaient trop bien habillés pour être des rôdeurs. Cependant, cette conviction ne réussit pas à le rassurer. Le regard de l'aîné lui donnait des frissons dans le dos.

— Qui êtes-vous ?

— Je m'appelle March. Vous n'avez pas besoin d'en savoir plus. Comme je vous l'ai dit, mon compagnon et moi-même désirons vous poser quelques questions.

— Quel genre de questions ? murmura Fitch.

— Vous étiez, jusqu'à récemment, le valet de lord Banks. Selon nos informations, vous avez été brutalement congédié.

Cette fois, Fitch prit vraiment peur. Ces hommes savaient ce qu'il avait fait. La vieille harpie avait découvert le vol et se servait d'eux pour se venger !

— Nous aimerions vous entretenir d'un certain objet de valeur, précisa March.

Je suis perdu, songea Fitch. Il ne servirait à rien de jouer les innocents. March n'était pas le genre d'homme à se laisser gruger. Cela se lisait dans ses yeux. Il ne restait plus à Fitch qu'à s'en remettre à sa pitié.

— Elle m'a renvoyé sans même me payer mes gages, expliqua-t-il. Après tout ce que j'avais fait pour elle.

Mais ce n'était jamais assez. Elle en voulait toujours plus.

— Vous faites allusion à Mme Rushton, j'imagine ?

— Oui. Je n'avais jamais eu d'employeuse aussi exigeante. Il fallait la satisfaire au moins deux fois par semaine. Et elle m'a renvoyé comme ça, du jour au lendemain. Où est la justice dans tout ça, je vous le demande ?

— Pourquoi vous a-t-elle congédié ? s'enquit le plus jeune, qui ouvrait la bouche pour la première fois.

— Elle venait de commencer un traitement chez un mesmériste. Et elle prétendait qu'il soignait mieux ses nerfs que moi. Un jour, en revenant de son rendez-vous chez ce fichu docteur, elle m'a annoncé que désormais, elle se passerait de mes services.

— Donc, vous avez dû quitter la maison, et vous avez décidé, en partant, que vous méritiez bien une petite compensation, c'est cela ? demanda March.

Fitch haussa les épaules.

— Je trouvais mon sort injuste. Alors, j'ai pris cette tabatière en argent. Je pensais que personne ne s'apercevrait de sa disparition.

March haussa les sourcils.

— Vous avez pris une tabatière ?

— Elle était dans un tiroir de la chambre de lord Banks.

March s'avança d'un pas.

— Vous avez pris une *tabatière* ? répéta-t-il.

Fitch contemplait le pavé, songeant que le destin s'acharnait décidément contre lui.

— Je ne comprends pas comment elle a pu s'apercevoir de sa disparition.

— Et le bracelet ?

Fitch redressa la tête, intrigué.

— Le bracelet ? De quel bracelet parlez-vous ?

— Le bracelet en or, très ancien, avec un camée incrusté, que lord Banks conservait dans le coffre de sa chambre.

— Cette horreur ? Mais pourquoi l'aurais-je volé ? Pour le revendre, j'aurais été obligé de m'adresser à un antiquaire spécialisé, et je ne voulais surtout pas prendre de risques.

March échangea un regard avec son compagnon, avant de reporter son attention sur le valet.

— Qu'avez-vous fait de la tabatière ?

Fitch haussa les épaules d'un air morose.

— Je l'ai revendue dans une boutique de Field Lane. Je suppose que le marchand pourra vous dire à qui il l'a cédée, mais...

March l'agrippa par le revers de son manteau.

— Savez-vous ce qu'il est advenu de la Méduse bleue ?

— Non, répondit Fitch qui commençait à reprendre espoir, car l'homme ne semblait pas s'intéresser à la tabatière. Elle a disparu, elle aussi ?

— Exactement, acquiesça March sans le relâcher. Mon compagnon et moi, nous la recherchons.

Fitch s'éclaircit la voix.

— Si je vous dis ce que je sais là-dessus, vous me laisserez tranquille ?

— On peut voir les choses comme ça.

— Je ne sais pas où est passé ce fichu bracelet, mais je serais étonné que quiconque, dans la maison, l'ait volé. Pour la même raison qui m'a retenu de le faire.

— Trop difficile à revendre ?

— Oui. Aucun domestique de lord Banks ne s'y connaît assez en antiquités pour prendre de risques avec un pareil objet.

— Alors, avez-vous une idée de qui aurait pu le dérober ?

— Non...

March le secoua un peu.

— Mais je vais vous dire mon sentiment, s'empressa d'ajouter Fitch. Le jour où la vieille est arrivée dans la maison, elle a immédiatement pris possession de toutes les clés, y compris celle ouvrant le coffre de lord Banks. À moins qu'un cambrioleur ait réussi à s'introduire dans la chambre et à voler le bracelet en ne laissant aucune trace de son passage, je ne vois qu'une personne qui aurait pu s'emparer du bijou.

— Mme Rushton ? Mais pourquoi serait-elle allée voler un objet dont elle était censée bientôt hériter ?

— Je n'en sais rien, monsieur. Mais je vais vous donner un conseil. Ne sous-estimez pas cette harpie. Et ne croyez pas que ses actions doivent forcément se conformer à votre logique.

March continua de le tenir par le revers de son manteau pendant quelques secondes, sans rien dire, comme s'il méditait ce qu'il venait d'apprendre, puis il le relâcha tout à coup. Fitch manqua en perdre l'équilibre.

March s'inclina devant lui, avec une politesse ironique.

— Merci beaucoup de votre assistance, cher monsieur.

Et là-dessus, il tourna les talons, son compagnon pendu à ses basques. Deux secondes plus tard, leurs silhouettes s'étaient fondues dans le brouillard.

Fitch s'autorisa alors à reprendre son souffle. Il avait le sentiment de l'avoir échappé belle. Et il plaignait d'avance la véritable proie de March, quand celui-ci la tiendrait enfin.

21

Lavinia se refusait à paniquer. Armée de toute sa volonté, elle luttait pour ne pas céder à la peur irrationnelle que l'obscurité et sa situation lui inspiraient.

Le temps passait, sans qu'elle puisse le mesurer. Après tout, c'était peut-être aussi bien. Compter les minutes ou les heures aurait rendu sa réclusion encore plus atroce.

Elle s'était accroupie sur le sol en pierre de la chambre forte, s'obligeant au calme et portée par la certitude que, tôt ou tard, Tobias viendrait à son secours.

— Bon sang ! s'emporta Tobias, étonné de ne pas trouver Lavinia dans son bureau. Où est-elle ?

— Elle est peut-être sortie faire des courses, suggéra Anthony.

Tobias se tourna vers Mme Chilton, qui attendait dans le couloir.

— Mme Lake avait-elle prévu de faire des courses ?

— Je n'en sais rien, monsieur, répondit la gouvernante avec un soupir. Tout ce que je peux vous dire, c'est qu'elle n'était plus là quand je suis rentrée.

Tobias balaya du regard les papiers éparpillés sur le bureau.

— Dorénavant, il y aura de nouvelles règles en vigueur. Pendant une enquête, Lavinia ne sortira nulle part sans avertir quelqu'un de sa destination et estimer l'heure à laquelle elle compte revenir.

— Je ne suis pas sûre que Mme Lake appréciera ces règles, risqua timidement Mme Chilton. Elle était déjà très en colère, ces derniers temps, contre tous les ordres qu'elle recevait.

— Sa colère n'est rien comparée à la mienne, gronda Tobias.

Et, avisant une feuille manuscrite, il ajouta :

— Qu'est-ce que cela ? « Une totale discrétion sera assurée aux clients souhaitant garder un anonymat absolu » ?

— Je suppose que Mme Lake travaille toujours à ses projets d'encarts publicitaires, répliqua la gouvernante.

— Mme Lake veut faire de la publicité dans les journaux ? intervint Anthony, dont le visage s'était soudain éclairé. Voilà une excellente idée. Tu aurais dû y penser avant, Tobias. C'est une approche résolument moderne du métier.

— Je lui ai demandé de renoncer à son projet, mais elle est trop têtue pour écouter un conseil, rétorqua Tobias. (Tout en parlant, il avait froissé le papier dans sa main et le jeta dans la corbeille.) Ce genre de pratique ne ferait que lui attirer des…

Il s'interrompit. Un autre morceau de papier, au fond de la corbeille, avait éveillé sa curiosité. Il se pencha pour le saisir et le défroissa entre ses mains.

— Qu'est-ce que c'est ? demanda Anthony.

— Un indice.

Mme Chilton sembla impressionnée.

— Vous sauriez où Mme Lake est partie ?

— Je suppose qu'elle aura répondu à l'invitation implicite que contient ce message d'Edmund Tredlow, expliqua Tobias. Mais, de toute évidence, elle n'a pas eu la courtoisie de dire à qui que ce soit où elle allait.

Il était rassuré. Lavinia n'avait fait que se rendre chez l'antiquaire. Cependant, il comptait bien la sermonner sans délai sur cette façon qu'elle avait de disparaître.

— Si je peux me permettre, monsieur, osa la gouvernante, Mme Lake a toujours eu l'habitude d'aller et venir à sa guise, sans rendre de comptes à personne. C'est elle la maîtresse, ici. Je ne saurais trop vous conseiller de ne pas lui donner d'ordres.

Tobias repartait déjà vers la porte.

— Je ne suis pas d'accord, madame Chilton. Il est grand temps que Mme Lake soit sérieusement prise en main.

Elle dut s'effacer pour le laisser passer.

— Où allez-vous, monsieur ?

— Trouver Mme Lake et lui expliquer les nouvelles règles.

Une demi-heure plus tard, en ouvrant la porte de l'antiquaire, Tobias perdit toute idée de sermonner la jeune femme. La boutique était plongée dans l'obscurité.

— Lavinia ?

Il brandissait à bout de bras la lanterne qu'il avait apportée avec lui, pour tenter d'y voir plus clair au milieu des antiquités entassées dans le magasin.

— Bon sang, Lavinia, où es-tu ?

Pas de réponse.

Anthony se planta à son côté.

— À cette heure-ci, Tredlow a dû fermer pour la nuit. Mais c'est bizarre qu'il n'ait pas verrouillé sa porte. Je vois mal un commerçant oublier une précaution aussi élémentaire.

— C'est également mon avis, acquiesça Tobias, de plus en plus inquiet.

— Lavinia est peut-être déjà repartie, suggéra Anthony. Si cela se trouve, nous l'avons croisée en chemin. Et pendant que nous la cherchons ici, elle boit tranquillement une tasse de thé chez elle.

— Non.

Tobias n'aurait su dire pourquoi, mais il était persuadé qu'il s'était passé quelque chose dans la boutique.

Il contourna le comptoir, pour jeter un coup d'œil à travers le rideau qui donnait sur l'arrière-boutique. Sa lanterne lui révéla une pièce tout aussi encombrée que le magasin.

— Lavinia ?

Il y eut comme un cri étouffé, puis les deux hommes entendirent distinctement qu'on frappait contre quelque chose. Mais le bruit se réverbérait dans la pièce, si bien que l'on pouvait difficilement déterminer sa provenance.

— Nom d'un chien ! s'exclama Tobias en se retournant vers Anthony. Elle est quelque part là-dedans. J'aperçois une chandelle, là-bas, sur cette table. Prends-la. Nous allons fouiller chacun de notre côté.

Ils pénétrèrent dans la réserve et se frayèrent un chemin au milieu des objets.

— Lavinia ? appela Tobias. C'est moi. Continue de tambouriner, nous essayons de te localiser…

Les coups reprirent. Les deux hommes cherchaient méthodiquement, en s'aidant de leurs chandelles. À un moment, Tobias passa devant une statue de Persée tenant la tête de Méduse dans sa main. Juste à côté, une petite porte en fer était ménagée dans le mur. Les coups venaient de là.

— Je l'ai trouvée ! cria-t-il à Anthony.

Il approcha sa lanterne de la serrure.

— Sors-moi de là ! criait Lavinia de l'autre côté.

Mais l'épaisseur du battant étouffait en partie sa voix.

— Tu ne saurais pas où est passée la clef, par hasard ?

— Non.

Entre-temps, Anthony avait rejoint son beau-frère.

— Elle est enfermée ?

— Oui.

Tobias fouilla dans la poche de son manteau et en tira un petit assortiment de passe-partout, dont il se servait régulièrement dans ses enquêtes.

— Comment a-t-elle pu se retrouver là-dedans ? marmonna Anthony.

— Excellente question. Que je compte lui poser dès que possible.

La porte était imposante de solidité, mais la serrure, très ancienne, n'était pas bien sophistiquée. Tobias n'eut aucun mal à trouver un passe qui permît de l'ouvrir. Le battant tourna sur ses gonds avec un bruit d'outre-tombe.

— Tobias !

Lavinia surgit de l'obscurité et il l'accueillit dans ses bras pour la serrer fort contre lui. La jeune femme tremblait de tous ses membres.

— Comment te sens-tu, Lavinia ?

— Ça ira, dit-elle, le visage niché au creux de son épaule. Je savais que tu viendrais. Je le savais...

Anthony jeta un regard dans la chambre forte.

— Ça devait être bougrement angoissant, non ?

Elle ne répondit pas. Tobias la sentait toujours trembler dans ses bras.

— Que s'est-il passé ? Qui t'a enfermée ?

— Quelqu'un était là, quand je suis arrivée. Il fouillait à l'étage. Je me suis cachée dans cette pièce dès que je l'ai entendu descendre. Il l'a deviné et il a verrouillé la porte.

Sursautant soudain, la jeune femme s'écarta de Tobias.

— Mon Dieu ! M. Tredlow !

— Quoi ?

Elle regarda par terre.

— Juste avant de me faire enfermer, j'ai aperçu des taches de sang, quelque part par là. Je suppose que l'intrus l'aura assassiné et aura caché le corps dans l'un des sarcophages... Pauvre M. Tredlow. Et c'est ma faute. Je n'aurais jamais dû venir le consulter. Je ne me...

— Chut, lui intima Tobias, qui ramassa sa lanterne. Voyons d'abord de quoi il retourne exactement, avant de nous lamenter. Montre-moi ces taches.

Elle s'approcha de la statue de Persée et pointa le sol.

— Tu vois, là ? Elles conduisent à ce sarcophage.

Tobias posa de nouveau sa lanterne, puis ils firent glisser le couvercle du sarcophage. Le bruit fut sinistre, mais Lavinia tint bon. Depuis qu'il la connaissait, Tobias ne l'avait jamais vue flancher en aucune circonstance, même les plus déplaisantes. Sur ce plan, elle lui ressemblait. Elle ne reculait jamais devant les difficultés. Elle les affrontait.

Le couvercle entrouvert du sarcophage leur révéla le corps d'un homme, gisant sur le ventre. Il semblait tout simplement avoir été jeté dedans, sans plus de précaution.

Du sang maculait ses habits et ses cheveux. Tobias tendit le bras pour tâter son pouls.

— Pauvre M. Tredlow, murmura Lavinia. C'est bien ce que je craignais. On l'a tué. Et tout cela, parce que je lui avais demandé de me tenir informée.

— Il a reçu un coup sur le crâne, commenta Tobias, qui poursuivait son examen.

— L'assassin voulait cacher son forfait. Et il a bien failli réussir. Il aurait pu s'écouler des jours, voire des semaines, avant qu'on retrouve le corps. Si je n'avais pas reçu le message de M. Tredlow, je ne serais pas venue. Mais si seulement j'étais arrivée plus tôt, si seulement je...

— L'essentiel est que tu aies reçu le message, la coupa Tobias. Et que tu sois venue.

— Pourquoi dis-tu cela ? s'étonna Anthony.

— Parce que Tredlow n'est pas mort.

22

Ce soir-là, Tobias revint chez Lavinia après le dîner. La jeune femme était allongée sur le sofa du salon, des oreillers calés sous la tête et un empilement de couvertures remontées jusqu'au menton. Une théière attendait sur la petite table.

Elle gratifia son visiteur d'un pâle sourire. Celui-ci se tourna vers Emeline :

— Comment va-t-elle ?

Emeline venait juste de remplir une tasse de thé bien fort. Elle se redressa.

— Un peu mieux, je crois. Mais ses nerfs ont été mis à rude épreuve. Tante Lavinia est claustrophobe. Et elle est quand même restée plusieurs heures dans cet horrible endroit.

— Oui, je sais, murmura Tobias, qui avait reporté son attention sur la jeune femme. Mais elle va vite se rétablir, non ?

— Oh, oui, le rassura Emeline. Elle a simplement besoin de repos. Ce qu'il faut surtout éviter, c'est un autre choc.

— Comment va M. Tredlow ? demanda Lavinia d'une voix faible.

— Whitby s'occupe de lui, répondit-il. Il est convaincu que Tredlow s'en sortira. Mais les conséquences des blessures à la tête sont imprévisibles. Il ne se souviendra peut-être pas de ce qui lui est arrivé, lorsqu'il reprendra connaissance.

Lavinia ferma les yeux.

— Autrement dit, nous n'apprendrons peut-être rien d'utile.

— Nous pouvons au moins espérer qu'il se souviendra pourquoi il t'a envoyé ce message.

Elle rouvrit les yeux.

— Oui. Nous nous préoccuperons de cela demain. À chaque jour suffit sa peine... Je ne te remercierai jamais assez de m'avoir tirée de cette cave.

— Tu es sûre que ça va ?

— Oui. (Elle ferma de nouveau les yeux.) Mais j'avoue que j'ai été plus secouée que je ne l'imaginais. Je devrais demander à Mme Chilton de me préparer des sels, au cas où j'aurais une défaillance...

— Je reviendrai demain matin, voir comment tu as passé la nuit.

La jeune femme hocha la tête, gardant les paupières baissées.

— Veillez à ce qu'elle dorme bien, dit-il à Emeline.

— J'y veillerai, promit la jeune fille.

— Parfait, répliqua Tobias, qui ne se décidait pas à partir. Je vous souhaite une bonne nuit à toutes les deux.

— Bonsoir, monsieur March, répondit Emeline.

— Bonsoir, murmura Lavinia, les yeux toujours clos.

Cette fois, il tourna enfin les talons. Dix secondes plus tard, Lavinia l'entendit échanger quelques mots à voix basse avec Mme Chilton dans le hall, puis la porte d'entrée s'ouvrit et se referma sur son passage.

Aussitôt, avec un grand soupir de soulagement, Lavinia repoussa les couvertures et se redressa.

— Ouf! J'ai bien cru qu'il ne partirait jamais, dit-elle. Où est passé le verre de sherry que je buvais, avant son arrivée ?

— Je l'ai caché sur la cheminée.

Emeline alla récupérer le verre, au fond du vase étrusque en céramique qui trônait sur le manteau de la cheminée, et le rendit à sa tante.

— Merci, dit Lavinia.

Elle savoura une gorgée d'alcool avant d'ajouter :

— Je me suis bien débrouillée, non ?

— Tu as des dons d'actrice, tante Lavinia. Une professionnelle n'aurait pas fait mieux.

— Quand Tobias est arrivé, j'ai compris qu'il voulait me sermonner. J'avoue que j'ai été heureuse de le voir me tirer de cette horrible cave, mais je n'avais aucune envie de l'entendre me répéter pour la centième fois de ne pas faire ceci ou cela sans sa bénédiction.

— Je suppose que tu as raison. Cette petite comédie l'aura obligé à modifier ses projets.

— Mais j'ai peur que ce ne soit que partie remise. Je ne vais pas pouvoir indéfiniment jouer la malade. Dès demain, je parie qu'il voudra m'imposer de nouvelles règles.

— Comment as-tu deviné ? demanda alors une voix familière, depuis la porte du salon.

— Tobias ! s'exclama la jeune femme, qui faillit renverser son verre de sherry.

Il avait croisé les bras et s'était tranquillement adossé au chambranle.

— Je suis ravi de constater ton prompt rétablissement, dit-il. Dans ces conditions, inutile d'attendre demain. Nous allons pouvoir discuter de ces nouvelles règles dès ce soir.

— Nom d'un chien, marmonna Lavinia, en se consolant avec la fin de son verre.

Emeline, pendant ce temps, s'était approchée de la porte.

— Si vous voulez bien m'excuser, je vais me retirer pour la nuit. Tous ces événements m'ont littéralement épuisée…

— Je comprends, répondit-il. Les natures semblent très sensibles, dans votre famille.

Et, s'inclinant poliment au passage de la jeune fille, il ajouta :

— Bonne nuit, mademoiselle Emeline.

— Bonne nuit, monsieur March.

Après son départ, Tobias referma soigneusement la porte du salon.

— Qu'est-ce qui t'a mis la puce à l'oreille ? grommela Lavinia.

— Je crois que c'est le petit couplet sur les sels, que Mme Chilton devait te préparer.

— Je pensais pourtant que c'était bien trouvé...

— Au contraire. C'était le détail de trop.

Le lendemain matin, Tobias et Lavinia rendirent visite à Tredlow à son domicile, juste au-dessus de la boutique.

Tobias était toujours furieux contre la jeune femme, mais il renonça à lui faire la leçon. Il préféra se consoler à l'idée qu'il avait réussi, hier soir, à lui extorquer une concession de taille. Désormais, elle tiendrait toujours quelqu'un informé – ses domestiques, ou lui-même – de ses allées et venues. Cela suffirait, pour le moment. Avec Lavinia, l'expérience lui avait appris qu'il fallait savoir se contenter de petites victoires.

George Whitby, qui était resté toute la nuit auprès de l'antiquaire et lui préparait du porridge, s'inclina poliment devant la jeune femme.

— Bonjour, madame, dit-il avec la déférence qu'il aurait témoignée à une duchesse.

— Comment se porte ton patient ? lui demanda Tobias.

— Il a déjà bien récupéré, mais je crains qu'il ne souffre de migraines pour encore un petit moment, expliqua Whitby. Et, comme je l'avais prévu, il ne se souvient pas de ce qui lui est arrivé.

Les deux visiteurs le suivirent dans la chambre. Tredlow était assis dans son lit, un gros bandage lui couvrant une partie du crâne. Il reposa la tasse de café qu'il buvait.

— Bonjour, madame Lake. Comment vous sentez-vous ? M. Whitby m'a raconté votre désagréable aventure.

— Vous avez beaucoup plus souffert que moi, répondit-elle en venant se placer à son chevet. Comment va votre tête ?

— Presque bien, merci.

Et, se tournant vers Tobias, il ajouta :

— Votre homme a fait des merveilles. Merci de me l'avoir envoyé.

— De rien, répliqua Tobias, qui était resté près de la porte. Il m'a dit que vous ne vous souveniez pas de ce qui est arrivé. J'en déduis que vous ne pourrez pas nous donner une description de votre agresseur ?

— Je ne l'ai même pas vu, confessa Tredlow. Je me trouvais dans la réserve, quand il est entré dans le magasin. J'ai entendu du bruit et je suis sorti voir. Il devait m'attendre près du rideau, et c'est là qu'il m'aura assommé. En tout cas, mes souvenirs s'arrêtent là. Lorsque j'ai rouvert les yeux, c'était pour m'apercevoir que j'étais dans mon lit, avec Whitby penché sur moi.

— Heureusement que vous n'avez pas repris conscience dans le sarcophage, commenta Lavinia. Je ne peux imaginer de réveil plus horrible...

— Ça n'aurait pas été très agréable, en effet, acquiesça l'antiquaire.

— Vous rappelez-vous pourquoi vous m'avez envoyé un message ?

Tredlow hocha la tête.

— Je voulais vous avertir que deux de mes confrères se sont fait cambrioler récemment. Vraisemblablement par quelqu'un qui cherche la Méduse bleue. De toute évidence, ce quelqu'un m'avait réservé sa troisième visite.

Lavinia échangea un regard avec Tobias, avant de revenir à l'antiquaire :

— Vos confrères pourraient-ils nous aider à identifier cette personne ? Ont-ils remarqué un détail, vu quelque chose ?

— Pas que je sache.

23

Hudson ouvrit lui-même la porte. Il ne parut nullement ravi de voir son visiteur.

— March ! En voilà une surprise. Que venez-vous faire ici ? Avez-vous des nouvelles de l'assassin ?

— Je voudrais vous parler, répondit Tobias qui avança, ne donnant d'autre choix à son interlocuteur que de reculer dans le hall. Cela vous dérange-t-il si j'entre quelques minutes ?

Hudson ricana.

— Vous êtes déjà à l'intérieur. Suivez-moi.

Le mesmériste referma la porte et s'engagea dans un couloir. Tobias le suivit jusqu'à la pièce du fond. Il en profita pour jeter un coup d'œil au reste de la maison. La porte du salon était grande ouverte, et il remarqua que la pièce était pratiquement vide, à l'exception de deux ou trois fauteuils et d'une table. Les nouveaux locataires n'avaient donc pas pris la peine de meubler leur logement. Ce qui voulait dire deux choses. Soit Céleste avait été tuée avant de pouvoir s'occuper de la décoration. Soit les Hudson n'avaient pas l'intention de rester longtemps à cette adresse.

Howard l'introduisit dans un petit bureau.

— Asseyez-vous, je vous en prie. Je vous aurais volontiers offert du thé, mais ma gouvernante a pris sa journée.

Tobias ignora l'invitation. Il alla se poster devant la fenêtre, comme à son habitude, et procéda à un rapide examen des lieux. Une dizaine d'ouvrages, pas plus, occupaient les rayonnages. Ni gravures ni tableaux sur les murs. Et aucun objet personnel sur le bureau.

— Je parierais que vous ne comptez pas vous attarder en ville.

Si Hudson fut surpris par ce commentaire, il n'en laissa rien paraître. Il alla tranquillement s'asseoir derrière son bureau.

— Vous faites allusion au dépouillement des pièces ? dit-il, tout en tirant sa montre de sa poche. Céleste et moi n'avons pas eu le temps, à notre arrivée, de nous occuper de l'aménagement. Les quelques meubles que vous voyez sont ceux que nous avons trouvés sur place, en louant la maison. Puis ma femme est morte et, bien sûr, je n'ai plus goût à ce genre de choses.

— Bien sûr.

— Puis-je vous demander ce qui vous amène ? reprit Hudson, qui imprimait un léger balancement à sa montre. Je suppose que vous n'êtes pas venu me parler décoration intérieure ?

— Vous avez raison. Je suis venu vous parler de lord Gunning et de lord Northampton.

Hudson ne témoigna, là encore, d'aucune réaction particulière. Ses yeux ne cillèrent même pas.

— Oui ? Qu'y a-t-il à leur sujet ?

La montre se balançait toujours, avec une régularité de métronome.

— Je crois savoir qu'ils étaient vos clients, à Bath ?

— C'est exact. Lord Gunning m'avait consulté parce qu'il souffrait d'insomnies, et lord Northampton avait des problèmes d'impuissance. Des soucis, comme vous le voyez, propres aux hommes de leur âge... Mais je ne vois pas en quoi cela aurait un rapport avec la mort de ma Céleste ?

Tobias commençait à trouver franchement irritant le balancement de la montre.

— Lord Gunning et lord Northampton se sont tous deux fait dérober des bijoux, peu de temps après vous avoir consulté.

— J'ai dû mal entendre, répliqua Hudson d'une voix pénétrante. Vous n'oseriez pas insinuer que Céleste aurait un quelconque rapport avec ces vols ? Je vous ai dit qu'elle était belle et impulsive, mais ce n'était pas une voleuse.

— De toute façon, ça n'a plus beaucoup d'importance de le savoir.

— C'était une très belle femme, répéta Hudson. (Ses prunelles brillaient d'un éclat extraordinaire.) Un peu comme l'or de ma montre, voyez-vous. Regardez-la, March. Regardez bien ma montre...

— Ne vous fatiguez pas, Hudson. Je ne suis pas d'humeur à me laisser hypnotiser.

— J'ignore de quoi vous parlez.

— Les talents criminels de Céleste ne m'intéressent pas. Ou plutôt ne m'intéressent plus. Que Dieu ait son âme. En revanche, je pense que vous étiez son complice, et ça, ça m'intéresse beaucoup.

La montre s'immobilisa soudain.

— *Moi ?* s'emporta Howard d'une voix dure. Comment osez-vous m'accuser de vol ?

— Je ne peux hélas le prouver.

— Le contraire m'étonnerait !

— Mais je vais vous dire comment, à mon avis, les choses se sont passées, reprit Tobias qui, les mains nouées derrière le dos, s'était mis à arpenter le bureau. Vous avez agi seul pendant des années. En toute discrétion. Mais je suppose qu'une fois ou deux, vous avez failli vous retrouver en mauvaise posture, et vous avez alors jugé préférable de disparaître un moment. Vous êtes donc parti aux États-Unis. Puis le mal du pays a fini par l'emporter. Vous êtes revenu en Angleterre, et vous vous êtes d'abord installé à Bath.

— Tout cela est pure conjecture de votre part.

— C'est vrai. Mais généralement, je ne suis pas mauvais en conjectures. Comme je le disais avant votre interruption, vous vous êtes installé à Bath. C'est là que vous avez rencontré Céleste. Une femme qui partageait… votre approche de la vie.

— Qu'entendez-vous par là ?

— Que vos points communs vous ont conduits à vous associer dans le crime.

— Je pourrais vous demander justice de ces paroles diffamantes, March !

— Vous pourriez, mais vous ne le ferez pas, rétorqua Tobias, qui s'était immobilisé pour le regarder droit dans les yeux. Vous savez très bien que vous auriez tout à craindre du scandale.

— Votre impudence…

— Comme je le disais, coupa Tobias, vous avez fait équipe avec Céleste. Ensemble, vous choisissiez des victimes qui succomberaient facilement à son charme. De préférence des hommes riches, bien sûr. Et âgés. Elle savait les convaincre de recourir à vos traitements, et dès qu'ils se trouvaient dans votre cabinet, vous vous serviez de l'hypnose pour les inciter à vous remettre des objets de valeur. Au réveil, bien entendu, ils ne se souvenaient de rien.

Howard se leva, mais il resta derrière son bureau, dardant sur son visiteur un regard digne de Méduse.

— Vous ne pouvez rien prouver de tout cela.

— Pourquoi cela a-t-il raté, cette fois ? Où était le grain de sable ?

— Vous êtes fou, March. Il faut vous interner.

— De toute façon, cette histoire de bracelet était différente depuis le début. À première vue, la décision de voler le bracelet n'avait pas de sens. Votre spécialité, c'est les bijoux. Pas les antiquités. Surtout celle-ci, qui n'intéresse qu'un nombre limité de collectionneurs. La Méduse bleue vaut probablement plus d'argent qu'une paire de boucles d'oreilles, mais elle est aussi beaucoup plus difficile à revendre.

Howard ne disait rien. Il demeurait planté derrière son bureau, comme un serpent acculé qui attend l'occasion de mordre.

Tobias sortit des rayonnages un vieil ouvrage relié de cuir, qu'il avait remarqué au passage.

— Je ne vois que deux raisons qui auraient pu vous pousser à voler le bracelet, poursuivit-il. La première, c'est que vous étiez assuré de pouvoir le revendre à un collectionneur que vous connaissiez...

— Décidément, March, vous délirez de plus en plus.

Tobias ouvrit le livre et lut la page de titre.

Considérations sur les rituels secrets et les pratiques mystérieuses des Anciens, au temps de l'Angleterre romaine.

— La deuxième possibilité, reprit-il en refermant le livre pour le ranger à sa place, paraît moins logique, et cependant elle a ma faveur.

Hudson esquissa une moue dédaigneuse.

— Et quelle est cette seconde possibilité ?

— Que le fou, c'est vous, répondit tranquillement Tobias. Pour une raison que je ne m'explique pas, vous avez accordé foi à la légende qui attribue des pouvoirs magiques à la Méduse bleue. Voilà pourquoi vous avez décidé de voler ce satané bracelet. Vous pensiez que sa possession accroîtrait vos facultés d'hypnose.

Hudson ne bougea pas même l'ombre d'une paupière.

— Vos affabulations deviennent grotesques, March...

Tobias désigna le livre qui trônait de nouveau dans les rayonnages.

— C'est probablement cet ouvrage qui vous a appris l'existence de la Méduse bleue. Vous avez cherché à en savoir davantage sur son compte. Vous avez retrouvé sa trace, et vous avez expliqué à Céleste que c'était votre prochain objectif. Voilà pourquoi vous êtes venus à Londres.

— Mon pauvre March.

— Mais Céleste n'était pas stupide. Elle a compris le profit personnel qu'elle pouvait tirer du bracelet.

— Laissez Céleste en dehors de ça !

— Malheureusement, c'est impossible. Que s'est-il réellement passé entre vous la nuit de sa mort, Hudson ? D'abord, j'ai cru que vous l'aviez tuée parce qu'elle vous trahissait avec un autre. Puis je me suis demandé si le meurtre n'était pas tout simplement la conséquence d'une querelle entre voleurs. Mais à présent, je commence à penser que vous l'avez étranglée car elle voulait reprendre son indépendance.

Howard agrippa si férocement le dossier de son fauteuil que les jointures de ses doigts blanchirent.

— Bon sang, March ! *Je n'ai pas tué Céleste.*

Tobias haussa les épaules.

— Je dois admettre qu'il reste encore beaucoup de points obscurs. Je n'ai toujours pas compris ce qu'il a pu advenir du bracelet, par exemple. De toute évidence, vous ne savez pas où il est. Et c'est pourquoi vous vous êtes adressé à Lavinia. Ce n'était pas pour retrouver l'assassin. Vous ne convoitiez que le bracelet.

Hudson éclata de rire.

— Vous êtes extraordinaire, mon vieux ! Vous avez réponse à toutes les questions !

— Pas toutes, corrigea Tobias. Quelques-unes, seulement.

Et, retournant vers la porte, il ajouta :

— Mais rassurez-vous. J'aurai bientôt les réponses qui me manquent.

— Attendez ! Lavinia est-elle au courant de vos spéculations délirantes ?

Tobias ouvrit la porte.

— En partie.

— Vous feriez mieux de ne rien lui dire. Elle ne vous croira jamais. Elle me connaît depuis plus longtemps que vous, March. Je suis un vieil ami de la famille, ne l'oubliez pas. Si vous l'obligez à choisir entre nous deux, c'est moi qu'elle choisira.

— Puisque nous parlons de Lavinia, je profite de l'occasion pour vous donner un conseil.

— Je n'ai pas besoin de vos conseils, March.

— Alors, disons que c'est une mise en garde. N'imaginez pas un seul instant que je vous laisserai vous servir de Lavinia pour remplacer Céleste.

— Croyez-vous donc qu'elle est si amourachée de vous ?

— Je sais surtout une chose, répliqua Tobias. Si vous réussissez à me prendre Lavinia, vous ne vivrez pas assez longtemps pour savourer votre victoire.

24

Au sortir de chez Hudson, Tobias héla un fiacre et donna au cocher l'adresse de Claremont Lane.

Quelques minutes plus tard, il gravissait le perron de Lavinia et frappait à la porte.

Pas de réponse.

Ce silence ne fit rien pour arranger sa mauvaise humeur. Ce matin, pourtant, après le petit déjeuner, il avait informé Mme Chilton qu'il reviendrait vers trois heures.

En fait, Tobias réalisa que, ces derniers temps, il avait de plus en plus tendance à considérer le domicile de Lavinia comme sa seconde demeure. Et il se prenait à donner des instructions à Mme Chilton, exactement comme il le faisait avec Whitby.

Il savait qu'il n'avait pas à se formaliser de voir que ces instructions n'étaient pas suivies d'effet. Cependant, la gouvernante lui avait assuré que Lavinia serait chez elle tout l'après-midi. Il redescendit deux marches, pour jeter un coup d'œil aux fenêtres de l'étage. Les rideaux n'étaient pas tirés. Mais cela ne voulait pas dire grand-chose. La journée, la jeune femme fermait rarement ses rideaux, même lorsqu'elle s'absentait.

Tobias eut soudain un mauvais pressentiment. Il trouvait anormal que la maison soit vide à cette heure-ci. Une course avait pu retenir dehors Lavinia et Emeline, mais Mme Chilton n'avait aucune raison d'être absente. Il commençait à connaître les habitudes de la maison. Il savait que la gouvernante prenait toujours son mercredi après-midi afin de rendre visite à sa sœur. Or, on était mardi.

De plus en plus inquiet, il s'empara de la poignée de la porte. Contre toute attente, le battant n'était pas verrouillé.

Tobias se rappela alors une scène analogue, la veille, quand il avait voulu entrer chez Tredlow... Un frisson glacé lui parcourut l'échine.

Il poussa le battant et pénétra furtivement à l'intérieur, refermant doucement la porte derrière lui. Puis il resta un moment à écouter. Le silence ne lui disait rien de bon.

Tâtonnant au fond de sa poche, pour sentir le poignard qu'il gardait toujours sur lui, il se dirigea vers le salon. La pièce était vide.

Il continua alors le couloir, jusqu'au bureau de Lavinia. Vide également.

Comme la cuisine et le reste du rez-de-chaussée.

Essayant de contrôler les battements de son cœur, Tobias gravit alors l'escalier à pas de loup, pour éviter de faire craquer les marches.

Sur le palier, il s'arrêta de nouveau. C'était la première fois qu'il montait à l'étage. Les lieux ne lui étaient pas aussi familiers qu'en bas, mais il se souvenait que Lavinia lui avait dit un jour que sa chambre donnait sur la rue. Il se dirigea donc tout droit vers la porte qui semblait être la sienne. Elle était entrouverte. Au passage, il lança un coup d'œil dans les autres pièces et remarqua, avec soulagement, que tout était en ordre. Aucun signe ne laissait présager qu'un étranger avait pu s'introduire dans la maison.

En revanche, un léger bruit provenait de la chambre de la jeune femme. Il s'adossa au mur et tendit l'oreille.

Le bruit se fit entendre une nouvelle fois. Quelqu'un se trouvait dans cette pièce.

Tobias dégaina son poignard et, avec des gestes de chasseur, s'approcha de la porte pour jeter un regard par l'entrebâillement. Un paravent, décoré de scènes antiques, se trouvait dans son angle de vision. Le paravent lui cachait ce qui se passait derrière, mais il entendit des bûches crépiter dans l'âtre, puis une sorte de « plouf ».

Un ravissant petit pied apparut alors sous le paravent. Il se posa sur une serviette étalée sur le plancher. Puis il y eut un autre « plouf » et un second pied se matérialisa pareillement.

Tobias se détendit aussitôt. Il rengaina son poignard. Mais, très vite, une tension d'un autre ordre lui vrilla les reins. Il poussa le battant et entra dans la pièce.

— Je serais ravi de t'aider à t'essuyer, dit-il.

Un petit cri retentit derrière le paravent.

— Tobias ?

Lavinia risqua un œil hors du paravent, une serviette enroulée sur sa poitrine. Elle écarquilla les yeux en découvrant Tobias planté au milieu de sa chambre.

— Juste ciel ! Que fais-tu ici ?

Il la contemplait, délicieusement irrésistible, et il sentit son sang s'échauffer. Des gouttelettes d'eau ruisselaient de ses cheveux humides sur son visage et sa gorge. Ses joues étaient rougies par la chaleur du bain et du feu. Sa serviette la drapait avec une grâce majestueuse.

— Je sens bien que ce moment devrait m'inspirer des paroles romantiques, grommela-t-il. Malheureusement, elles ne me viennent pas à la bouche.

Alors, plutôt que de parler, il traversa la pièce pour rejoindre la jeune femme derrière le paravent.

Lavinia l'accueillit avec un chaud sourire. Ses yeux brillaient.

— Attention ! Je suis encore toute mouillée.

— Aucune importance, répliqua Tobias, qui l'avait déjà soulevée dans ses bras.

Il la déposa sur le lit et la débarrassa de sa serviette, qu'il laissa tomber par terre. Malgré son excitation déjà très grande, une violente bouffée de désir le submergea à la vue des seins de la jeune femme, et du triangle de boucles qui couvrait le haut de ses cuisses.

Se penchant sur elle, il lui caressa les hanches. Lavinia frissonna au contact de ses doigts, et lui-même en eut la gorge sèche. C'était la première fois qu'il la voyait entièrement nue. La nature un peu spéciale de leur liaison leur avait jusqu'ici interdit une telle opportunité. Leurs précédentes étreintes avaient toujours eu lieu dans des endroits ou des circonstances qui ne se prêtaient pas à un déshabillage intégral.

Il comprit, à la façon dont elle le regarda ôter ses bottes et son pantalon, qu'elle pensait la même chose.

— Te rends-tu compte, murmura-t-il en venant s'allonger sur elle, que c'est la première fois que nous partageons un lit ?

— Cette pensée m'a traversé l'esprit, figure-toi.

— J'espère que tu ne trouveras pas l'expérience trop ennuyeuse. Je sais que tu préfères le piment de la nouveauté, et le risque d'être découverts.

La jeune femme noua les bras à son cou, en lui souriant.

— Je dois reconnaître qu'un bon lit présente aussi des avantages. C'est plus confortable qu'un banc ou que les coussins d'un fiacre.

— Le confort n'est pas ma priorité quand je suis avec toi, mais c'est vrai que ça ne gâche rien.

Et sur ces mots, Tobias s'empara de ses lèvres. Elle lui rendit son baiser avec une passion égale à la sienne. L'assurance qu'elle le désirait autant qu'il la désirait, était la drogue la plus enivrante qu'il puisse imaginer.

Il ne la laisserait jamais partir, se jura-t-il en son for intérieur. Ni avec Hudson, ni avec aucun autre.

Sa peau était douce et veloutée. Il immisça ses doigts au cœur de sa féminité.

— Tu avais raison. Tu es toute mouillée…

Elle s'étira sous lui, gémissant de désir. Il ne put se retenir davantage. Il lui écarta doucement les cuisses et la pénétra d'une seule poussée.

Lavinia se cramponna à lui avec une telle force que Tobias pensa un moment qu'ils resteraient liés ainsi pour l'éternité.

Anthony sentit un petit frisson lui picoter la nuque. Il en était sûr, à présent : la vendeuse de fleurs le suivait. Elle avait beau se cacher, il avait repéré par deux fois son chapeau gris parmi la foule.

Le jeune homme avait tous ses sens en alerte. Les immeubles, les objets ou les gens qu'il croisait, lui apparaissaient plus nettement qu'à l'accoutumée. Il se demanda si c'était ce genre d'excitation qui avait incité Tobias à faire ce métier. C'était à coup sûr plus stimulant que de rester une journée entière derrière un bureau. Cependant, le moment était mal choisi pour s'intéresser à cet aspect de la profession. Il devait découvrir qui l'espionnait. Et pourquoi.

— Merci de votre aide, mademoiselle, dit-il à la prostituée qu'il venait d'interroger.

Et, lui tendant quelques pièces de monnaie, il ajouta :

— Prenez ceci, pour vous dédommager de votre peine.

La jeune femme fit disparaître les pièces dans sa poche en riant.

— De rien, monsieur. C'était un plaisir de vous rendre service.

Son rire mit Anthony mal à l'aise. Tout à coup, elle avait l'air d'une jeune femme innocente, qui aurait pu étudier à l'université. Certainement pas d'une prostituée n'ayant aucun espoir dans l'avenir. Il se demanda quel destin avait pu la pousser à cette extrémité.

Il souleva son chapeau pour la saluer poliment, ce qui la fit à nouveau rire. De toute évidence, elle trouvait très drôle qu'un homme lui témoigne de la galanterie.

Puis il chassa les tristes ruminations que lui inspirait le sort de cette malheureuse, afin de réfléchir à la manière de coincer la vendeuse de fleurs. S'il réussissait son coup, il obtiendrait sans doute une information capitale, qui pourrait faire basculer l'affaire. Tobias serait si content de lui qu'il renoncerait définitivement à vouloir le persuader de changer de métier.

Anthony reprit sa promenade nonchalante. Cela faisait maintenant plus d'une heure qu'il déambulait dans le quartier, pour interroger les prostituées. Les rues du voisinage étaient mal fréquentées. On n'y trouvait que tripots, maisons de jeu, tavernes glauques et autres établissements peu recommandables.

Quelques mètres devant lui, il repéra l'embouchure d'une venelle sombre. Il s'y glissa furtivement. L'endroit empestait l'urine, mais lui offrait une cachette inespérée. Il attendit quelques minutes, observant les gens qui passaient dans la rue. Alors qu'il commençait à perdre espoir, la vendeuse de fleurs apparut. Son grand chapeau gris lui voilait en partie le visage. Elle portait un manteau ample, qui dissimulait sa silhouette. Et au bras, un panier de fleurs.

Cependant, malgré ses épaules voûtées, Anthony se fit la réflexion qu'elle n'était sans doute pas aussi vieille qu'elle voulait le montrer. Elle s'était arrêtée à son niveau, manifestement déroutée par la soudaine disparition de sa proie. Il en profita pour se jeter sur elle et l'attirer de force dans la venelle, où il la plaqua contre un mur.

— Nom d'un chien ! jura-t-il. J'aurais dû m'en douter !

Dans la bagarre, le chapeau gris avait glissé, révélant le visage d'Emeline.

— Que fais-tu là, bon sang ?

Avant même d'obtenir une réponse, Anthony préféra relâcher la jeune fille. Il se rappelait leur premier baiser, l'autre jour, et ce souvenir lui échauffait dangereusement les sangs.

— Je te suivais, évidemment, rétorqua-t-elle.

— Serais-tu devenue folle ? C'est l'un des quartiers les plus dangereux de la ville.

Emeline remit son chapeau en place.

— Ce matin, je t'ai trouvé trop évasif, quand je t'ai demandé tes projets pour la journée. J'en ai déduit que tu mijotais quelque chose.

— Et alors tu m'as suivi ? Quelle inconscience !

— Pourquoi as-tu parlé à cette fille, tout à l'heure ? Et à cette autre, un peu plus tôt, qui se tenait juste au coin d'une rue ?

Il lui prit le bras et l'entraîna hors de l'allée nauséabonde.

— Je vais t'expliquer. Mais d'abord, filons d'ici. Ce n'est pas un quartier pour les dames.

Emeline aperçut, un peu plus loin, la prostituée qu'Anthony venait d'interroger.

— Pourtant, il y a des femmes, ici. Mais sans doute pas de leur plein gré...

— Tu as deviné. Elles ne sont pas dans la rue de leur plein gré.

Un fiacre arrivait dans leur direction. Il leva la main pour le héler.

— Anthony, je veux savoir ce que tu faisais. J'estime en avoir le droit.

Le fiacre s'immobilisa à leur hauteur. Il ouvrit la portière et poussa littéralement la jeune fille à l'intérieur. Puis il donna l'adresse de Claremont Lane au cocher, et monta à son tour.

— Anthony, tu me dois une explication, insista Emeline.

— Tobias m'a demandé de procéder à quelques investigations.

— Cette fille, c'était une prostituée, n'est-ce pas ?

— Oui.

— Et l'autre aussi ?

— Oui.

— J'espère que tu ne me crois pas assez naïve pour me faire avaler que ces « investigations » ont un rapport avec la Méduse bleue ?

— Non.

Elle ôta son chapeau et le posa sur la banquette.

— Eh bien ? J'attends toujours tes explications. Pourquoi discutais-tu avec ces prostituées ? Est-ce une de tes habitudes ?

Anthony étouffa un juron. Il ne voyait pas comment s'en sortir autrement qu'en jouant la franchise. De toute façon, il ne voulait pas lui mentir.

— Si je te dis la vérité, tu dois me promettre de ne pas en toucher un mot à ta tante.

— Et pourquoi cela ?

— Parce que Tobias ne veut pas qu'elle sache qu'il enquête sur la présence d'Oscar Pelling à Londres. Voilà pourquoi.

La jeune fille écarquilla d'abord les yeux. Mais, très vite, ses prunelles exprimèrent de la compréhension, autant que du soulagement.

— Je vois, dit-elle. M. March veut en savoir plus sur le compte de cet horrible monsieur.

— Oui. Et je l'aide.

— C'est une excellente idée, admit Emeline. Mais quel rapport entre Pelling et ces femmes ?

— Pelling loge dans un hôtel des environs. D'après mes renseignements, il fréquente l'une de ces prostituées. Tobias veut que je la trouve, pour qu'il puisse l'interroger.

— Je ne comprends pas. Que pourrait lui apprendre une prostituée sur le compte de Pelling ?

Anthony toussota et regarda la rue.

— Tobias assure que son expérience professionnelle lui a souvent prouvé que ces femmes étaient en position d'apprendre beaucoup de choses sur leurs clients.

— Vraiment ?

Il se retourna vers elle.

— Tu n'aurais pas dû me suivre. C'était dangereux.

— Si tu m'avais dit où tu allais, je n'aurais pas eu besoin de t'espionner.

— Bon sang, Emeline ! Est-il écrit quelque part que je doive t'informer de mes moindres faits et gestes ?

Elle se raidit.

— Excuse-moi. Tu ne me dois effectivement aucune explication. Et tu es parfaitement libre d'aller et venir à ta guise. Ce n'est pas comme si nous étions mariés.

Un lourd silence s'abattit dans le véhicule.

— Certes, finit par répondre Anthony. Ce n'est pas comme si nous étions mariés…

Il y eut un nouveau silence. Les deux jeunes gens restèrent à se regarder sans rien dire, pendant ce qui parut une éternité. Puis soudain, comme prise d'une impulsion, Emeline posa sa main sur la sienne.

— Mon Dieu, que nous arrive-t-il, Tony ? Ces querelles ne nous ressemblent pas. Nous n'allons quand même pas devenir comme tante Lavinia et M. March ?

Il lui étreignit la main.

— Si, j'en ai peur. Mais tu as raison, cela ne nous ressemble pas.

Elle lui sourit.

— Je pense que c'est dans leur nature, de se heurter ainsi. Nous devrions trouver un autre chemin.

— Oui, approuva Anthony, qui se sentait le cœur plus léger.

Il attira la jeune fille sur ses genoux et l'embrassa longuement, tendrement. Lorsqu'il abandonna ses lèvres, les prunelles d'Emeline brillaient, telle une invitation silencieuse à aller plus loin. Il eut besoin de toute sa volonté pour la rasseoir sur la banquette.

Ils terminèrent le trajet jusqu'à Claremont Lane sans un mot, main dans la main. Quand le véhicule stoppa, Anthony lâcha sa main, après une dernière pression des doigts, et ouvrit la portière.

— Tiens, regarde, lui dit la jeune fille, alors qu'ils venaient tout juste de descendre sur le trottoir. Voilà Mme Chilton.

La gouvernante arrivait en effet vers eux, en faisant de grands signes pour attirer leur attention. Elle courait presque.

— Quelque chose ne va pas, madame Chilton ? s'inquiéta Emeline.

— Non, non, c'est juste que vous ne pouvez pas rentrer tout de suite, les avertit la domestique, essoufflée d'avoir couru. Je pensais qu'ils auraient fini, mais visiblement, ils prennent leur temps... Nous sommes obligés de patienter. Il y a un petit banc, dans le square. C'est de là que je vous ai vus arriver. On va y retourner, pour attendre.

— Attendre quoi ? demanda Emeline. Je ne comprends pas.

— Je viens de vous expliquer, mademoiselle Emeline. Ils sont à l'intérieur.

La jeune fille regarda la porte, intriguée.

— Qui est à l'intérieur ?

— Mme Lake et M. March. Je pensais qu'ils auraient fini avant votre retour, expliqua la gouvernante qui tentait de les entraîner vers le square.

— *Fini quoi ?* interrogea Emeline, qui commençait à s'impatienter.

La domestique coula à Anthony un regard entendu. Le jeune homme comprit aussitôt.

— Mme Chilton a raison, dit-il en prenant le bras d'Emeline. Le soleil brille. C'est un temps merveilleux pour profiter du petit banc.

Elle se laissa entraîner, mais sa curiosité ne fit qu'augmenter.

— Enfin, quoi ! Allez-vous m'expliquer ce qui se trame, madame Chilton ?

— C'est de ma faute, avoua la gouvernante. Mais j'étais triste pour eux, voyez-vous. Toujours à se retrouver dehors, ou dans des fiacres... Ce n'est quand même pas très confortable. Surtout pour lui, avec sa jambe qui lui fait mal. Et puis le temps est imprévisible, cette année.

— Je ne vois pas ce que le temps vient faire dans l'histoire, objecta la jeune fille.

Mme Chilton se décida à tout raconter.

— Ce matin, M. March m'a dit qu'il reviendrait à trois heures. J'y ai vu l'occasion de leur laisser un peu d'intimité, dans une maison bien chauffée, avec un bon lit confortable. Mais je ne pouvais pas me douter qu'ils y resteraient plus d'une heure.

Anthony avait du mal à retenir son hilarité. Emeline, cependant, commençait à comprendre.

— Un lit ? Pour tante Lavinia et M. March ?

Elle rougit, avant de finalement éclater de rire.

— Madame Chilton ! C'est proprement scandaleux ! Lavinia était-elle au courant de vos intentions ?

— Non. Dès qu'elle a commencé de prendre son bain, je lui ai dit que j'allais faire quelques courses. Je savais que M. March ne devait plus tarder. J'ai donc laissé la porte ouverte, et je suis partie m'installer sur le banc. Effectivement, je l'ai vu monter le perron à trois heures précises. Mais il est maintenant plus de quatre heures...

— Vous leur avez rendu les choses *trop* confortables, ironisa Anthony.

Mme Chilton ausculta le ciel.

— Encore heureux qu'il ne pleuve pas.

— Oui, mais l'air est un peu frisquet, commenta Emeline, qui resserra les pans de son manteau sur ses épaules.

Mme Chilton s'aperçut alors de son étrange accoutrement.

— Que faites-vous dans ces vieilleries, mademoiselle ?

Emeline s'assit sur le banc.

— C'est une longue histoire.

La domestique s'assit à son côté et coula un regard morose vers la porte du 7, Claremont Lane.

— Vous pouvez me la raconter. J'ai bien peur que ce ne soit pas le temps qui nous manque.

Deux oreillers calés dans le dos, une main passée derrière sa nuque et l'autre enlaçant Lavinia, Tobias se faisait la réflexion que l'heure tournait. Mais il n'avait aucune envie de quitter ce lit, ni la femme qui l'occupait avec lui. Si seulement cela pouvait être tous les jours ainsi…

— Avant de venir ici, j'ai rendu visite à Hudson, annonça-t-il.

Lavinia, d'abord, ne répondit pas. Puis elle se redressa sur un coude et le regarda. La curiosité avait remplacé, dans ses prunelles, la sensualité.

— Puis-je savoir de quoi vous avez parlé ?

— De toi.

— De moi ? répéta-t-elle en s'asseyant dans le lit. Et à quel propos, grands dieux ?

Tobias prit entre ses doigts le pendentif en argent qu'elle portait au cou.

— Je t'ai déjà dit qu'il te voulait. Il cherche à remplacer Céleste.

— Et je t'ai répondu que tu te trompais.

— Fais-moi confiance. Je sais de quoi je parle.

— Je trouve cette façon de me mêler à l'affaire très embarrassante… Que lui as-tu dit, exactement ?

Tobias obligea la jeune femme à se rallonger, avant de rouler sur elle.

— Je l'ai prévenu qu'il ne t'aurait jamais.

Vingt minutes plus tard, Lavinia enfila un peignoir pour raccompagner Tobias jusqu'à la porte. Elle lui donna un dernier baiser avant d'ouvrir le battant.

— Dépêche-toi, lui dit-elle. Mme Chilton ne va plus tarder. Nous avons eu beaucoup de chance que ni elle ni Emeline ne soient rentrées plus tôt. Je me demande bien ce qui a pu les retarder, d'ailleurs…

Tobias ne répondit pas, mais il avait dans l'idée que l'absence providentielle de la gouvernante et la porte restée comme par hasard ouverte, cachaient anguille sous roche.

— Tout est prêt pour ce soir ? demanda-t-il.

— Oui. Nos nouvelles robes seront livrées tout à l'heure. Et Joan m'a adressé un message, ce matin, pour me dire que sa coiffeuse personnelle viendrait ici à cinq heures. Elle nous enverra une voiture à huit heures et demie.

Tobias hocha la tête.

— Je pense qu'Anthony arrivera pour neuf heures. Moi-même, je devrais me montrer vers dix heures. Ça ira ?

— Parfait, répliqua la jeune femme en le poussant pratiquement vers les marches. File, maintenant !

Et elle referma la porte dans son dos.

Tobias descendit le perron, puis il commença à marcher le long du trottoir, attendant le passage d'un fiacre. Il n'avait pas fait vingt mètres que trois visages familiers venaient à sa rencontre, avec une nonchalance étudiée. Anthony tira même sa montre de gousset, pour faire semblant de consulter l'heure.

— Monsieur March ! dit Emeline quand ils se rejoignirent. Quel plaisir de vous voir !

— Tout le plaisir est pour moi, mademoiselle.

Il la salua, puis fit de même avec la gouvernante.

— Chère madame Chilton, j'ai cru comprendre que vous étiez partie faire quelques courses ?

— Comme je sais que vous aimez les œufs brouillés, je ne voulais pas manquer d'œufs, au cas où vous vous inviteriez demain au petit déjeuner.

— Il est vrai que vos œufs brouillés sont une pure merveille. C'est très gentil à vous, madame, d'avoir pensé à moi. J'espère qu'à l'avenir, il vous arrivera d'avoir la même bonne idée…

— Ça dépendra du temps.

— Du temps ?

La gouvernante hocha la tête d'un air entendu.

— Je n'irai pas acheter des œufs sous la pluie. Mieux vaut que vous le sachiez tout de suite.

— Je saurai m'en souvenir, chère madame Chilton.

25

Il était un peu plus de neuf heures, ce soir-là, quand Crackenburne vit Tobias s'asseoir en face de lui. Il replia son journal.

— Votre nouvelle enquête vous cause des soucis, n'est-ce pas ?

Tobias contemplait le feu dans la cheminée.

— J'aurais volontiers laissé tomber. Mais Lavinia est déterminée à continuer.

— Qu'allez-vous faire, alors ?

— Continuer aussi. Je n'ai pas le choix. Et prouver que Hudson est un assassin.

— Elle risque de vous en vouloir. Après tout, c'était un vieil ami de ses parents.

Tobias aperçut Vale qui traversait la salle du club, pour venir à leur rencontre.

— Pas forcément. Elle sera bien obligée de s'incliner devant la vérité.

— Et avec Pelling ? demanda Crackenburne. Où en êtes-vous ?

— Pas grand-chose de nouveau, de ce côté non plus. Anthony cherche à identifier la prostituée qu'il fréquente, mais elle semble avoir disparu de la circulation. Pour l'instant, autant que nous le sachions, Pelling n'est en ville que pour ses affaires.

— Cependant, sa présence vous perturbe…

Tobias hocha la tête, sans quitter Vale du regard.

— Le fait que deux hommes reliés au passé de Lavinia se trouvent en même temps à Londres, me semble une étrange coïncidence.

— Toutes les coïncidences vous troublent, fit remarquer Crackenburne. Et je dois reconnaître que ce Pelling ne paraît pas très sympathique. Mais n'écoutons pas nos sentiments, et laissons parler seulement la logique. Pelling a-t-il dit ou fait quelque chose qui pourrait laisser penser qu'il s'intéresse de près ou de loin à Lavinia ?

Tobias secoua la tête.

— Non.

— Il n'a pas cherché à entrer en contact avec elle ?

— Non.

— Et elle ne l'a plus revu, depuis cette rencontre fortuite dans la rue ?

— Non.

— Dans ce cas, sa présence à Londres peut s'expliquer de mille façons. Peut-être est-il venu se chercher une nouvelle épouse ?

— Je n'avais pas envisagé cette hypothèse.

Vale les avait rejoints. Il salua Crackenburne, avant de se tourner vers Tobias :

— Je m'apprête à partir pour le bal de Mme Dove. Puis-je vous offrir une place dans mon attelage ?

Tobias masqua son étonnement.

— Volontiers, dit-il en se levant. Je n'étais pas très enthousiaste à l'idée de devoir me trouver un fiacre, dans ce brouillard.

— Amusez-vous bien, leur dit Crackenburne. Et saluez ces dames de ma part.

— Je n'ai pas de compagne, en ce moment, fit remarquer Vale.

— Et vous n'avez jamais rencontré Lavinia, renchérit Tobias à l'adresse de Crackenburne.

— Aucune importance, répondit le vieil homme. D'après ce que vous m'avez raconté, l'un et l'autre, Mme Lake et Mme Dove sont des femmes fort intéressantes.

Vale parut amusé.

— Je n'avais encore jamais songé à employer ce mot pour parler d'une lady.

— À mon âge, on voit les choses sous un autre angle, rétorqua Crackenburne, qui avait déjà repris son journal. Bonsoir, messieurs.

Les deux hommes sortirent dans la rue. Un luxueux attelage attendait devant la porte du club. Vale monta le premier à l'intérieur.

— Crackenburne est toujours au courant de tout, dit-il. C'est assez impressionnant. Il doit vous être très précieux, comme informateur.

Tobias s'installa à son tour sur la confortable banquette de cuir. Il se prit à rêver un instant qu'il possédait, lui aussi, son propre attelage. Il pourrait emmener Lavinia en promenade à la campagne. Et, à l'abri des rideaux tirés, il lui ferait l'amour sur une banquette aussi moelleuse que celle-ci.

— Crackenburne peut se révéler très utile, admit-il.

L'attelage s'ébranla dans le brouillard.

— Il n'avait pas tort, au sujet des femmes intéressantes, dit Vale au bout d'un moment.

— Je suis d'accord. Mais l'expérience m'a prouvé qu'« intéressante » veut généralement aussi dire entêtée et imprévisible.

Vale hocha silencieusement la tête. Tobias se tourna vers lui.

— Je vous suis sincèrement reconnaissant de m'avoir offert l'hospitalité de votre attelage. Mais la curiosité m'oblige à vous demander ce qui vous pousse à vous rendre au bal de ce soir. Est-ce la Méduse bleue ? Ou Joan Dove ?

— Je suis un homme patient, March, répliqua Vale en regardant par la vitre les maisons qui surgissaient dans le brouillard. J'ai attendu plus d'un an. Il me semble que c'est assez, non ?

— Tout dépend de ce que vous attendiez, répondit Tobias.

Vingt minutes plus tard, les deux hommes faisaient leur entrée à la réception. Ils s'arrêtèrent sur le seuil de la salle de bal, le temps de jauger l'ambiance. Tobias en profita pour tenter de repérer la chevelure flamboyante de Lavinia, mais la foule était si dense qu'il ne put y parvenir.

Trois immenses lustres de cristal faisaient resplendir la multitude de bijoux que portaient les femmes. Les musiciens, assemblés sur le balcon dominant la salle, jouaient une valse entraînante.

Tobias aperçut Emeline sur la piste, au bras d'un jeune homme qu'il ne connaissait pas. Anthony devait fulminer. Ce qui lui fit se demander où pouvait bien se trouver le jeune homme. Près du buffet, sans doute.

— Notre hôtesse nous attend, lui souffla Vale.

Tobias se tourna vers Joan, qui accueillait ses invités un peu plus loin. Il eut l'intuition que quelque chose avait changé en elle, mais avant qu'il ait pu trouver quoi, il entendit quelqu'un l'appeler dans son dos.

— Tobias…

Il se retourna. Anthony se pressait pour le rejoindre.

— Attends, Tobias. Il faut que je te parle.

Vale haussa un sourcil interrogateur.

— Allez-y, lui dit Tobias. Ne faites pas attendre Joan. Je vous rejoindrai plus tard.

Vale hocha la tête et se dirigea vers Mme Dove. Entre-temps, Anthony avait rejoint son beau-frère. Ses cheveux étaient tout humides à cause du brouillard, et ses yeux brillaient d'excitation.

— Tu viens juste d'arriver ? s'étonna Tobias. Je croyais que tu voulais venir le plus tôt possible, pour intimider les admirateurs d'Emeline ?

— Je l'ai trouvée ! annonça Anthony avec un air de triomphe.

— Moi aussi, je l'ai aperçue. Elle dansait avec un inconnu. Mais dis-moi, tu ne trouves pas qu'il y a quelque chose de bizarre, chez Joan ?

Le jeune homme se laissa brièvement distraire.

— Comment cela ?

— Je ne sais pas bien. J'ai l'impression qu'elle a changé...

Anthony coula un regard à leur hôtesse.

— Elle est habillée en bleu.

Son beau-frère se retourna.

— Oui, merci. Je peux le voir par moi-même. Mais quel rapport avec ma question ?

Anthony sourit.

— C'est la première fois qu'elle n'est plus en deuil.

— Ah, voilà l'explication ! approuva Tobias, satisfait. Vale a l'air ravi, d'ailleurs.

Puis, reportant son attention sur le jeune homme, il fronça les sourcils :

— Au fait, de quoi me parlais-tu ?

— La prostituée. Celle que Pelling fréquentait. Je l'ai trouvée.

— Pourquoi tu ne l'as pas dit tout de suite ! Tu lui as parlé ?

— Non. Je m'apprêtais à venir ici, quand un gamin m'a apporté un message d'une des filles que j'avais interrogées. J'ai aussitôt été la retrouver.

— Et alors ?

— La fille m'a appris que celle que nous cherchons s'appelle Maggie. Et elle m'a donné son adresse. Moyennant finances, bien entendu.

— Où habite Maggie ?

— Sur Cutt Lane. Tu connais ?

— Je connais, répondit Tobias, qui eut soudain l'intuition que l'enquête allait progresser d'un pas décisif.

Donnant une tape affectueuse sur l'épaule d'Anthony, il ajouta :

— Beau travail, Tony. Tu peux profiter de ta soirée avec Emeline. Moi, j'y vais.

L'enthousiasme d'Anthony se tempéra d'un coup.

— Tu veux interroger cette fille maintenant ?

— Oui.

— Tu es sûr que tu ne peux pas attendre un peu ? Dès qu'elle va me voir, Lavinia va me demander de tes nouvelles. Que dois-je lui répondre ?

— Que j'ai été retardé à mon club.

— Mais...

— Ne t'inquiète pas, le rassura Tobias. L'excuse marchera très bien.

— Je ne suis pas sûr qu'elle...

— Tu te fais trop de soucis, le coupa Tobias.

Et il tourna les talons avant que son beau-frère ait pu soulever d'autres objections.

Dehors, le brouillard s'était encore épaissi. Les lumières des maisons n'étaient plus que des halos irréels qui semblaient flotter dans la brume.

Une longue file d'attelages privés et de fiacres attendait dans la rue. Il héla la première voiture libre et donna au cocher l'adresse de Cutt Lane, puis il grimpa à l'intérieur du véhicule. Quelques secondes plus tard, constatant que l'attelage n'avait toujours pas démarré, il tapa contre la cloison pour manifester son impatience.

Au même moment, la portière du fiacre s'ouvrit violemment sur Lavinia. La jeune femme portait une somptueuse robe de bal en velours pourpre, qui lui donnait des allures de déesse.

— Aide-moi à monter, s'il te plaît, Tobias. Où que tu ailles, sache que j'ai l'intention de te suivre. Tu as un peu trop tendance à oublier que nous sommes associés.

26

Lavinia n'eut aucune peine à deviner que Tobias était furieux. Mais elle décida d'ignorer sa réaction. Du reste, elle-même enrageait contre lui.

Dès que l'attelage se fut ébranlé, il lui tendit une couverture qu'il avait trouvée pliée sous la banquette.

— Prends ça. Cette robe n'a visiblement pas été conçue pour l'extérieur.

— Si tu avais été moins pressé de me fausser compagnie, j'aurais eu le temps de récupérer mon manteau au vestiaire.

La couverture était propre. Lavinia la drapa sur ses épaules et en ressentit tout de suite la bienfaisante chaleur. Tobias, calé dans son coin, ne la quittait pas des yeux.

— J'étais montée sur la mezzanine pour t'attendre, expliqua la jeune femme en réponse à sa question muette. Je t'ai vu arriver avec Vale, et ensuite j'ai vu Anthony te retenir. Quand tu es ressorti, j'ai compris que tu partais suivre une piste. Où vas-tu ?

— Rencontrer une prostituée répondant au nom de Maggie. Pour ton information, cette fille n'a aucun rapport avec l'affaire de la Méduse bleue.

— Pfft ! N'espère pas me faire gober un aussi gros mensonge. Pourquoi traverserais-tu la ville dans ce brouillard, si ce n'était pas…

La jeune femme s'interrompit brutalement, en réalisant quelle pouvait être la raison qui poussait un homme à prendre un fiacre en pleine nuit pour aller rejoindre une prostituée. Sa douleur et son incrédulité étaient si grandes qu'elle resta à regarder Tobias, sans pouvoir dire un mot.

— Non, Lavinia, ce n'est pas ce que tu penses, s'empressa-t-il de la rassurer. Tu devrais commencer à me connaître suffisamment pour le savoir.

Elle se sentit aussitôt soulagée. Elle aurait dû s'en douter, en effet. Il n'aurait jamais été la trahir avec une prostituée. Cependant, l'énigme de cette visite nocturne demeurait.

— Dis-moi de quoi il retourne, Tobias. J'ai le droit de savoir.

Il la contempla si longuement, sans broncher, que la jeune femme se demanda s'il lui répondrait jamais.

— Tu as raison, lâcha-t-il enfin. Tu as le droit de savoir. Pour faire court, disons que Maggie, la fille que je vais voir, donne du bon temps à Pelling depuis son arrivée à Londres.

Lavinia allait de surprise en surprise.

— Pelling ? Oscar Pelling ?

— Oui.

— Je ne comprends pas.

Il posa son bras sur l'accoudoir de la portière.

— J'ai pensé qu'il ne serait pas forcément inutile de le surveiller, durant son séjour à Londres. Anthony a procédé à une petite enquête de voisinage, autour de l'hôtel où Pelling est descendu. C'est comme ça qu'il a eu vent de l'existence de cette fille. Et je veux l'interroger.

— Mais pourquoi ? Qu'espères-tu découvrir ?

Il haussa les épaules.

— Rien, peut-être. Mais je trouvais étrange que Pelling et Hudson débarquent à Londres à la même période.

— À mon avis, c'est un pur hasard.

— Je n'en suis pas certain, justement.

— Et donc, tu as fait espionner Pelling ?

— Oui.

— Je vois.

Lavinia ne savait trop quoi penser de tout cela. D'un côté, elle aurait dû reprocher à Tobias d'avoir mené cette enquête sans l'en avertir. Mais de l'autre, son geste prouvait qu'il se faisait du souci pour elle. Aussi préféra-t-elle renoncer à le sermonner, pour l'instant.

— Je suppose que tu n'as rien appris d'alarmant ?

— Non. Mais je commençais à m'inquiéter pour Maggie. Les femmes qui approchent de trop près Pelling semblent mal finir. Or, Anthony a eu beaucoup de mal à retrouver sa trace.

Elle hocha la tête, sans répondre.

— Je veux m'assurer qu'il ne lui est rien arrivé de fâcheux, reprit Tobias. Et j'en profiterai pour lui poser quelques questions sur les activités de Pelling à Londres.

Lavinia paraissait sceptique.

— Oscar Pelling n'a rien fait pour me chercher. Et pourquoi l'aurait-il fait, du reste ? Je t'ai expliqué comment, à l'époque, il s'était arrangé pour ruiner ma réputation, après m'avoir accusée du suicide de sa femme. Au lieu de me chercher, il aurait plutôt toutes les raisons de m'éviter.

— Je sais. Mais la situation ne me plaît quand même pas.

La jeune femme lui sourit.

— C'est ce que je constate...

Tobias jeta un coup d'œil par la fenêtre du véhicule.

— C'est le travers de notre profession, vois-tu. Quand on commence à se poser des questions, on finit par s'interroger sur tout.

Le reste du trajet jusqu'à Cutt Lane se déroula en silence.

Quand le fiacre s'arrêta, Lavinia jeta un coup d'œil par la vitre et aperçut une rue minuscule, éclairée par un seul lampadaire dont la lumière se diluait dans le brouillard. Toutes les maisons étaient illuminées, et on voyait des silhouettes aller et venir derrière les fenêtres.

Tobias ouvrit la portière et sortit le premier, puis il aida sa compagne à descendre.

— Nous n'en aurons pas pour très longtemps, dit-il au cocher, après avoir réglé la course. Soyez aimable de nous attendre.

— Entendu, répondit le cocher, qui avait déjà fait disparaître les pièces dans sa poche. Vous me trouverez là à votre retour.

Tobias prit Lavinia par le bras.

— Viens, dit-il. Plus vite nous aurons parlé à Maggie, plus vite nous retournerons au bal.

La jeune femme drapa la couverture sur ses épaules, comme s'il s'était agi d'un châle indien, et le suivit sans broncher. Elle avait compris que toutes les maisons de la petite rue étaient des hôtels de passe.

Tobias frappa à la première porte. Une fenêtre, à l'étage, s'ouvrit en grand. Une femme apparut. Elle portait une sorte de peignoir, à peine noué à la taille, qui laissait largement entrevoir sa généreuse poitrine.

— Hé, toi ! fit la prostituée. Tu viens pour t'amuser, mon beau ?

Tobias recula d'un pas et leva la tête.

— Nous cherchons Maggie.

— Eh bien, tu as de la chance, parce que tu l'as trouvée, répliqua Maggie en se penchant. Mais je vois que tu n'es pas tout seul… et que ton compagnon est une dame. Une vraie ! Si t'as envie de voir deux femmes se donner du bon temps ensemble, ce sera plus cher.

— Nous voulons juste vous parler, s'empressa d'expliquer Lavinia, embarrassée. Bien sûr, nous vous dédommagerons de votre temps.

— Me parler ?

Maggie considéra la proposition quelques instants, puis elle haussa les épaules.

— Bah, après tout, du moment que vous me payez, ça revient au même. Entrez. La porte est ouverte. C'est la première chambre en haut de l'escalier.

Tobias poussa la porte, qui n'était en effet pas verrouillée. Lavinia le suivit dans un petit couloir à peine éclairé, qui se terminait par un escalier.

— Tâche de résister à la tentation de lui promettre trop d'argent, chuchota-t-il. Surtout que je sens que c'est encore moi qui vais payer.

— Évidemment, tu vas payer ! Je n'ai pas un sou sur moi. Une lady n'emporte jamais d'argent à un bal.

— J'aurais dû m'en douter.

Tobias s'était effacé pour laisser la jeune femme le précéder dans l'escalier. Lavinia n'avait pas monté trois marches qu'elle entendit une porte s'ouvrir dans le couloir. Elle pivota. Deux hommes avaient surgi du néant et s'approchaient silencieusement, un poignard à la main.

— Tobias, attention derrière toi !

Il ne prit pas la peine de répondre. Il s'était déjà retourné pour affronter les agresseurs. Elle le vit s'agripper à la rampe de l'escalier pour garder son équilibre, tandis qu'il décochait un solide coup de pied au premier assaillant. L'homme fut touché en pleine poitrine et, sous la violence du choc, il recula de deux pas et bouscula son comparse.

— Écarte-toi de mon chemin ! lui dit ce dernier, le repoussant sans ménagement pour se jeter sur Tobias, son poignard brandi devant lui.

Tobias voulut répéter le même geste, mais cette fois l'homme esquiva adroitement son coup de pied.

— Monte dans la chambre de Maggie, ordonna Tobias à Lavinia, sans lâcher des yeux ses agresseurs. Et ferme le verrou !

À peine avait-il terminé sa phrase qu'il se jeta sur le deuxième assaillant. Les deux combattants roulèrent sur le plancher et heurtèrent le mur du couloir.

Au même moment, une porte, sur le palier, s'ouvrit à la volée. Maggie apparut, un chandelier à la main.

— Qu'est-ce qui se passe, ici ! Je ne veux pas d'ennuis dans la maison, c'est compris ?

Lavinia laissa tomber sa couverture et releva ses jupes pour monter le reste de l'escalier.

— Donnez-moi votre chandelier, dit-elle à Maggie.

— Qu'est-ce qui se passe, bon sang ?

— Oh, pour l'amour de Dieu ! s'impatienta Lavinia.

Et, sans plus d'explications, elle arracha le chandelier des mains de Maggie. Au passage, celle-ci reçut quelques gouttes de cire brûlante sur les doigts.

— Aïe ! fit-elle. Ça brûle !

Lavinia n'en avait cure. Elle redescendait déjà l'escalier, le chandelier en fer brandi devant elle. Tobias continuait de se battre avec l'homme, dont la lame du poignard brillait par instants dans l'obscurité.

Le premier assaillant s'était accroupi au pied des marches. Il semblait encore un peu sonné, mais il commençait à reprendre ses esprits. Après avoir ramassé le poignard qui lui avait échappé des mains, il se cramponna à la rampe afin de se relever, puis contempla sans mot dire le combat qui se déroulait devant lui. De toute évidence, il attendait le bon moment pour intervenir.

Lavinia leva son chandelier à bout de bras, priant le ciel pour que l'homme ne se retourne pas.

Deux mètres plus bas, Tobias et son agresseur se battaient toujours avec la même rage. L'un des deux poussa un cri de douleur, mais la jeune femme n'aurait su dire lequel. La colère et l'angoisse l'étreignaient.

À l'instant d'atteindre l'avant-dernière marche, elle abattit de toutes ses forces le chandelier. L'homme devina sans doute la menace, car il se retourna. Mais trop tard. Le chandelier le frappa à la tempe, puis à l'épaule, tellement elle avait mis de force dans son geste. L'inconnu laissa échapper son poignard et recula, hébété, la tête en sang.

— Garce !

Il voulut se précipiter sur elle, mais ses mouvements étaient comme empâtés et gauches. Lavinia, une main agrippée à la rampe, brandit de nouveau son chandelier, prête à lui asséner un second coup. L'homme, réalisant le danger, se figea.

Tobias apparut soudain derrière lui, les traits déformés par un rictus de haine. Il tapa l'épaule de l'homme, pour l'obliger à se retourner, avant de lui balancer un solide coup de poing dans la mâchoire.

L'agresseur tournoya sur lui-même et mit quelques secondes à retrouver son équilibre, avant de se diriger en titubant vers la porte d'entrée, ouverte par son compagnon qui avait déjà pris la poudre d'escampette. Le brouillard les avala tous les deux.

Le cœur battant d'appréhension, Lavinia examina Tobias de la tête aux pieds. Lui-même semblait avoir beaucoup moins souffert que son smoking, passablement froissé. Sans compter le sang qui tachait sa chemise.

— Tu saignes ? s'enquit-elle, horrifiée, en se précipitant vers lui.

— Ce n'est pas mon sang, la rassura-t-il. Et toi, tout va bien ?

— Oui, répondit la jeune femme, qui se tenait maintenant juste devant lui. Tu es bien sûr que tu n'es pas blessé ?

— Sûr et certain. Je t'avais dit de t'enfermer dans la chambre de Maggie.

— Ces hommes voulaient te tuer, Tobias ! Tu n'espérais quand même pas que je resterais tranquillement à attendre qu'ils aient fini ? Je te rappelle une fois de plus, et ce ne sera jamais que la centième, que nous sommes associés !

— Bon sang, Lavinia, tu aurais pu prendre un mauvais coup !

— Je suggère que nous reportions cette dispute à plus tard. Nous sommes ici pour une raison précise, au cas où tu l'aurais oublié.

— Je n'ai pas oublié.

Et, levant les yeux vers Maggie qui les contemplait depuis le palier, interloquée, il demanda :

— Connaissez-vous ces deux types ?

Maggie secoua la tête.

— Jamais vus de ma vie, répliqua-t-elle. Probablement deux malandrins qui vous auront repérés dans la rue et suivis jusqu'ici pour vous faire les poches.

Puis, désignant sa chambre restée grande ouverte, elle ajouta :

— Montez donc, si vous tenez toujours à me parler.

— Plus que jamais, déclara Tobias, qui gravissait déjà les marches à la suite de Lavinia.

Ils suivirent Maggie dans une petite chambre meublée sommairement d'un lit, d'une table de toilette, d'une table et d'une armoire. Une bouteille de gin entamée trônait sur la table.

Lavinia lui rendit le chandelier et s'assit sur la banquette en bois, à côté de la cheminée éteinte. Tobias alla se planter devant la fenêtre et jeta un coup d'œil dans la rue. Sans doute pour s'assurer que les agresseurs avaient bien filé, songea-t-elle.

— Nous souhaiterions vous interroger au sujet d'un homme appelé Oscar Pelling, dit-il, sans même se retourner. Nous croyons savoir qu'il a récemment loué vos services.

— Pelling ? Cette ordure... lâcha Maggie.

Elle avait posé le chandelier sur la table et s'était assise sur l'unique chaise pour se servir un verre de gin.

— Oui, reprit-elle. Je l'ai eu plusieurs fois comme client. Mais c'est terminé. Je ne le reprendrai plus jamais, même pour tout l'or du monde. Pas après ce qu'il m'a fait la dernière fois.

— Que vous a-t-il fait exactement ? demanda Lavinia.

— Ça, répondit la prostituée en se tournant, de façon que son visage soit totalement éclairé par la lueur de la chandelle. À cause de lui, je ne peux pas travailler depuis plus de huit jours.

La joue de Maggie était tuméfiée, ainsi que le contour de son œil.

— Mon Dieu ! Il vous a frappée ?

— Et pas qu'un peu.

Après une bonne rasade de gin, elle continua :

— Quand on fait ce métier, faut savoir se plier aux goûts des clients. Mais je me suis toujours refusée à certaines choses. Un homme qui lève la main sur moi ne remet jamais les pieds dans cette chambre. Quel que soit le tarif.

Tobias s'était retourné. Il observait attentivement Maggie.

— Quand Pelling vous a-t-il frappée ?

— La dernière fois qu'il est venu, répliqua-t-elle en se grattant le front, comme si elle cherchait à mettre de l'ordre dans ses souvenirs. Je crois bien que c'était mercredi dernier. Non, jeudi. Il s'était bien comporté, lors de ses premières visites. Un peu brusque, c'est vrai, mais rien de vraiment méchant. Mais jeudi, il écumait de rage.

— Il écumait de rage ? répéta Lavinia.

— Oui, confirma Maggie en remplissant son verre. J'ai cru qu'il allait devenir fou. Et tout ça, parce que je l'avais un peu taquiné...

— Pourquoi l'avez-vous taquiné ? questionna Tobias.

— D'abord, il est arrivé ici plus tard qu'à son habitude. En fait, il faisait déjà presque jour. J'ai jeté un coup d'œil par la fenêtre quand il a frappé à la porte, et j'ai deviné tout de suite qu'il était de mauvaise humeur. J'ai failli ne pas lui dire de monter. Mais c'était un bon client. Qui payait bien. Un vrai nabab.

Elle s'interrompit afin d'engloutir une autre rasade de gin.

— Vous disiez l'avoir taquiné, lui rappela Lavinia, pour l'encourager à continuer.

— C'était juste histoire de le mettre de meilleure humeur, expliqua Maggie. Mais j'ai obtenu tout le contraire. Il m'a battue comme une chienne, en disant plein de choses sans queue ni tête sur les femmes. Comment elles avaient des serpents dans les cheveux, comment elles changeaient les hommes en pierre avec leur regard, et d'autres balivernes du même genre. (Elle haussa les épaules.) Il devenait fou, je vous dis. Je sais pas ce que je serais devenue si l'une de mes copines, à l'étage du dessus, n'était pas descendue voir ce qui se passait. Dès qu'on a frappé à la porte, il a cessé de me cogner.

Lavinia se rappelait les terribles épreuves endurées par Jessica, la femme de Pelling.

— Oui, dit-elle. Heureusement que votre amie est venue à la rescousse…

— Sinon, ce gredin m'aurait peut-être tuée.

— Qu'a fait Pelling après l'interruption de votre amie ? s'enquit Tobias.

— Il a repris son chapeau et s'en est allé, l'air de rien, figurez-vous ! Comme s'il s'était livré à un petit exercice revigorant pour la santé ! Dieu merci, il n'est plus revenu depuis.

Tobias paraissait songeur.

— Vous ne nous avez toujours pas dit de quelle manière vous l'aviez taquiné.

— Oh, c'était vraiment rien du tout, assura Maggie qui semblait toujours incrédule, plus d'une semaine après la scène. Je ne comprends pas pourquoi ça l'a mis dans un état pareil.

— C'était quoi, exactement, ce « rien du tout » ? insista la jeune femme.

— Sa cravate, lâcha Maggie.

Lavinia crut que son cœur avait manqué un battement. Tobias n'avait pas bougé, mais elle devinait que tous ses sens étaient en alerte. Comme un chasseur qui a senti la trace du gibier.

— Qu'avait donc la cravate de Pelling ? demanda-t-il d'une voix parfaitement calme.

— Eh ben justement, ce soir-là, il n'en portait pas. Oh, pour sûr, il était bien habillé. Comme toujours. Mais il n'avait pas de cravate.

Lavinia croisa le regard de Tobias. C'est impossible, se dit-elle.

— Ça m'a paru drôle, poursuivit Maggie. Comme si son valet n'avait pas terminé de l'habiller. Alors je l'ai taquiné, en lui faisant valoir qu'il était si pressé de me retrouver qu'il était sorti en trombe de chez lui et en avait oublié de mettre sa cravate. C'est quand je lui ai parlé de sa cravate qu'il est devenu fou furieux.

27

— Je me doutais qu'il y avait forcément un lien, se félicita Tobias en refermant la portière du fiacre, où Lavinia l'avait précédé. Hudson et Pelling... Je trouvais étrange que deux hommes liés à ton passé réapparaissent en même temps, au même endroit.

Ses yeux brillaient d'excitation. Toute la rage du chasseur était en lui. C'était dans ces moments-là que Lavinia le redoutait le plus. Non qu'elle eût peur pour elle-même. Mais elle craignait qu'il ne se mette en danger. Lorsqu'il était ainsi, Tobias n'hésitait plus à prendre tous les risques.

Cependant, la jeune femme estimait que les révélations de Maggie ne pouvaient exiger d'action immédiate. Il fallait d'abord essayer d'y comprendre quelque chose.

— Procédons prudemment, dit-elle. J'admets que le fait que Pelling ait perdu sa cravate, la nuit où Céleste a été étranglée, constitue une coïncidence pour le moins troublante. Mais comment réussir à établir un lien entre Pelling et Céleste ?

— Je suppose que Pelling, pour une raison ou une autre, convoite lui aussi la Méduse bleue. Peut-être avait-il fait appel aux services du couple Hudson pour voler le bracelet. Il sera devenu, du même coup, l'amant de Céleste. Ensuite il l'aura tuée, le soir de leur fameux rendez-vous, soit parce qu'ils s'étaient querellés à cause du bracelet, soit parce qu'il jugeait qu'il n'aurait désormais plus besoin d'elle.

— Mais Céleste, par prudence, n'avait pas apporté le bracelet sur elle. Et quand il s'en est aperçu, c'était trop tard. Elle était déjà morte.

— Tout se tient, approuva Tobias, enchanté.

Elle agita la main en signe de dénégation.

— Non, pas tout. Réfléchis, Tobias. Si Howard travaillait pour Pelling, il doit se douter que c'est lui l'assassin. Dans ce cas, pourquoi nous aurait-il embauchés, s'il connaissait l'identité du meurtrier ?

— Parce que Hudson cherche lui aussi le bracelet. Il se moque de voir puni ou non le meurtrier de Céleste. Quand il a compris que Pelling n'avait pas la Méduse, il nous a contactés, dans l'espoir qu'on trouverait le bracelet les premiers.

Lavinia ne semblait pas totalement convaincue.

— Mais pourquoi Pelling aurait-il convoité la Méduse ?

— Est-il collectionneur ?

Elle se replongea dans les quelques conversations qu'elle avait pu avoir avec Jessica Pelling.

— Honnêtement, je n'en sais rien. Nous n'avons jamais abordé le sujet. En revanche, il est assez riche pour se payer le luxe de collectionner des antiquités.

— Je pense connaître quelqu'un qui pourra nous répondre sur ce point.

Vingt minutes plus tard, Vale et Joan Dove quittaient la salle de bal pour rejoindre Tobias, Lavinia, Anthony et Emeline qui les attendaient sur la terrasse. Emeline avait apporté le manteau de sa tante, qui s'en était drapée.

Vale considéra le costume de Tobias d'un œil intrigué.

— Anthony m'a expliqué que vous souhaitiez me consulter, mais que vous n'étiez pas en état de pénétrer dans la salle de bal. Je comprends, maintenant, ce qu'il voulait dire... Puis-je vous demander ce qui s'est passé ?

— C'est une longue et peu passionnante histoire, répliqua Tobias.

Lavinia lui secoua énergiquement le bras.

— Ce qu'il ne veut pas vous dire, c'est que deux hommes ont essayé de le tuer.

— Manifestement, ils n'y sont pas parvenus, commenta Vale. Félicitations, March.

Tobias désigna la jeune femme du regard.

— J'ai été aidée par mon associée.

Vale s'inclina respectueusement.

— Vous formez une excellente équipe, tous les deux.

— Oui, confirma Lavinia sans la moindre hésitation.

Il reporta son attention sur Tobias.

— Que puis-je pour vous, alors ?

— Dites-moi si, à votre avis, un certain Oscar Pelling collectionne les antiquités.

Vale réfléchit quelques instants.

— Pas que je sache, répondit-il enfin. Mais cela ne veut pas dire qu'il ne le fasse pas. Je ne prétends pas connaître tous les collectionneurs du royaume. En tout cas, il n'a pas posé sa candidature pour les Connaisseurs.

Lavinia songea que la brillante théorie de Tobias s'écroulait. Elle lui coula un regard afin de voir comment il prenait la nouvelle mais, à sa grande surprise, il ne paraissait pas le moins du monde affecté.

— Hudson veut le bracelet pour des raisons qui n'ont rien à voir avec un quelconque intérêt pour les antiquités, dit-il. Pelling est peut-être obsédé par la Méduse pour un motif qui lui est propre…

— Maggie a prétendu que Pelling était au bord de la folie, intervint Lavinia. Dans ce cas, sa raison échappe à la logique.

— Pour l'instant, reprit Tobias, nous ne pouvons pas faire grand-chose contre Hudson. Mais il semblerait que Pelling soit l'assassin de Céleste. Il n'est pas question de le laisser courir plus longtemps dans la nature. Si vous acceptez de nous aider, Vale, nous pourrions l'attirer dans un piège. Peut-être consentira-t-il à s'accuser devant deux hommes supposés convoiter, eux aussi, la Méduse ?

— Je veux bien être l'un de ces deux témoins, répondit Vale. Qui sera l'autre ?

— Crackenburne.

Vale opina du chef.

— Ça devrait marcher. Comment comptez-vous organiser la rencontre ?

Tobias esquissa un sourire entendu.

— Grâce à M. Nightingale.

Vale et Tobias échangèrent un long regard.

— Avec un peu de chance, cela pourrait même se faire cette nuit, reprit ce dernier.

Malgré la pénombre qui régnait sur la terrasse, Lavinia pouvait voir les prunelles des deux hommes briller d'excitation. Vale aussi était un chasseur.

Mais l'excitation de Tobias retomba peu après. Il avait fait parvenir à l'hôtel où résidait Pelling un court message l'informant qu'une vente aux enchères d'un caractère très privé aurait lieu cette nuit même.

La réponse ne se fit pas attendre, mais ce n'était pas celle qu'il espérait.

Pelling avait quitté l'hôtel en début de soirée, et personne ne savait où il était.

Encore plus tard, alors qu'il faisait déjà presque jour, Lavinia et Tobias savouraient un dernier verre, dans le bureau de la jeune femme.

— L'embêtant, dit-elle, c'est que M. Nightingale a voulu se faire payer son temps, même si le plan n'a pas marché. Et au train où vont les choses, nous n'aurons bientôt plus de clients pour rembourser nos frais !

28

Le lendemain matin, Tobias revint chez Lavinia pour un petit déjeuner tardif, qui relevait plutôt du brunch. Il était d'humeur exécrable et Anthony, qui l'accompagnait, ne semblait pas davantage réjoui.

Emeline, en le voyant, s'alarma aussitôt.

— Il est arrivé quelque chose ! s'exclama-t-elle.

Lavinia reposa sa tasse de café sur sa soucoupe.

— Que s'est-il passé ?

Tobias s'installa sur sa chaise habituelle et empoigna la cafetière.

— Ils ont disparu tous les deux.

— Tous les deux ? répéta Lavinia, interloquée.

Comme Tobias se servait du café, elle interrogea Anthony du regard.

— Nous sommes passés chez Hudson, en venant. Il s'est volatilisé.

Une main sur le dossier d'une chaise, le jeune homme ajouta :

— Je peux m'asseoir ?

— Oui, bien sûr, s'empressa de répondre Emeline.

— Excusez notre manque de savoir-vivre, se défendit Lavinia. Mais c'est que nous avons fini par nous habituer aux manières cavalières de Tobias. Comme vous pouvez le constater, il n'a pas besoin d'une autorisation pour s'asseoir.

L'intéressé ignora le commentaire. Il tendit la cafetière à Anthony.

— J'en ai conclu que les deux gaillards qui nous ont attaqués hier soir auront rendu compte de leur échec à Pelling. Lui-même aura déduit que si nous en venons à interroger Maggie, c'est que nous nous rapprochons de lui. Il aura fait passer l'avertissement à Hudson. À moins que celui-ci n'ait compris tout seul qu'il était grand temps de filer.

Emeline se tourna vers lui.

— Où ont-ils pu aller, à votre avis ?

— Pour l'instant, je n'en ai pas la moindre idée, avoua Tobias, qui se servait à présent en œufs brouillés. Mais je ne pense pas qu'ils retourneront à leurs anciennes adresses. Je ne serais pas surpris d'apprendre qu'ils sont en chemin pour le Continent. Hudson choisira peut-être de repartir en Amérique.

— Au moins, se félicita Anthony, nous voilà débarrassés d'eux.

— Le fait qu'ils aient décampé ensemble prouve qu'ils étaient complices, reprit Tobias.

Lavinia se beurrait un toast.

— Pas nécessairement. Howard a pu décider de partir, car ta visite de l'autre jour à son domicile l'avait intimidé. Après tout, tu l'as plus ou moins menacé, n'est-ce pas ?

Son partenaire haussa les épaules.

— Plus ou moins, oui.

Anthony se tourna vers lui.

— Tu ne m'avais pas dit que tu avais parlé à Hudson.

— C'était une affaire privée, répliqua Tobias en croisant le regard de la jeune femme. Rien à voir avec le reste.

Mme Chilton entra sur ces entrefaites, avec une fournée de toasts.

— Vos œufs brouillés sont toujours un pur enchantement, lui dit Tobias. J'espère que vous n'oublierez pas de passer chez la crémière, afin de racheter des œufs frais ?

Lavinia commençait à trouver qu'il dépassait les bornes. Voilà qu'il se mêlait de l'approvisionnement de la maison, à présent ! Bientôt, il inspecterait les armoires à linge, et choisirait lui-même les fleurs à planter dans le jardin !

— Ne t'inquiète pas pour cela, rétorqua-t-elle froidement. Mme Chilton sait gérer son garde-manger.

— Oh, c'est simplement que je trouvais que c'était une belle journée pour faire des courses, fit valoir Tobias. Le temps s'annonce radieux...

Mme Chilton soupira.

— Après tout, il ne serait peut-être pas inutile que je retourne chez la crémière, lâcha-t-elle d'un air fataliste avant de ressortir.

Emeline et Anthony échangèrent un drôle de regard. Lavinia aurait juré qu'ils se retenaient de rire. Tobias but une gorgée de café avec ravissement. Il semblait de bien meilleure humeur qu'à son arrivée.

La jeune femme s'émerveillait de voir que de simples œufs brouillés suffisaient pour le mettre en joie. Mme Chilton avait raison, dans ces conditions : autant ne pas manquer de matière première.

Ce même jour, en tout début d'après-midi, Emeline passa la tête dans le bureau de sa tante.

— Priscilla vient d'arriver dans l'attelage de sa mère, annonça-t-elle. Nous partons rejoindre Anthony et un de ses amis, pour visiter une exposition de peinture sur Bond Street.

— Très bien, répondit Lavinia, sans lever les yeux de ses notes ayant trait à l'affaire de la Méduse bleue. Amusez-vous bien.

— Nous ne serons probablement pas rentrés avant six heures. Priscilla veut s'acheter un nouvel éventail, et ensuite Anthony et son camarade ont promis de nous emmener en promenade dans Hyde Park.

— Hmm.

— Mme Chilton est sortie acheter des œufs.

— Oui, je sais, répliqua Lavinia en trempant sa plume dans l'encrier.

— Je vois que tu es très occupée... Je te laisse, tante Lavinia.

— Au revoir.

La porte du hall se referma sur Emeline, quelques instants plus tard. Aussitôt, la maison plongea dans le silence.

Lavinia termina sa phrase et relut tout ce qu'elle avait écrit.

... une conclusion bien déplorable à cette affaire. Il paraît évident, désormais, que le meurtrier de Céleste Hudson n'est autre qu'Oscar Pelling. Malheureusement, il ne paiera pas pour son crime. Quant à la Méduse bleue, elle n'a toujours pas réapparu, et il semble difficile d'espérer que nos clients nous paient un jour.

Par ailleurs, plusieurs questions restent sans réponse. Howard Hudson est-il vraiment un voleur de bijoux, comme l'affirme Tobias ?

Et où Céleste a-t-elle bien pu cacher le bracelet avant d'aller retrouver Pelling, la nuit du crime ? Et comment l'a-t-elle dérobé à lord Banks, si Fitch est innocent ?

La jeune femme reposa sa plume et laissa son regard errer par la fenêtre. Sentant la mélancolie la gagner, elle avait envie d'abandonner ses notes pour lire un peu de poésie.

Cependant, la fin peu glorieuse – surtout pour ses finances – de l'affaire du bracelet l'incitait à ne pas déserter le travail. L'obligation de se faire rapidement de nouveaux clients la ramena tout naturellement à son idée de placards publicitaires dans la presse. Elle ressortit ses essais de textes et tenta de les compléter.

Mais l'inspiration ne venait pas.

Lavinia en conclut qu'elle avait besoin de s'aérer l'esprit. Peut-être aurait-elle dû accompagner Emeline et les autres à leur exposition et dans la boutique d'éventails...

Éventails.

Références.

Tout à coup, ces deux mots s'étaient entrechoqués dans l'esprit de la jeune femme et avaient provoqué comme une étincelle. Elle était sûre de tenir une piste. Laquelle ? Elle l'ignorait encore. Mais son intuition lui enjoignait d'aller au bout de son idée.

L'hôtel particulier de lord Banks était toujours aussi sinistre. Quand la gouvernante ouvrit la porte, on aurait juré qu'elle était surprise de se retrouver face à une personne bien vivante.

— Mme Rushton est-elle là ? demanda Lavinia.

— Oui, madame.

— Informez-la que Mme Lake souhaite lui parler au sujet du bracelet. Elle comprendra.

La gouvernante s'en fut prévenir sa maîtresse. Elle revint chercher la jeune femme quelques secondes plus tard, et l'introduisit dans le salon baigné de pénombre. Mme Rushton parut déçue de constater que sa visiteuse était seule.

— J'espérais que M. March vous accompagnerait, dit-elle. Ou ce ravissant jeune homme, M. Sinclair...

— Ils sont occupés sur une autre affaire, mentit Lavinia.

Et, prenant un fauteuil face à celui de son hôtesse, elle ajouta :

— Je suis venue vous faire mon rapport.

Mme Rushton en oublia sa déception.

— Vous avez retrouvé le bracelet ?

— Pas encore.

— Je ne vous donnerai pas un penny, tant que vous ne me l'aurez pas rapporté.

— Je pense savoir où il est, répondit Lavinia. Ou plus exactement, je pense que vous savez où il est.

— Moi ? Mais c'est parfaitement ridicule ! Si je savais où est passé ce bijou, je ne vous aurais pas embauchés pour le retrouver.

— Je vais vous expliquer mon hypothèse. Je crois que vous avez été hypnotisée par un mesmériste, qui vous a ordonné de cacher le bracelet dans un endroit secret. Et j'ai de bonnes raisons de penser qu'il s'y trouve toujours. Mais, pour le vérifier, j'ai besoin de votre coopération.

Mme Rushton avait écarquillé les yeux.

— Grands dieux ! On m'aurait endormie contre ma volonté ?

— Oui.

Lavinia saisit entre ses doigts le médaillon d'argent qu'elle portait au cou, et l'orienta de façon qu'il capte la lumière.

— Madame Rushton, reprit-elle, il faut que vous me fassiez confiance. J'ai besoin de votre permission pour vous hypnotiser à mon tour. Quand vous serez en transe, je vous demanderai de me révéler ce qu'il est advenu du bracelet.

Mme Rushton contemplait le pendentif en argent.

— Vous savez, ce n'est pas facile de m'hypnotiser. Je suis une femme de volonté.

— Je m'en doute.

Le regard de Mme Rushton ne déviait pas du pendentif.

— Seriez-vous une experte en mesmérisme ?

— Oui, madame. Il se trouve que je ne me débrouille pas trop mal.

Un quart d'heure plus tard, Lavinia quittait son hôtesse et décidait de mettre immédiatement le cap sur sa nouvelle destination. La chance était d'ailleurs avec elle. Un fiacre l'attendait quasiment en bas des marches. Elle donna au cocher l'adresse, en même temps qu'elle ouvrait la portière.

C'est alors qu'elle réalisa que le véhicule était déjà occupé.

Maggie se trouvait à l'intérieur, les mains liées par une corde, un bâillon lui entravant la bouche. Ses yeux exprimaient la terreur pure.

Elle n'était pas seule. Oscar Pelling se tenait à son côté et lui chatouillait la gorge avec un poignard.

— Montez ! gronda-t-il. Ou je la tue. Là, devant vous !

29

— Cela faisait des heures que j'espionnais votre maison, madame Lake, expliqua Pelling quand Lavinia, qui n'avait pas d'autre choix, se fut assise sur la banquette d'en face. J'attendais que vous trouviez enfin où était caché le bracelet. Vous étiez mon dernier espoir, et je vous remercie de ne pas l'avoir déçu.

— Je ne comprends pas de quoi vous parlez, répondit-elle dans un murmure.

— Vous êtes bien comme toutes les femmes, madame Lake. Menteuses, sournoises, calculatrices. Toutes des Méduse en puissance… Mais c'est justement parce que je connais les femmes que j'ai préféré vous suivre, plutôt que M. March.

Lavinia décida de changer de stratégie et de ne plus jouer les naïves.

— Comment avez-vous compris que je savais où se trouvait le bracelet ?

— Je ne voyais pas d'autre raison d'expliquer votre seconde visite à Mme Rushton, répliqua Pelling avec un sourire satisfait.

— Relâchez Maggie, dit Lavinia. Elle n'a rien à voir avec tout cela.

Il enfonça légèrement la pointe de sa lame dans le cou de la prostituée, faisant couler une goutte de sang.

— Non. Cette catin a besoin d'être punie, car elle m'a trahi. N'est-ce pas, ma jolie ?

Maggie laissa échapper un gémissement derrière le bâillon.

Lavinia porta la main à son médaillon, d'un geste qu'elle espérait le plus naturel possible.

— Vous n'avez plus besoin d'elle. Pourquoi ne pas la relâcher ? La tuer serait trop risqué.

Pelling darda sur elle un regard de pure rage.

— Ne vous avisez pas de me dire ce que je dois faire ! Je savais, le jour où je vous ai rencontrée, que vous ne me causeriez que des soucis. J'aurais dû vous éliminer plus tôt.

— Ce qui aurait été idiot. Étant donné que vous aviez déjà perdu votre femme dans d'étranges conditions, le meurtre de la mesmériste qui la soignait n'aurait pas manqué d'interpeller les policiers. Nul doute que vous auriez été leur principal suspect.

— Bah ! La police ne me fait pas peur. Au fond, ce qui m'a retenu de vous tuer, c'est que vous m'aviez rendu doublement service, en me débarrassant d'une épouse assommante et en me permettant d'hériter de sa fortune. J'aurais été bien ingrat de m'en prendre à vous.

— Ingrat, c'est le mot sans doute, approuva Lavinia. Mais revenons au problème de Maggie...

— Maggie n'est pas un problème, objecta Pelling. Je lui trancherai la gorge quand j'en aurai envie. En attendant, elle m'obéit sagement. N'est-ce pas, ma poule ?

Deux larmes coulèrent sur les joues de la pauvre Maggie.

— J'ai peur que ce ne soit pas aussi simple que vous le décrivez, répliqua Lavinia. Tant que vous menacerez Maggie avec votre poignard, il est hors de question que je vous dise où est le bracelet. Or c'est bien le bracelet qui vous intéresse, si je ne me trompe ?

— Vous allez me le dire, sinon vous verrez d'abord Maggie mourir sous vos yeux ! Et si vous ne voulez toujours pas parler, ce sera votre tour.

La jeune femme jouait avec son médaillon, afin qu'il capte la lumière qui entrait par les vitres du fiacre.

— Vous prendriez un trop grand risque en nous tuant toutes les deux. C'est beaucoup plus simple pour vous de relâcher Maggie. Elle ne peut pas vous nuire. Vous êtes trop fort pour vous soucier des racontars d'une prostituée qui abuse du gin. Personne ne prête attention aux dires d'une femme comme elle.

— Arrêtez ! ordonna Pelling en pointant soudain son poignard vers Lavinia. Arrêtez ça tout de suite !

Elle tressaillit et se recula sur la banquette. Maggie lui coula un regard apeuré.

— Je sais ce que vous tentez de faire, reprit-il. Vous voulez m'hypnotiser. Mais vous n'y arriverez pas. J'ai l'esprit trop résistant.

— Oui, vous êtes fort et résistant, murmura la jeune femme. Très fort...

Pelling se rengorgea.

— Hudson et Céleste ont tous les deux essayé avant vous, mais ils ont échoué. S'ils n'ont pas réussi à m'hypnotiser, vous n'avez aucune chance.

— Non, en effet, répondit Lavinia, qui avait recommencé à jouer avec son médaillon. Mes talents de mesmériste sont trop maigres, j'en ai peur. Et vous êtes si fort... Mais la nuit va bientôt tomber. Vous aurez plus de mal à surveiller deux prisonnières, dans le noir. Vous feriez vraiment mieux de relâcher Maggie. Elle ne vous fera rien.

Pelling ne répondit pas.

— Vous êtes tellement fort que vous n'avez pas besoin d'elle. Elle ne pourrait constituer qu'une nuisance. Mieux vaut la jeter dans la rue. Elle ne vous fera rien. Vous êtes trop fort...

Il n'était pas hypnotisé, bien sûr. Cependant, Lavinia le trouvait plus calme, comme s'il avait conçu un nouveau plan. Elle craignit alors qu'il n'eût décidé d'égorger la prostituée tout de suite, pour être débarrassé d'elle. Maggie, à en juger par son regard désespéré, semblait redouter la même chose.

Tout à coup, Pelling tapa du poing contre la cloison du fiacre, qui s'arrêta aussitôt.

Il ouvrit la portière.

Lavinia lança un regard à l'extérieur et ne vit qu'un bout de rue noyé par le brouillard. Un moment, elle imagina le pire. Pelling avait pu choisir ce coin désert pour jeter le cadavre de Maggie hors du véhicule, sans risquer d'être vu.

— Je n'ai plus besoin de toi, dit-il à Maggie, augmentant du même coup les craintes des deux femmes.

Lavinia sentit un frisson glacé lui parcourir l'échine, tandis que Maggie gémissait sous son bâillon.

— Vous êtes trop fort, répéta la jeune femme d'une voix entêtante. Bien trop fort... Nul besoin de la tuer. Le risque serait trop grand. Vous êtes fort. Très fort... La tuer serait trop risqué.

Pelling trancha le bâillon d'un coup de lame, puis, d'un autre geste aussi précis, comme s'il était habitué à manipuler son poignard, il trancha les liens qui entravaient les poignets de Maggie.

— Fous-moi le camp, catin. Tu ne me serviras plus à rien.

Et il la poussa hors du véhicule, comme si elle n'était qu'un vulgaire paquet de linge sale.

Maggie tomba à genoux sur le pavé. Pelling referma aussitôt la portière et donna un autre coup sur la cloison pour signifier au cocher de repartir.

— Parlez-moi de Céleste, reprit Lavinia quand l'attelage se fut ébranlé. Que vous avait-elle fait ?

Il tenait toujours son poignard à la main, la pointe dirigée vers la jeune femme.

— Elle a voulu me manipuler. Me duper.

— Vous l'aviez utilisée pour voler la Méduse bleue ?

— Je n'avais pas le choix, répliqua Pelling, les yeux brillants de colère. J'aurais préféré m'en remettre à Hudson plutôt qu'à une femme. Je m'étais laissé dire qu'en y mettant le prix, il s'arrangeait pour fournir certains objets précieux à des clients discrets. Des bijoux, des choses comme ça.

Lavinia se dit qu'il se trompait. Howard ne pouvait pas être un voleur. Mais ce n'était pas le moment d'argumenter sur ce point.

— Vous aviez donc besoin de quelqu'un pour vous voler la Méduse bleue ?

— Oui. J'étais disposé à bien payer Hudson pour ce travail. Du reste, il a paru d'abord intéressé par ma proposition et a promis d'y réfléchir. Mais, à ma seconde visite, il a annoncé qu'il manquait de cran pour commettre le vol. Il trouvait cela trop risqué.

— Mais Céleste n'était pas du même avis, c'est cela ?

Pelling hocha la tête.

— Elle m'a contacté quelques jours plus tard. Et elle m'a appris qu'en réalité, Hudson avait refusé parce qu'en se renseignant sur le bracelet, il avait découvert des choses dans un vieux grimoire. Du coup, il le voulait pour lui.

Lavinia retint son souffle. Finalement, Tobias avait sans doute vu juste : Howard s'était persuadé de la véracité de la légende attachée au bracelet. Son désir d'approfondir ses recherches en mesmérisme avait pu le conduire à vouloir posséder la Méduse bleue.

— Cet imbécile s'imaginait que le camée renfermait des pouvoirs qu'il saurait contrôler, reprit Pelling avec une grimace ironique. Une sorte d'influence magnétique, qui aurait renforcé ses dons de mesmériste.

— Mais Céleste vous a offert de vous procurer le bracelet. En échange d'une coquette somme, je suppose ?

— Oui. Elle s'apprêtait à quitter Hudson. Mais elle voulait d'abord assurer ses arrières.

— Je vois.

— J'ai accepté son marché parce que je n'avais pas le choix.

Maggie courait sur les pavés, sans se soucier de ses genoux écorchés. Elle avait relevé ses jupes pour aller plus vite, et s'efforçait de mettre le plus de distance entre elle et le fiacre.

Elle irait tout raconter à March. Elle trouverait un moyen de lui faire parvenir un message. Pelling avait manifestement l'intention de tuer Mme Lake, mais March pouvait tuer aussi, à l'occasion. Maggie l'avait senti à son regard, le soir où ils étaient venus chez elle. Ce n'était pas un monstre, comme Pelling, mais il pouvait se montrer sans pitié quand il s'agissait de protéger Mme Lake. Elle en était convaincue.

Le problème, c'était que d'ici à ce qu'elle arrive à le trouver, Mme Lake serait peut-être morte. Pourtant, même si cela semblait sans espoir, il fallait essayer. Maggie ne pouvait pas faire moins pour cette femme qui venait de lui sauver la vie.

Elle était tellement perdue dans ses pensées qu'elle ne remarqua pas l'homme qui venait à sa rencontre, et elle lui serait rentrée dedans s'il ne l'avait solidement attrapée par les épaules.

Maggie, hébétée, releva la tête, et son regard croisa deux prunelles qui brillaient d'une détermination implacable.

— Que s'est-il passé dans ce fiacre ? demanda Tobias. Dépêchez-vous de tout me dire !

— Donc, Céleste a volé le bracelet, et elle devait vous le remettre ce fameux soir, lors de votre rendez-vous sur les quais, résuma Lavinia.

La jeune femme brandissait toujours son médaillon. Elle savait, à présent, que Pelling n'était pas complètement imperméable à l'hypnose, contrairement à ce qu'il prétendait. Cependant, ce n'était pas un sujet facile, surtout dans des circonstances aussi délicates. Elle pouvait tout au plus espérer le distraire et, avec un peu de chance, influer sur son raisonnement. En tout état de cause, elle gagnerait du temps.

— L'avez-vous tuée car vous pensiez ne plus avoir besoin d'elle ?

Pelling semblait captivé par le médaillon. Plusieurs fois, il avait essayé de détourner la tête, mais son regard revenait toujours sur le pendentif.

Elle comprit qu'il n'avait pas entendu sa question.

— Pourquoi avez-vous tué Céleste ?

Enfin, il leva les yeux vers elle. Ses prunelles luisaient de colère.

— Parce qu'elle voulait changer les termes de notre accord. Cette garce m'avait envoyé un mot, pour m'annoncer qu'elle réclamait le double du prix convenu pour le bracelet. J'ai accepté son rendez-vous dans un entrepôt.

— Et c'est là que vous l'avez étranglée.

— Elle le méritait. Elle n'aurait jamais dû me trahir.

— Mais ensuite, vous avez découvert qu'elle n'avait pas apporté le bracelet avec elle. Et il était trop tard pour qu'elle vous dise où elle l'avait caché, maintenant qu'elle était morte…

— J'ai tenté quelques discrètes recherches, le lendemain.

— Mais vous n'avez réussi qu'à éveiller la curiosité de certaines personnes, dit Lavinia en songeant à Nightingale et à Vale. La rumeur que la Méduse bleue avait été volée a commencé de se répandre dans les milieux concernés.

— Oui. Et Hudson a décidé d'engager March pour retrouver le bracelet. Je dois avouer que c'était une ingénieuse idée.

— En fait, c'est moi que le Dr Hudson a engagée.

Perdu dans son récit, Pelling ignora cette précision.

— J'ai aussi fouillé plusieurs boutiques d'antiquités, dans l'espoir que Céleste ait cherché à vendre le bracelet de ce côté-là.

Lavinia comprit qu'il ignorait comment Céleste s'était procuré le bracelet. Il savait seulement qu'elle avait réussi à mettre la main sur la Méduse bleue, mais sans connaître les détails. Céleste avait eu la bonne idée de garder son secret pour elle.

— C'était donc vous que j'ai surpris à fouiller chez Tredlow ?

— Oui. J'ai eu de la chance, ce jour-là, que vous ne m'ayez pas vu. Je ne voulais pas déjà vous tuer. Avec March, vous pouviez m'être encore utile. (Il sourit.) J'ai eu raison, n'est-ce pas ?

— Oui.

— Où se trouve la Méduse bleue, madame Lake ?

Lavinia le regarda droit dans les yeux.

— Vous n'espérez quand même pas que je vais vous le dire, alors que je sais très bien que vous me tuerez dès que vous le saurez ?

— Vous allez me le dire, rétorqua Pelling, dont les yeux évoquaient maintenant ceux d'un serpent. Je vous promets qu'à la fin, vous serez trop heureuse de me dire où se trouve le bracelet.

Le fiacre s'arrêta peu de temps après. Lorsque Pelling ouvrit la portière, Lavinia aperçut un quai bordé d'entrepôts que le brouillard rendait fantomatiques. La jeune femme comprit qu'ils étaient au bord de la Tamise, mais le fleuve lui-même restait invisible dans cette purée de pois. Et le coin semblait désert.

Elle essaya de réfléchir à un plan d'évasion.

Pelling usa de la pointe de son poignard pour l'obliger à descendre. Une fois sur le pavé, la jeune femme leva les yeux en direction du cocher, mais elle perdit tout espoir de ce côté-là en reconnaissant ses traits. C'était l'un des deux gredins qui les avaient attaqués chez Maggie.

Du reste, l'homme ne lui adressa même pas un regard. Il ne s'intéressait qu'à Pelling.

— Ma mission est terminée, dit-il. Je veux le reste de l'argent.

— Voilà, répondit Pelling en lui lançant une bourse. Le compte y est. Filez, maintenant.

L'homme ouvrit la bourse pour en examiner le contenu, puis il hocha la tête, satisfait. Reprenant son fouet, il donna à ses chevaux le signal du départ. Deux secondes plus tard, l'attelage s'était déjà fondu dans la brume.

Ce brouillard à couper au couteau s'avérait providentiel, songea Lavinia. Si elle réussissait à courir assez vite, elle échapperait quelques secondes à son ravisseur, et cela suffirait pour se soustraire à sa vue. Discrètement, elle releva ses jupes...

— N'imaginez pas pouvoir m'échapper, madame Lake, intervint Pelling en fouillant dans la poche de son manteau pour en tirer un pistolet.

Et, avec un sourire mauvais, il ajouta :

— Vous échapperiez peut-être à mon poignard, mais pas à une balle. D'autant que je suis très bon tireur.

— Je n'en doute pas une seconde. Mais si vous me tuez maintenant, vous ne saurez jamais où Céleste a caché le bracelet.

— La balle ne vous tuerait pas. Du moins, pas tout de suite. Elle vous laisserait largement le temps de tout me dire...

Puis, désignant le plus proche entrepôt, il ordonna :

— Assez discuté. Entrez par là. Et dépêchez-vous ! Je vais finir par m'impatienter.

Lavinia se saisit à nouveau de son médaillon.

— Vous avez raison, vous êtes le plus fort. J'ai beaucoup de respect pour les hommes comme vous...

Il regardait le pendentif.

— Arrêtez de jouer avec ça.

— C'est parce que je suis nerveuse. Votre force me rend nerveuse. Je me sens... toute petite, devant vous. Comme si j'étais à l'extrémité d'un long, très long couloir, très sombre...

Pelling détourna son regard du médaillon, non sans effort.

— Je vous ai dit de ne plus discuter. Ouvrez cette porte, madame Lake.

— Je sais où se trouve le bracelet. Dois-je vous le dire ?

Il tressaillit.

— Où est-il ?

Au lieu de se rapprocher de la porte, elle recula d'un pas, vers le quai.

— Céleste l'a bien caché. Il se trouve au fond d'un long couloir. Pouvez-vous vous représenter ce couloir en imagination ?

Lavinia recula d'un autre pas.

— Maintenant, supposez que je m'y trouve à mon tour. Il va vous falloir traverser ce long couloir pour m'atteindre et obtenir le bracelet. Je...

— Assez, avec cette histoire de couloir ! la coupa-t-il.

Cependant, il avait fait un pas en avant, puis un autre, pour suivre la jeune femme qui reculait toujours vers le quai.

— Mais si vous voulez la Méduse, il vous faudra remonter ce long couloir, poursuivit-elle.

Pelling imitait les mouvements de Lavinia. Malheureusement, il tenait son pistolet d'une main ferme.

— Vous êtes fort, reprit-elle. Tellement plus fort que tous les autres...

— Oui, dit-il. Je suis le plus fort.

— Les femmes ne peuvent pas vous faire de mal.

— Non. Aucune femme. Même pas elle.

— Qui cela ?

— Tante Méduse.

Elle ne put retenir un tressaillement de surprise.

— Tante Méduse ?

Il avait soudain des airs de petit garçon.

— Oui, c'est ainsi que je l'avais surnommée, dans son dos. Elle croyait pouvoir m'empêcher de faire des bêtises, en me battant toujours plus violemment. Finalement, c'est moi qui ai eu raison d'elle.

Lavinia ne pouvait plus reculer, à présent. Le fleuve coulait juste derrière. Elle entendait des petites vagues se briser contre l'embarcadère. Il ne lui restait d'autre solution que de se déplacer latéralement, en suivant la bordure du quai. Ce qu'elle fit, le cœur battant la chamade à l'idée de trébucher contre quelque chose qui pourrait la faire tomber, et cherchant désespérément du regard une issue par où s'enfuir. Mais elle n'en voyait pas. Les entrepôts formaient comme une muraille discontinue le long du fleuve.

— Un soir, reprit Pelling qui suivait toujours la jeune femme, je suis descendu dans la cuisine, la retrouver. Nous n'étions que tous les deux. Les domestiques n'étaient pas là...

Elle aperçut soudain un petit passage entre deux entrepôts. Elle s'arrêta, prête à prendre ses jambes à son cou.

— ... J'ai poignardé tante Méduse. Il y a eu beaucoup de sang...

Lavinia savait qu'en se mettant soudain à courir, elle tirerait Pelling de son hypnose. Elle ne pouvait donc se permettre de rater son coup.

— ... J'ai emporté tout ce que je pouvais de précieux, pour le revendre ensuite. Y compris ce maudit bracelet. Elle m'avait dit que le bracelet possédait un pouvoir, mais je ne l'avais pas crue. Je n'ai réalisé qu'elle disait vrai que bien des années plus tard, quand elle est revenue hanter mes cauchemars. Elle se moquait de moi, parce que je m'étais débarrassé de la seule chose qui aurait pu me préserver de son fantôme.

— La Méduse bleue. Et c'est alors que vous avez cherché à la récupérer.

— Je n'avais pas le choix. Elle me rendait fou. Elle me *rend* fou. Le bracelet est ma seule défense contre elle. Maintenant, vous allez me dire où il est.

Lavinia s'apprêtait à bondir lorsqu'une mouette qui volait à faible altitude passa si près d'eux que la jeune femme sentit le souffle de son battement d'ailes.

Pelling sortit immédiatement de sa torpeur. Il cligna des yeux.

— Où suis-je ? (Il leva son pistolet.) Chercheriez-vous à me duper ?

Au même instant, la voix de Tobias résonna dans le brouillard :

— Pelling ! Laissez tomber votre arme, ou je vous tire dessus sans autre sommation.

Lavinia eut l'impression que le monde, autour d'elle, s'était brusquement figé. Mais Pelling se retourna, cherchant à localiser Tobias.

— Où êtes-vous, March ? Montrez-vous. Je vais la tuer, si vous ne vous montrez pas.

C'était la diversion dont Lavinia avait besoin. Elle se rua vers le petit passage en courant à perdre haleine.

— Non ! hurla Pelling qui se lançait déjà à sa poursuite. Vous ne m'échapperez pas !

— Pelling ! appela de nouveau Tobias.

Il y eut un bruit de détonation. Lavinia s'attendit à sentir la balle dans son dos, puis elle comprit, horrifiée, que Pelling avait tiré sur Tobias.

Mais la balle avait dû se perdre dans le vide, se dit-elle. Pelling n'avait pas pu l'atteindre dans cette purée de pois. Elle en eut presque aussitôt la confirmation :

— Renonce à la poursuivre, reprit la voix de Tobias. Il faudra me tuer d'abord.

Lavinia avait atteint l'étroit passage entre les deux entrepôts. Elle se plaqua contre un mur et jeta un œil derrière elle. Pelling tournait sur place, son pistolet à la main.

— Montrez-vous, March. Où êtes-vous, sale bâtard ?

— Derrière vous.

Tobias émergea soudain du brouillard, marchant délibérément vers Pelling. Lui aussi brandissait un pistolet. Son manteau battait sur ses jambes à chaque pas, et une aura invisible de puissance semblait l'entourer à mesure qu'il se rapprochait de sa cible.

Lavinia retint son souffle. Elle l'avait déjà vu en rage, mais jamais ainsi. Un tigre s'apprêtant à fondre sur sa proie n'aurait pas été plus impressionnant.

— Reculez, lança Pelling. Reculez, bon sang !

Tobias continuait d'avancer. Pelling, décontenancé, appuya sur la détente de son arme.

— Non ! hurla-t-elle, terrifiée.

Presque en même temps, un autre coup de feu éclata. Pelling bascula en arrière, par-dessus la bordure du quai. La seconde d'après, Lavinia entendit un grand « plouf ». Elle se précipita hors de sa cachette.

— Tobias ! Tu n'es pas blessé ?

Il la contempla, son pistolet à la main.

— Non, je ne suis pas blessé. Il a visé à côté. Je pense que tu l'avais déconcentré.

La jeune femme regarda vers le fleuve, où le corps de Pelling flottait sur le ventre. Se retournant vers Tobias, elle se précipita dans ses bras. Il la serra très fort contre lui, et la garda ainsi plusieurs minutes dans le cercle de son étreinte.

Plus tard, quand Tobias eut retiré le cadavre des eaux du fleuve, Lavinia repensa à l'entrepôt dans lequel Pelling avait voulu la faire entrer.

— Je veux jeter un coup d'œil à l'intérieur, dit-elle.

Il la suivit.

— Pourquoi ?

— J'ai besoin de savoir ce qu'il y a derrière cette porte.

Sans demander plus de détails, Tobias prit les devants et lui ouvrit la porte. Elle pénétra dans l'entrepôt, s'arrêtant d'abord sur le seuil pour acclimater ses yeux à la pénombre.

C'est alors qu'elle aperçut, au milieu des caisses et des tonneaux entreposés, une silhouette familière. Howard Hudson gisait par terre, pieds et mains liés, un bâillon sur la bouche.

Lavinia se précipita pour lui retirer son bâillon, tandis que Tobias tranchait les cordes qui entravaient ses membres.

Hudson se redressa péniblement.

— Je pensais que vous ne viendriez jamais, murmura-t-il, épuisé.

30

Ce même soir, après avoir fait son rapport à la police pour qu'elle se charge du cadavre de Pelling, Tobias alla retrouver Lavinia chez elle. La jeune femme recevait déjà Emeline, Anthony, Joan et Vale dans son salon.

Elle avait jugé son bureau trop petit pour tout ce monde. Et pas assez impressionnant pour quelqu'un comme lord Vale. Son salon n'était pas beaucoup plus luxueux, mais au moins il y avait davantage d'espace.

Quoiqu'elle n'ait pas touché un penny pour la rembourser des dépenses occasionnées par l'affaire, Lavinia offrit à chacun un verre de son précieux sherry. Quand on venait juste d'échapper à un assassin, on se sentait naturellement porté à la générosité.

— Tous les trois convoitaient la Méduse bleue, mais pour des raisons différentes, résuma-t-elle en s'asseyant sur le sofa, à côté de Joan. Howard, je le déplore, avait accordé foi à la légende qui attribuait des pouvoirs particuliers au camée. Il le voulait pour ses expériences en mesmérisme. Céleste souhaitait le vendre très cher, pour continuer son ascension sociale. Et Pelling, qui sombrait dans la démence, s'était persuadé que la Méduse lui permettrait de se débarrasser du fantôme de la tante qu'il avait assassinée dans son adolescence.

Joan frissonna.

— Encore heureux que M. March soit arrivé chez lord Banks, juste au moment où Pelling vous obligeait à monter dans sa voiture.

— Oui, renchérit Emeline qui avala une gorgée

de sherry pour se redonner le moral. Je préfère ne pas penser à ce qui se serait passé, sinon.

Vale hocha la tête.

— En tout cas, c'était une belle coïncidence, dit-il à Tobias, assis en face de lui. Si vous n'aviez pas eu l'idée, comme Mme Lake, de rendre visite à Mme Rushton cet après-midi, vous n'auriez jamais pu intervenir à temps.

Tobias sourit.

— Il n'y avait pas la moindre coïncidence. J'ai suivi Lavinia, tout simplement parce qu'elle avait laissé sur son bureau un mot indiquant où elle était partie. Exactement comme elle avait promis de le faire, après l'incident chez Tredlow...

Lavinia croisa son regard et lut dans ses prunelles la même certitude qu'elle ressentait de son côté. Malgré leurs tempéraments très indépendants, qui ne manqueraient pas d'occasionner d'autres disputes, un lien indissoluble s'était formé entre eux. Il était devenu beaucoup plus, pour elle, que son amant et son associé.

— Malheureusement, vous voilà désormais sans clients, intervint Joan, sincèrement navrée. Le Dr Hudson vous a révélé qu'il n'avait plus d'argent, et Nightingale, bien sûr, aura annulé son contrat avec vous.

Lavinia sortit de sa rêverie.

— Je n'ai pas perdu tout espoir de garder au moins notre dernière cliente, Mme Rushton.

Emeline fronça les sourcils.

— Mais elle ne vous paiera que si elle récupère le bracelet, et si vous lui arrangez une transaction profitable.

— Je compte précisément m'occuper de ce détail demain matin, annonça Lavinia.

Tout le monde se tourna vers elle.

— Seriez-vous en train de nous dire que vous savez où Céleste a caché le bracelet ? demanda Vale, soudain très intéressé.

— En fait, je m'apprêtais à aller le récupérer, quand Pelling m'a interrompue.

31

Le Dr Darfield leva les yeux de son livre de comptes, à l'instant où Lavinia et Tobias furent introduits dans son bureau. La jeune femme remarqua tout de suite qu'il avait troqué son espèce de robe bleue de magicien pour un costume plus conventionnel, de bonne coupe, digne d'un médecin ou d'un homme d'affaires. Il étudia ses visiteurs un long moment en silence, avant de refermer son livre et de leur désigner deux fauteuils.

— J'imagine que vous êtes venus chercher le bracelet, dit-il à Lavinia.

La jeune femme s'assit et arrangea ses jupes.

— En effet. Je vous présente mon associé, M. March. Nous nous sommes occupés ensemble de cette affaire depuis le début.

Tobias, comme à son habitude, refusa de s'asseoir et préféra se planter à contre-jour devant la fenêtre.

Darfield hocha la tête, résigné.

— Je m'attendais à votre visite. J'ai appris par les journaux de ce matin la mort de Pelling.

Il se leva de son bureau pour aller tout droit à une bibliothèque en acajou. Il écarta quelques livres sur l'un des rayonnages, et retira un petit objet entouré de velours noir qu'il rapporta sur son bureau. Puis, sans un mot, il défit l'emballage de velours, révélant l'objet qui s'y cachait. Un gros bracelet d'or, incrusté d'un camée, resplendit à la lumière.

Lavinia se leva à son tour et s'approcha, fascinée par ce bijou chargé d'histoire. Le bracelet, malgré ses dimensions, semblait extraordinairement léger, tellement l'or était finement travaillé. Elle le prit dans sa main et fut presque étonnée de constater qu'il pesait assez lourd.

Le camée était, lui aussi, d'un très beau travail. La tête de Méduse avait été sculptée dans la pierre bleue, avec une telle précision que les yeux de la Gorgone paraissaient réellement menaçants.

— Céleste s'était arrangée pour faire la connaissance de Mme Rushton dans une boutique de mode, dit Lavinia, sans lever les yeux du bracelet. Elle l'a entraînée dans un square et l'a hypnotisée.

— Mme Rushton est très réceptive à l'hypnose, commenta Darfield. C'est une excellente cliente.

— Pendant qu'elle tenait Mme Rushton sous son empire, elle lui a ordonné de prendre rendez-vous avec vous et de vous apporter le bracelet.

— Ce qu'a fait à la lettre Mme Rushton, confirma Darfield. Et, bien sûr, sans se rappeler quoi que ce soit ensuite. Céleste était beaucoup plus douée en mesmérisme qu'elle ne le laissait croire. Elle avait pris garde de ne pas révéler toute l'étendue de ses talents à Hudson. En fait, elle ne faisait confiance à aucun homme. Elle répétait toujours qu'une femme doit savoir garder ses secrets. Elle ne voulait surtout pas que Hudson la prenne pour une concurrente.

Tobias croisa les bras.

— J'en déduis que c'est vous qui lui avez appris le mesmérisme ?

— Oui. J'ai eu la chance de pouvoir étudier mon art auprès d'un des assistants du grand Mesmer.

Tobias haussa les sourcils.

— Mais alors, pourquoi Céleste avait-elle rejoint Hudson ? Elle aurait pu s'associer avec vous.

Darfield s'assit sur le rebord de son bureau. Il demeura silencieux un moment, comme s'il rassemblait ses souvenirs.

— Voyez-vous, Céleste était née du mauvais bord. C'était la fille illégitime d'un riche notable et d'une simple vendeuse. Son père a toujours refusé de la reconnaître. Il était marié à une femme de sa condition, et ne comptait bien sûr pas renoncer à cette union profitable pour épouser sa maîtresse.

Lavinia hocha tristement la tête.

— Céleste a donc été obligée de tracer son chemin toute seule.

— Oui. Son ambition était d'amasser assez d'argent pour s'offrir une position enviable. Et elle utilisait les hommes à cette fin.

— L'an dernier, elle a rencontré Hudson à Bath, dit Tobias.

Darfield lui adressa un bref regard, avant de détourner la tête.

— Céleste était très intelligente. Elle a su établir un rapport entre certains vols de bijoux survenus dans les environs, et la clientèle la plus huppée du Dr Hudson. Elle a compris qu'il était le voleur.

Lavinia reposa le bracelet sur son écrin de velours noir.

— Oh, là, je ne suis pas sûre que Howard…

— Céleste a entrepris de séduire Hudson pour qu'il lui apprenne comment voler des joyaux, la coupa Tobias.

Darfield esquissa un sourire.

— Elle voulait également accéder à sa clientèle fortunée. Ainsi que je vous l'ai dit, elle avait des dons pour le mesmérisme, mais il lui manquait, pour exercer auprès d'une clientèle choisie, les références indispensables. Moi-même, qui suis pourtant bien établi dans le métier, je n'arrive pas à accéder aux cercles les plus huppés.

— Et Pelling ? s'enquit Tobias. Comment est-il entré dans cette histoire ?

— Un jour, il est venu rendre visite à Hudson pour lui demander de dérober la Méduse bleue, expliqua Darfield. Je suppose que vous connaissez la suite.

— Pelling se trompait en pensant que Howard était un cambrioleur professionnel, intervint Lavinia. Mais Howard voulait accroître son pouvoir hypnotique. Il a refusé la proposition de Pelling, mais a décidé de s'emparer de la Méduse pour ses propres expériences. Céleste, ayant eu vent de l'affaire et cherchant à quitter Howard pour voler de ses propres ailes, a traité directement avec Pelling.

Darfield hocha la tête.

— C'était tout Céleste. Elle aimait jouer et prendre des risques.

Après un silence, il reprit :

— Au début, quand j'ai appris sa mort, j'ai pensé qu'elle avait été tuée par Hudson. Je préparais déjà ma vengeance, méditant pour Hudson une mort digne de son crime, lorsque vous avez commencé d'enquêter sur l'affaire. J'ai donc imaginé vous effrayer un peu, afin de vous éloigner.

— C'était vous, l'auteur du message lancé par le cocher à Anthony et Emeline ? interrogea Lavinia.

— Oui. Mais ensuite, j'ai changé d'optique. J'ai préféré attendre un peu, pour voir ce qu'il ressortirait de votre enquête. Quand vous êtes venue à mon cabinet sous prétexte de soigner vos nerfs, j'ai fait comme si je ne savais pas qui vous étiez.

— Encore heureux que vous ayez décidé d'attendre, commenta la jeune femme. Vous auriez pu tuer un innocent et risquer l'échafaud pour rien.

Darfield croisa son regard.

— Vous et M. March m'avez évité de commettre cette erreur. Et vous avez rendu justice à Céleste, en tuant son véritable assassin. Sachez que je vous en serai éternellement reconnaissant. Si je puis faire quoi que ce soit pour vous, madame Lake, n'hésitez pas à me le demander. Je serais ravi, par exemple, de vous offrir un traitement gratuit…

— Je vous rassure, mes nerfs se portent très bien, le

coupa-t-elle. Et le retour de la Méduse nous récompense largement de nos efforts.

Lavinia replia le carré de velours sur le bracelet.

— En revanche, il reste un point obscur, murmura-t-elle.

— Lequel ?

— Vous avez dit que Céleste ne faisait pas confiance aux hommes. Et pourtant, c'est à vous qu'elle avait confié le bracelet. Qu'est-ce qui, à ses yeux, vous rendait différent des autres ?

Darfield esquissa un pauvre sourire.

— Je vous ai parlé des origines de Céleste. J'ai oublié de préciser que son père avait eu un autre enfant, un fils de son épouse légitime...

— Je comprends, répondit Lavinia, émue. Céleste était votre sœur.

32

Trois jours plus tard, Tobias fit irruption dans le bureau de Lavinia, un grand sourire aux lèvres.

— Les affaires marchent du tonnerre ! s'exclama-t-il. La Méduse bleue nous aura valu une jolie commission.

Lavinia, qui écrivait, reposa sa plume.

— Comment cela ?

— Mme Rushton a vendu le bracelet à un riche collectionneur, par l'intermédiaire de Nightingale.

— Eh bien ! Elle n'a pas été longue en besogne ! Lord Banks est mort seulement hier.

— Mme Rushton est une femme d'affaires avisée, commenta Tobias.

Se laissant tomber dans un fauteuil, il ajouta :

— Elle a touché son argent ce matin, et elle était si contente qu'elle a voulu nous payer sur-le-champ.

— C'est effectivement une très bonne nouvelle. Je n'aurais pas imaginé que le bracelet serait vendu aussi rapidement. Mais j'ai une petite idée sur l'identité de l'acheteur.

— Vas-y. Dis un nom.

— Lord Vale.

Il sourit.

— Perdu ! Nightingale a vendu la Méduse à Joan Dove.

Lavinia écarquilla les yeux.

— Je savais qu'elle avait hérité de la collection de son mari, mais j'ignorais qu'elle s'intéressait aux antiquités.

— Je la soupçonne de s'y intéresser depuis peu, ironisa Tobias.

La jeune femme se souvint de la robe que portait Joan le soir de son bal. Sans oublier la mystérieuse Chambre bleue...

— Elle semble apprécier beaucoup le bleu, tout à coup, dit-elle. J'espère qu'elle ne va pas se servir de la Méduse comme d'une sorte d'emblème...

— Je préfère ne pas y penser sous cet angle.

— Lord Vale se doute-t-il qu'il n'aura pas le bracelet ?

— Le connaissant, je suis convaincu qu'il est déjà au courant de la vente.

Mme Chilton poussa la porte sur ces entrefaites.

— Le Dr Hudson souhaite vous parler, madame.

Tobias ne cacha pas son mécontentement.

— Dites-lui que Mme Lake ne reçoit personne.

— Tu exagères, Tobias. Je te rappelle que je suis chez moi. Ce n'est pas à toi de décider qui je reçois ou non.

Il n'eut pas à répondre. Hudson entrait déjà dans la pièce, son regard rivé sur Lavinia.

Celle-ci se leva pour l'accueillir.

— Bonjour, Howard. Je suis ravie de constater que vous vous êtes remis de votre mésaventure.

Il traversa le bureau pour venir lui baiser la main.

— Grâce à vous, ma chère. Vous êtes arrivée à temps.

— Grâce également à M. March, lui rappela Lavinia.

Elle essayait discrètement de retirer sa main, mais Howard continuait de lui étreindre les doigts.

— Oui, bien sûr... concéda-t-il en coulant à peine un regard vers Tobias. Je suis venu vous faire mes adieux, ma chère.

Il ne lâchait toujours pas sa main. Lavinia, cependant, s'obligea à sourire, en espérant que Tobias ne se rendait pas compte de la situation. Elle ne voulait surtout pas que les deux hommes se querellent dans son bureau.

— Vous quittez Londres ? demanda-t-elle d'un ton léger.

— Oui, répondit-il en croisant son regard. J'ai besoin de temps pour me remettre de la disparition de ma chère Céleste. Et pour me consoler de sa trahison. J'ai été très déstabilisé d'apprendre qu'elle volait des bijoux, voyez-vous. Un séjour à la campagne ne pourra me faire que le plus grand bien.

— Vous avez raison, Hudson, intervint Tobias. Quitter Londres est la meilleure façon de faire taire les ragots.

Et, sur ces mots, il vint presser son épaule, à la manière d'un salut viril. Mais Lavinia vit un éclair de douleur briller dans les prunelles de Howard. Il relâcha instantanément sa main.

— C'est exact, admit-il en se massant l'épaule. J'ai peur que des esprits mal intentionnés ne cherchent à m'associer aux activités coupables de Céleste.

— Ça a déjà commencé, l'informa Tobias. J'ai entendu ce genre de rumeurs pas plus tard qu'hier soir, à mon club. Mais, bien sûr, personne ne pourra rien prouver...

— Parce qu'il n'y a rien à prouver, répliqua Howard, très raide. J'ignorais totalement les activités de Céleste.

— Où partez-vous ? lui demanda Lavinia.

— Je n'ai pas encore arrêté mon choix. Mais je me déciderai pour une petite ville tranquille, où je pourrai continuer mes expériences au calme.

— Je vous souhaite bonne chance pour ces expériences.

— Merci, ma chère.

Il repartit vers la porte, puis se retourna sur le seuil.

— Nous nous reverrons, Lavinia. N'oubliez pas que nous sommes de vieux amis. J'ai toujours senti qu'il y avait quelque chose entre nous.

Tobias semblait se contenir difficilement. Elle s'empressa de s'interposer.

— Au revoir, Howard, dit-elle, sans lui offrir sa main.

— Au revoir, ma chère.

Il lui sourit une dernière fois, avant de s'éclipser. Il n'avait pas dit un mot à Tobias.

Son départ provoqua un silence dans le bureau. Quand Mme Chilton eut refermé la porte du hall sur le visiteur, la jeune femme se tourna vers son compagnon.

— Ces rumeurs que tu prétends avoir entendues à ton club, concernant la complicité de Howard dans les vols de bijoux...

— Oui, eh bien ?

— Tu ne sais pas qui les aurait lancées, par hasard ?

Il fit mine d'être offensé par le sous-entendu de la question.

— Oserais-tu insinuer que je m'abaisserais à de telles pratiques ?

— C'est précisément ce à quoi je pense, répliqua-t-elle. Tu le détestes tellement que tu t'es arrangé pour qu'il quitte la ville.

Il s'avança et posa les mains sur ses épaules.

— Lavinia, tu as une déplorable opinion de moi. Je t'assure que tu me chagrines.

— Tobias, je veux savoir qui est à l'origine de cette rumeur.

Pour toute réponse, il s'empara de ses lèvres.

Elle fut incapable de lui résister. Mais elle se fit la réflexion qu'un jour, il devrait comprendre qu'il ne pouvait espérer éteindre toutes leurs disputes par ce stratagème.

Joan s'était approchée d'une des fenêtres de sa bibliothèque pour exposer le bracelet à la lumière. Sa nouvelle acquisition était réellement extraordinaire. Les yeux de Méduse semblaient si vivants, qu'on pouvait s'imaginer que la Gorgone n'avait effectivement rien perdu de son pouvoir.

Le majordome poussa la porte.
— Lord Vale vient d'arriver, madame.
Un frisson d'excitation parcourut Joan.
— Faites-le entrer.
Vale pénétra dans la bibliothèque quelques instants plus tard. Il s'inclina respectueusement pour baiser sa main.
— Je suis venu dès que j'ai reçu votre message.
— J'ai pensé que vous aimeriez admirer ma nouvelle antiquité, dit Joan en lui tendant le bracelet. Je crois savoir que vous vous intéressez beaucoup à ce genre d'objets.
Il s'empara du bracelet sans rien dire. Il le contempla un long moment en silence, avant de reporter son attention sur Joan.
— Mes félicitations, madame. Vous avez fait un excellent investissement.
— Merci. Je dois reconnaître que j'en suis très contente. En fait, je croyais devoir participer à des enchères, mais M. Nightingale m'a appris que son autre client s'était désisté, pour me laisser le champ libre.
Vale retourna à la contemplation du bracelet, sans répondre.
— Vous étiez l'autre client de Nightingale, n'est-ce pas ? demanda-t-elle dans un murmure.
Il lui rendit le bracelet.
— J'ai pensé que vous étiez digne de posséder un tel bijou. Comme vous, il est remarquable.
— Merci.
Joan contempla à son tour le bracelet, en songeant combien il avait dû coûter à Vale d'y renoncer.
— Je crois que je commence sérieusement à m'intéresser aux antiquités, reprit-elle. Je serais ravie d'intégrer le club des Connaisseurs. À condition qu'il admette les femmes, bien entendu…
— Étant le fondateur du club, c'est moi qui en détermine les règles, répliqua Vale avec un sourire. Et je ne vois aucune objection à l'ouvrir aux femmes.

Elle lui tendit de nouveau le bracelet.

— Dans ce cas, prenez-le comme mon cadeau d'entrée. J'offre la Méduse bleue au musée du club.

— En tant que conservateur du musée, j'accepte votre don avec enthousiasme, madame.

Il lui baisa la main une seconde fois, avant d'ajouter :

— Si cela vous tente, je puis vous arranger une visite privée dès ce soir…

— J'apprécierais beaucoup.

33

Une quinzaine de jours plus tard, par un bel après-midi ensoleillé, Tobias entra dans le bureau de Lavinia sans s'être fait annoncer. La jeune femme lisait dans un fauteuil. Les rayons du soleil qui pénétraient par la fenêtre jetaient des lueurs d'incendie dans sa chevelure.

— Bonjour, chérie. Tu as de la visite.

Elle sursauta.

— Tu n'avais pas prévu de passer aujourd'hui, que je sache… Qu'est-ce qui t'amène ? Une nouvelle affaire ?

— Non. Plutôt la conclusion d'une ancienne.

— Que veux-tu dire ?

— Je suis venu avec quelqu'un qui souhaitait ardemment te revoir.

Rouvrant la porte, il fit entrer une femme.

— Bonjour, madame Lake !

Lavinia en resta bouche bée.

Tobias savoura ce moment. Ce n'était pas si souvent qu'il pouvait admirer un tel mélange de stupeur et de ravissement sur le visage de la jeune femme.

— Madame Pelling ! s'exclama-t-elle scudain en bondissant de son siège. Jessica ! Vous êtes donc vivante…

— Grâce à vous, madame Lake. (Elle sourit.) Figurez-vous que plus personne ne m'a appelée Jessica Pelling, depuis cette fameuse nuit où j'ai mis en scène mon faux suicide. Depuis bientôt deux ans, on me connaît sous le nom de Judith Palmer.

Tobias s'était planté devant la fenêtre.

— Voilà pourquoi il était si difficile de vous retrouver. J'ai lancé mes recherches le lendemain du jour où Lavinia m'a raconté votre histoire. Bravo, madame Pelling. Vous aviez bien organisé votre disparition.

— J'ai fait de mon mieux, monsieur March. Je savais que ma vie dépendrait de la réussite du plan qui m'avait été suggéré par Mme Lake. Oscar virait à la démence.

Lavinia hocha la tête.

— Vous avez si bien réussi votre coup que j'ai moi-même cru à votre mort... Je m'étais demandé, à l'époque, si vous vous étiez vraiment suicidée, ou si c'était Oscar qui vous avait tuée.

— Malheureusement, je ne pouvais vous révéler la vérité. C'était trop risqué. Personne ne devait rien savoir.

Lavinia se tourna vers Tobias.

— Tu parlais de recherches. Comment t'y es-tu pris ?

— J'ai écrit à mes anciens camarades de l'armée. Plusieurs vivent désormais à la campagne.

— Ah oui, ceux qui étaient espions avec toi...

— J'ai également fait jouer les innombrables relations de Crackenburne. Tu m'avais donné une description assez précise de Jessica. Sa taille plus grande que la moyenne, et le fait qu'elle portait une bague de grande valeur au moment de sa disparition, constituaient des informations extrêmement utiles. Nous cherchions aussi quelqu'un qui avait forcément surgi de nulle part, et cela depuis moins de deux ans. Finalement, nous avons trouvé, dans le Dorset, une nouvelle institutrice qui semblait correspondre à la description.

Lavinia hocha la tête, admirative. Jessica sourit avec ironie.

— J'ai eu beaucoup de chance qu'Oscar ne vous ait pas embauché pour me retrouver, monsieur March.

Tobias secoua la tête.

— Je ne pense pas qu'il ait jamais songé à vous faire rechercher. Votre prétendu suicide lui convenait à merveille. Après tout, il héritait de votre fortune. Mais à présent qu'il est mort, vous allez récupérer vos biens.

— Je vous avoue que je n'en serai pas fâchée, confessa Jessica. Le salaire d'une institutrice permet tout juste de vivre décemment.

— Comment vous êtes-vous retrouvée à Londres ? questionna Lavinia.

— M. March m'a écrit pour se présenter et m'annoncer la mort d'Oscar, en précisant qu'il m'avançait l'argent du voyage pour que je vienne vous apprendre que j'étais toujours vivante. Je suppose qu'il mijotait de vous faire cette surprise…

Lavinia regarda son compagnon. Son sourire était si radieux qu'il en frissonna de plaisir.

— M. March est persuadé de manquer de romantisme, dit-elle. Mais, en vérité, il sait mieux que personne ce qui peut me faire plaisir.

34

Le lendemain après-midi, Lavinia mit la dernière touche à son projet de placard publicitaire, et décida de le consigner au propre.

Elle s'apprêtait à relire son œuvre à voix haute, pour mieux juger de l'effet, quand Tobias fit irruption dans son bureau.

Il avait parfois le don de s'inviter au mauvais moment...

— Que fais-tu là ?

— La chaleur de ton accueil suffit à me rendre la journée plus belle, ma chérie.

— Ce matin, au petit déjeuner, tu m'as dit que tu passais l'après-midi avec Crackenburne, pour parler investissements.

— Crackenburne peut attendre. Il ne s'envolera pas. Je t'ai déjà expliqué qu'il ne quittait jamais son club.

Avisant la feuille de papier qu'elle tenait à la main, il ajouta :

— C'est quoi, ça ?

— J'ai fini de rédiger ma réclame. Je compte l'expédier aux journaux dès cet après-midi. Veux-tu l'entendre ?

— Tu es décidée à ignorer mes conseils sur ce point ?

— Complètement, répondit la jeune femme, qui s'éclaircit la gorge avant de se lancer dans la lecture de son texte.

Les personnes souhaitant employer un expert pour conduire des enquêtes personnelles et de nature extrêmement privée, sont invitées à se faire connaître à l'adresse ci-dessous. La plus entière discrétion leur sera garantie.

— Hmm, commenta Tobias.

Elle fronça les sourcils.

— Ne t'avise pas de critiquer. Je suis très contente de moi. Je trouve que ça fait professionnel. Et ton avis ne m'intéresse pas, de toute façon.

— Ça fait professionnel, admit-il. Mais je ne peux m'empêcher de remarquer que tu ne fais nulle part mention de notre association.

— Puisque tu étais contre l'idée de cette publicité, je ne voyais pas pourquoi j'aurais parlé de toi.

— Mais il se trouve que nous sommes associés. Or, ce message laisse entendre que tu travailles seule.

— Où est le problème ?

— Je pense que les clients potentiels intéressés par cette réclame seront rassurés de savoir qu'ils s'adresseront non pas à un, mais à deux experts.

Lavinia jugea qu'il avait raison.

— Eh bien, je vais modifier l'annonce en ce sens.

— Excellente idée. Et je serai ravi de t'aider. Nous pourrions faire cela demain, après le petit déjeuner. Ça nous prendra sans doute du temps, mais nous finirons par arriver à un résultat honorable.

— Inutile de te donner tout ce mal, Tobias. Cette annonce est très bien comme elle est. Il suffira d'y apporter un ou deux changements mineurs.

— Bon sang, Lavinia…

Il fut interrompu par la gouvernante, qui venait d'ouvrir la porte.

— Qu'y a-t-il, madame Chilton ? demanda la jeune femme. Une visite ?

— Non, madame, répondit la gouvernante en adressant à Tobias un regard indéchiffrable. Je voulais juste vous avertir que Mlle Emeline est sortie avec M. Sinclair. Et que je vais moi-même m'absenter pour aller acheter des œufs...

— Encore des œufs? s'étonna Lavinia. Mais nous en faisons donc une telle consommation?

Mme Chilton hocha la tête.

— Prenez votre temps, chère madame Chilton, lui dit Tobias. Inutile de vous presser.

La gouvernante s'esquiva promptement. Lavinia aurait juré qu'elle se retenait de rire.

— Je n'arrive pas à comprendre où passent tous ces œufs qu'elle achète, marmonna-t-elle.

Tobias la prit dans ses bras.

— Écoute, Mme Chilton gère cette maison depuis des années. Fais-lui confiance. Elle connaît mieux que toi le niveau de ses réserves.

— Oui, tu as sans doute raison, mais...

— Profitons de ce que nous sommes seuls pour discuter des détails de notre association, la coupa-t-il.

— Quels détails?

Il croisa son regard.

— Eh bien, par exemple, le fait que je sois amoureux de vous, madame Lake.

Elle crut d'abord avoir mal compris. Puis elle se persuada que son imagination lui jouait des tours. Et finalement, une vague de bonheur la submergea. Elle noua ses bras au cou de Tobias.

— C'est une excellente nouvelle, monsieur March. Car, voyez-vous, je suis moi aussi tombée amoureuse de vous.

Il se contenta de sourire, prolongeant l'enchantement de ce merveilleux instant par un silence riche de promesses.

— Ce ne sera pas simple tous les jours, reprit-elle au bout d'un moment. Nous avons déjà tendance à nous quereller, et le fait de travailler ensemble n'arrangera rien, surtout si...

Tobias posa un doigt sur ses lèvres pour la réduire au silence. Puis il sourit de nouveau.

— Toi et moi, nous ne faisons jamais les choses simplement, dit-il.

Et sur ces mots, il s'empara de ses lèvres.

Lavinia décida que sa réclame pouvait bien attendre. Il existait des choses plus importantes, dans la vie.

Découvrez les prochaines nouveautés de la collection

Aventures et Passions

Le 3 février

Le frisson de minuit de Eloisa James (n° 6452)

Londres, 1804. La belle et courtisée lady Sophie York accepte d'épouser le jeune lord Braddon Chatwin, un garçon gentil mais ennuyeux dont elle a déjà refusé les maintes demandes en mariage. Pourtant, elle est folle amoureuse de Patrick Foakes, mais elle le prend pour un libertin et un redoutable séducteur. Par un concours de circonstances, elle se retrouvera néanmoins dans ses bras. Il ne lui restera plus qu'à tenter de le garder auprès d'elle. Par tous les moyens...

Le 10 février

Coup de poker de Shirlee Busbee (n° 6453)

États-Unis, fin du XVIIIe siècle. Pour défendre l'héritage familial perdu au jeu par son jeune frère, Arabella Montgomery conclurait un pacte avec le diable en personne. Justement, la seule personne susceptible de l'aider est l'arrogant Tony Daggett. Tony, avec lequel Arabella devait se marier il y a cinq ans, qu'elle n'a jamais réussi à oublier, qui lui a pris sa virginité et l'a trahie en la trompant avec une fille de joie...

Le 17 février

L'esclave du désert de Iris Johansen (n° 4815)

Perdue au cœur du désert de Syrie se dresse une forteresse imprenable. Chaque soir, le maître de Dundragon arpente les remparts en scrutant l'horizon. Il sait que l'espion des Templiers le surveille... Est-ce là l'Orient dont il rêvait, il y a des années, en Écosse ? L'ironie de la situation lui arrache un rire amer. Il passe maintenant pour un renégat. Où fuir à présent ? Sa situation est comparable à celle de cette esclave qu'il a trouvée, errant dans les dunes à demi morte de soif, quelques jours plus tôt. Évadée de Constantinople, elle tentait de rejoindre Damas... Avec ses cheveux d'or et son corps voluptueux, elle devait valoir un bon prix !

Le 24 février

La prisonnière de Black Thorn de Lisa Jackson (n° 6454)

Angleterre, 1283. Lady Apryll vit avec son demi-frère Payton dans un château qui tombe en ruine. Pour survivre, son frère propose de subtiliser des bijoux à leur richissime voisin, lord Devlynn. Apryll se résigne à entrer au château en ces fêtes de Noël pour distraire le seigneur, mais lorsque les choses tournent court, elle est retenue prisonnière. Comment dès lors calmer le courroux de Devlynn, furieux d'avoir été abusé par cette femme ? La longue chevelure d'or et les grand yeux émeraude de la captive suffiront-ils à apaiser sa colère ?

Ce mois-ci, retrouvez également les titres de la collection

Amour et Destin

Des histoires d'amour riches en émotions déclinées en trois genres :

Intrigue ***Romance d'aujourd'hui*** ***Comédie***

Le 3 janvier *Intrigue*

Surveillance rapprochée de Meryl Sawyer (n° 6416)

Alyssa et Clay sortaient ensemble. Ils s'aimaient. Pourtant, Clay a finalement épousé Phoebe, la riche cousine d'Alyssa, qui était enceinte. Peu après l'accouchement, le bébé disparaît et Alyssa est accusée d'enlèvement mais relâchée faute de preuve. Souillée moralement par cette accusation, elle s'exile en Italie. Dix ans plus tard, rattrapée par son passé, elle apprend que l'infirmière présente lors de l'accouchement de Phoebe dix ans auparavant vient d'être assassinée. Alyssa et son nouveau patron, Jake, mènent l'enquête...

Le 10 janvier *Romance d'aujourd'hui*

Les rivages de l'amour de Nora Roberts (n° 6444)

Après avoir vécu quelque temps en Europe, Seth revient sur l'île du Maryland où il a grandi. Il y retrouve avec plaisir ses trois frères adoptifs, et fait la connaissance de Dru, une jolie fleuriste. Mais cette nouvelle plénitude est bientôt troublée par sa mère. Sa mère qui n'avait pas hésité à le vendre lorsqu'il n'était qu'un enfant à une famille adoptive. Et qui aujourd'hui encore va mettre en péril l'existence tranquille qu'il espère vivre auprès de Dru...

Le 24 janvier *Comédie*

Accords et désaccords de Sue Haasler (n° 6445)

Anna Anderson travaille dans une agence d'intérim médical auprès de sa meilleure amie Laura. Elle aime sortir, s'amuser et porter des bottes sexy. Un beau jour, elle rencontre l'homme de sa vie dans un grand magasin : Michael Taylor, beau, musclé, l'imper au vent. Le seul hic, c'est qu'il a un accessoire encombrant : une adorable petite fille d'un an, Lily...

6448

Composition Interligne B-Liège
Achevé d'imprimer en France (Manchecourt)
par Maury-Eurolivres
le 24 décembre 2002.
Dépôt légal décembre 2002. ISBN 2-290-32780-8

Editions J'ai lu
84, rue de Grenelle, 75007 Paris
Diffusion France et étranger : Flammarion